U0109331

古典詩歌研究彙刊

第十九輯

龔鵬程 主編

第2冊

哲學、歷史視野下的兩宋詞人心靈史（上）

周建梅 著

國家圖書館出版品預行編目資料

哲學、歷史視野下的兩宋詞人心靈史（上）／周建梅 著──初
版──新北市：花木蘭文化出版社，2016〔民 105〕
目 4+224 面；17×24 公分
（古典詩歌研究彙刊 第十九輯；第 2 冊）
ISBN 978-986-404-461-0（精裝）
1. 宋詞 2. 詞論 3. 中國文學史
820.91　　　　　　　　　　　　　　　　105001544

ISBN-978-986-404-461-0

9 789864 044610

古典詩歌研究彙刊
第十九輯　第二冊
ISBN：978-986-404-461-0

哲學、歷史視野下的兩宋詞人心靈史（上）

作　　　者　周建梅
主　　　編　龔鵬程
總 編 輯　杜潔祥
副總編輯　楊嘉樂
編　　　輯　許郁翎
出　　　版　花木蘭文化出版社
社　　　長　高小娟
聯絡地址　235 新北市中和區中安街七二號十三樓
　　　　　　電話：02-2923-1455 ／傳眞：02-2923-1452
網　　　址　http://www.huamulan.tw 信箱 hml 810518@gmail.com
印　　　刷　普羅文化出版廣告事業
初　　　版　2016 年 3 月
全書字數　277767 字
定　　　價　第十九輯共 8 冊（精裝）新台幣 12,800 元

哲學、歷史視野下的兩宋詞人心靈史（上）

周建梅　著

作者簡介

周建梅，(1976～)，女，江蘇東台人，2001年碩士就讀於蘇州大學文學院，中國古代文學專業，就讀期間積累了豐厚的中國古代文學知識。2004年博士就讀於蘇州大學文學院，受教於國內著名詞學家楊海明教授，博士就讀期間在國內省級以上學術期刊上發表了多篇論文，畢業論文《哲學、歷史視野下的兩宋詞人心靈史》受到了專家學者的一致好評。現為江蘇聯合職業技術學院蘇州分院副教授級高級講師。

提　要

　　學界已有多部詞史，建構角度各有不同，本文擬在文學、哲學、歷史的交匯點上建構一部「別是一家」之兩宋詞人心靈史，「別是一家」之別關乎文章的哲學視野和歷史視野，這也便是本文異於前賢的學術意義之所在。對生命的悲劇體認和悲劇體認後的自我救贖之哲學話語是本文選擇的異於前賢之宋詞觀照視角，縱觀封建社會國人心靈發展的歷史長河，剖解兩宋詞人心靈史與封建時代國人心靈史的承繼流變關係是本文選擇的歷史視野。

　　上編第一部分徵引了古今中外的若干話語擬證實「悲劇體認和悲劇體認後的自我救贖」是人類走出童年時代的伊甸園後心路歷程的哲學共相。一次次的喪失體驗是生命體悲劇體認的具象化，文章上編鱗選了兩宋詞人中具代表性的五大喪失類型和相關的心靈標本，觀照他們的自我救贖之路，這便是上編的主體內容。

　　下編則著力剖解宋詞人心靈史與封建時代國人心靈史之間的承繼流變關係。下編歷史進向中的源流回溯追其源至中華文明的開篇先秦時代，推其流至封建社會暮鼓晨鐘的清代。宋詞人個體和群體的心史軌跡在封建時代國人心靈發展流變史這一宏大的坐標系中將理解得更為清晰透徹，本文兩宋詞人心靈史的文本寫作加入了這一歷史坐標後也將更為深透。

目次

緒　論

　　詞被稱爲「心緒文學」，在諸多文學部類中以抒吐心靈眞相爲其優長，有文論家以八字評語辨味詩詞之別：「溫柔敦厚，詩教也，陡然一驚，正是詞中妙境。」（劉體仁《七頌堂詞繹》）陡然一驚便是作者之眞魂對讀者之眞魂的興發感動、讀者之眞心對作者之眞心心有戚戚焉的領受。

　　奠定了詞之基礎和諸多本體特徵的宋詞更是如此，在宋詞中我們可以觸摸到作者宛然如在的鮮活心魂，領受到詞人淪漾其間的永恒心香，觀照到創作主體留存其間的心史軌跡。本文擬以兩萬多首宋詞爲文本基礎、以「悲劇體認和悲劇體認後的自我救贖」之哲學視野和縱貫整個封建文明發展長河的歷史視野爲基點建構一部具歷史通道中多層次心聲回音壁的兩宋詞人心靈史文本。

一、相關先在學術成果檢視

　　對於前賢們與本文題目「哲學、歷史視野下的兩宋詞人心靈史」具相關性的若干論著，筆者擬從「詞史」和「詞人心態研究」兩個角度進行先在重要成果檢視。

　　涉及單個詞人或詞人群體心態研究的專著如：《辛棄疾詞心探

微》劉揚忠著〔註1〕，作者認爲辛棄疾詞興發感動、立懦起衰的巨大精神力量並不僅僅源於眾所公認之「愛國主義精神」，更是源於詞人恢宏寬廣的獨特心胸。該書探討了辛棄疾豐富複雜的主體意識的幾種主要表現形態：「深沉浩茫的民族憂患意識」、「舍我其誰的使命意識」、「尚武任俠的軍人意識」、「嫉惡如仇的社會批評意識」、「大膽敏銳的反傳統意識」。作者借鑒了一些西方的批評方法，並結合以對資料的廣泛佔有、綜合體察和宏觀透視，從而得以在時賢和前彥反覆耕耘過的熟課題中開發出了一些個人新解。著者對辛棄疾人格中的事功一面展現得甚爲詳盡，但對詞人莊禪思想等人格之補的部分卻甚少涉筆，故全書對辛棄疾的詞心抉發稍欠周全和圓通，全書主體與標題的吻合間尚有隙可尋。

楊海明師所著《張炎詞研究》〔註2〕和錢鴻瑛所著《周邦彥研究》〔註3〕對詞進行了類型劃分後分別抉發詞心，而後綜論詞人的整體人格，點面結合，論證細緻周密，結論徵實可信。楊海明師將張炎詞劃分爲隱逸詞、西湖詞、豔情詞、北行詞、詠物詞和節序詞幾大類，將隱逸詞詞心析爲逃避現實逍遙山水的真隱逸和被迫退處而心實不甘的假隱逸真牢騷兩種，認爲西湖詞是其故國之思的主要載體，南宋末期的豔情詞滿目鬢鬖釵影，入元後的豔情詞以今昔對比寄寓遺民之痛，認爲張炎詠物詞、節序詞中家國感慨觸處皆是，北行詞詞心之慷慨激昂是張炎一生心電圖之最高點。在綜論部分，楊海明師認爲黍離之悲是張炎詞的主體詞心，詞人的總體人格是軟弱消沉的。楊海明師通過張炎之心態剖解大體勾畫出了詞人一生的心電圖軌跡，使讀者能夠從中瞭解到張炎人之全人的大體面目。錢馮瑛認爲周邦彥羈旅行役詞最能表現其人生思想，亦具有最高的藝術成就，其詠物詞傳達了失意人零落哀傷的身世之感，著者將周邦彥愛情詞的主旋律析爲「知音

〔註1〕 劉揚忠：《辛棄疾詞心探微》，濟南：齊魯書社，1990年版。
〔註2〕 楊海明：《張炎詞研究》，濟南：齊魯書社，1989年版。
〔註3〕 錢鴻瑛：《周邦彥研究》，廣州：廣東人民出版社，1990年版。

之歡」和「身世之感」的雙重交響。視淡泊沉鬱、風流自命爲周邦彥的主體人格，認爲周邦彥一生儒道思想兼融並包且隨時代而變遷，早年以儒家淑世情懷爲主，中晚年一改心路軌轍，偏嗜道家淡泊寧靜之思。

　　《碧山詞研究》，王筱芸著〔註4〕，著者從王沂孫詞作的意象形態入手剖解詞人的主體情感和審美心境，進而逆推詞人那顆「發生情感的靈魂」。王筱芸認爲王沂孫詞作意象形態具有三種類型，三類意象形態中貫穿著共同的審美心境：「沉鬱淒苦、低抑無盡的憶昔傷今情緒體驗」，蘊蓄著同樣的主體情感：「生死不泯、綿綿無盡的亡國之痛和故國之思」，著者進而認爲「人格軟弱」、「抑鬱內省」、「不善於自我解脫」的內傾型人格氣質是形成王沂孫如此意象形態、審美心境和主體情感的人格成因。著者對王沂孫心態和人格特徵的擷發角度新穎，分析透闢精當，相關心理學知識的徵引亦恰到好處。全書行文辭條豐蔚，文采煥發，內在邏輯理路嚴謹，結論很具說服力。

　　《宋代詞學審美理想》張惠民著〔註5〕，全書分上下兩編。「士人文化精神與宋代詞學審美理想」之下編以詞人的主體美學風格爲具剖析詞人的文化心理，時有獨出心眼之論，如「魏晉風度與姜白石的審美理想」一章中著者認爲白石「情淺」「無情」之說實爲文壇冤案，著者眼中之白石斯爲一往情深之人。著者視白石詞爲滿溢著人間的悲涼與親切的情癡之作，認爲姜白石詞心一方面表現爲超俗的孤高，一方面體現出對眞正知己的渴求，並得出失意寒士與薄命紅顏相交和的男女聲二重唱是其人生詠歎調之主旋律的結論。全書很多篇章融感性之美與理論識力於一體，頗具可讀性。

　　《宋南渡詞人研究》王兆鵬著〔註6〕，全書分上中下三篇，著者

〔註4〕　王筱芸：《碧山詞研究》，南京：南京出版社，1990年版。
〔註5〕　張惠民：《宋代詞學審美理想》北京：人民文學出版社，1995年。
〔註6〕　王兆鵬：《宋南渡詞人研究》，臺北：臺灣文津出版社，1992年版。

在中篇「心靈的探尋」中分四章考察宋南渡詞人群的創作心態：「旅雁孤雲——漂泊者的心態」、「有奇才，無用處——英雄的苦悶」、「此志應難奪——遷客的信念」、「幸有山林雲水——失意者的歸宿」。著者廣泛搜求材料，對南渡時期的社會環境、政治局勢、文人交遊、學術淵源、詞人年譜、詞作繫年等方方面面因此有著超出群倫的深解和縱覽，著者在此基礎上的宋南渡詞人心靈蘊奧抉發因此既具前人難及的深度且有不少慧眼獨具的新解，其學術成果在詞學界深孚眾望，其孜孜矻矻的唐門治詞風範對詞學後進亦頗有啓迪和示範意義。

詞人心態研究相關的論著還有：《柳永和他的詞》曾大興著、《二晏及其詞》宛敏灝著、《李清照及其漱玉詞》胡雲翼著、《珠玉詞研究》蔡茂雄著、《宋代女詞人評述》任日鎬著、《小山詞研究》楊繼修著、《蔣捷及其詞研究》陳燕著、《李後主與李清照》佘雪曼著、《中國史上之民族詞人》繆鉞著、《愛國詞人辛棄疾》鄧喬郴著、《朱淑真及其作品》黃嫣梨著、《張元幹詞研究》曹濟平、《周密及其詞研究》金啓華蕭鵬著、《詞壇女傑李清照》金仕善著、《蘇東坡傳》林語堂著、《蘇軾人格研究》楊勝寬……

詞人心態研究類的論文更是不勝枚舉，略舉幾例以觀之，李春青《雙重生存空間中的歐陽修——兼論歐陽修新型人格結構的生成》一文以空間說來論述歐陽修人生價值的多元化和人格結構的複雜性〔註7〕，「考察歐陽修的心靈軌跡，我們發現他一直生活在幾個不同的空間中，同時在幾個空間言說，所採用的語言迥然不同，其所承認的價值觀也不盡相同，其中最主要的空間包括權力空間和審美空間。權力空間主要是指他實現自己作為士人階層一員的社會理想，樹立其政治形象的場所。前面我所提到的帝師身份和君臣身份都是歐陽修在權力空間中的形象，他在這一空間的活動是以群體的取向而採取行動的。審美空間則是出於他個人的選擇和追求，滿足個人

〔註7〕 李春青：《雙重生存空間中的歐陽修——兼論歐陽修新型人格結構的生成》，《江西社會科學》，2006 年，第 4 期，第 96 頁。

精神需要的場所。」該文還論證了歷史語境的特殊化是歐陽修構建雙重生存空間的根本原因。楊羅生《自由之歌——論蘇軾詞的本質內核》一文將自由析為蘇軾詞心主脈和人格的至高追求,「我們認為,蘇軾的詞與他的詩文書畫,均是其性格的自然流露,而其性格的核心可用兩個字概括:『自由』」〔註 8〕,全文對蘇軾詞的本質內核「自由」的闡析包括「用捨行時,行藏在我——對人生自由的表層體驗」、「學道忘憂,一念還成不自由——在矛盾中尋求自由的精神家園」、「我今忘我兼忘世——心靈自由的獲得」等幾個組成部分。彭玉平《花自飄零水自流:李清照的詞境與心境臆說》一文對李清照和趙明誠世所公認的相伴婚姻始終的知己之愛提出了質疑,「以李、趙的家庭背景,圍繞著藏品的種種矛盾,以及屏居青州的隔閡,說明了李、趙的愛情在經歷了短暫的快樂驛站後,出現了不易察覺的裂痕。有的學者猜測趙或有蓄妾之舉,因為清照無男息,這在「不孝有三,無後為大」的封建社會裏,確是容易動搖愛情根基的。」〔註 9〕作者挑戰學術公論的勇氣誠然可嘉,但論證的文獻根據尚不夠充足有力。

　　本文作者手眼所及並從中得到過一些有益啟示的詞人心態抉發類的論文還有很多,如:何湘瑩《談南宋女遺民詞的生命情調》(《中國文化月刊》,1993 年,第 161 期)、楊海明《自古詞人多寂寞——談唐宋詞中的孤獨心態》(《文史知識》,1993 年,第 3 期)、金啓華《流浪詞人柳永》(《中央日報》,1946 年 9 月 24 日第 9 版)、陶爾夫《珠玉詞:詩意的生命之光》(《北京大學學報》,1998 年,第 5 期)、楊海明《無枝可依——姜夔的飄零之感和戀家之情》(《齊魯學刊》,1999 年,第 4 期、方曉明《倦客紅塵,長記樓中粉淚人——試論小山詞對意義的追尋》(《山東師大學報》,1991 年,第 5 期)、

〔註 8〕　楊羅生:《自由之歌——論蘇軾詞的本質內核》,《雲夢學刊》,1998年,第 2 期,第 42 頁。
〔註 9〕　彭玉平:《花自飄零水自流:李清照的詞境與心境臆說》,《中山大學學報》,1999 年,第 6 期,第 20 頁。

王煦《周邦彥詞的情緒和精神》（《復旦學報》，1986 年，第 5 期）、鄧子勉《朱敦儒心態演變初探》（《中華詞學》，第二輯，1995 年 12 月）、曹濟平《夢繞神州的詞人張元幹》（《文史知識》，1987 年，第 2 期）、葉嘉瑩《靈谿詞說——論陸游詞》（《四川大學學報》，1985 年，第 4 期）、蘇萍《試論李清照的才女意識》（《山西大學學報》，1999 年，第 2 期）、大白《論愛國詞人張孝祥的思想矛盾——讀于湖詞札記》（《徽州師專學報》，1987 年，第 3 期）、唐玲玲《論稼軒詞的排憂適性意識》（《海南大學學報》1990 年，第 1 期）、王安祁《張玉田的飄零心境與隱居心願》（《幼獅雜誌》，1983 年，第 3 期）……

就詞史而言，學界已有多篇論著，如劉毓盤所著《詞史》〔註10〕和胡雲翼所著《中國詞史大綱》〔註11〕是完成於三十年代初的兩部詞史，前者是我國最早的通代詞史，對詞史的發展演進有著粗線條的梳理，並建立了詞通史的初步框架。雖說論述不夠細緻詳盡，但創辟之功實不可歿。後者共分兩編，第一編論唐五代詞史　第二編論北宋詞史，該書開創了新的批評模式，既沿襲傳統理路對重要詞人進行述評，又兼顧到一般詞人，在「唐五代詞人補志」中補敘一般詞人 29 家，在「北宋詞人補志」中補敘一般詞人 57 家，將這些被詞史遺忘的角落重新納入詞史關懷中。

薛礪若所著《宋詞通論》採用了縱橫交錯的新體例〔註12〕，引入了社會學、心理學的理論分析宋詞中的社會生活和文化心理，如此整體研究斯爲全書之橫坐標，而後作者又從縱向描述詞的六大分期，在每期的內容展開過程中採用了類似學案體的方法，首敘大家作爲某期典型標本，後論列一般詞人，這種編撰體例能讓讀者了然詞人詞派間的傳承流變關係，不過本書分期的合理性尚值得商榷。

〔註10〕劉毓盤：《詞史》，上海：上海書店，1985 年版。
〔註11〕胡雲翼：《中國詞史大綱》，上海：上海北新書局，1933 年版。
〔註12〕薛礪若：《宋詞通論》，上海：上海書店，1985 年版。

　　《唐宋詞史》楊海明師所著〔註13〕，全書經緯交織，詞之整體觀爲全書之緯，著者認爲唐宋詞有三大總體特點：狹深文體和心緒文學、憂患意識和傷感色彩、南方文學和柔美風格，並認爲在眾多藝術之筐中詞是表達愛情意識和憂患意識的理想之筐，同時提舉出了詞之主要美感形態：悲、豔、柔和傷感色彩。楊海明師將唐宋詞史劃分爲晚唐五代、北宋、南宋三大階段梳理其發展流程，視其爲由少——老、由春——秋——冬的生命季節演化過程，此爲全書之經。著者開擴了詞史研究的歷史文化視野，注重對詞體美學風貌進行整體觀照和描述，與前期詞史相比顯示出了更爲深厚的理論學養，成爲唐宋詞史這一熟地中問世最早的學術轉軌之作。

　　女學者鄧紅梅所著《女性詞史》〔註14〕是一部以女性主義視角建構的「自己的文學史」，對中國古代的「女性存在和女性文學處境的歷史特殊性」（後記）予以觀照和顯影，對女性的「閨音原唱」這一被詞史「遺忘的角落」進行了女學人的「閨音研究」，著者以「花期」爲喻，將女性詞的發展歷程析爲六期：一·「試蕾期」——唐五代兩宋，二·「倒春寒」斁萎期——金元至明嘉靖年間，三·「花之初放」——明萬曆至明亡期間，四·「花影迷離」——清前期，五·「萬花爲春」——清中期，六·「花事將闌」——清後期，七·「花殘春去」——清末，女性詞史這段「色彩斑斕的花史」在這本書中出之以同樣「色彩斑斕」的感性描述。這部詞學研究領域蓽路藍縷的「拓荒」之作建立在著者搜幽抉隱後的充足材料基礎之上，其理論言說徵實可信，「切近於女性詞史的本相」。不過倘若在感性優勢的基礎上，於學理的清明深透上更進一步以成就學術之大，就更符合詞學界的學術期待了。

　　《北宋詞史》是兩代學人的合作成果〔註15〕，傳統方法與現代

〔註13〕楊海明：《唐宋詞史》，天津：天津古籍出版社，1998年版。
〔註14〕鄧紅梅：《女性詞史》，濟南：山東教育出版社，2000年版。
〔註15〕陶爾夫、諸葛憶兵：《北宋詞史》，哈爾濱：黑龍江教育出版社，2002

思路相結合，對近年來詞學界運用心理學、文化學、美學、定量定性分析等新方法所產生的研究成果多有引用，另外在詞史的結構安排上對著者的詞史觀也有所體現。《南宋詞史》陶爾夫、劉敬圻合著〔註16〕，作者首先對詞之發展通史進行了宏觀劃段，「中國詞史，大體上經歷了興起期、高峰期、衰落期與復興期四個階段，縱觀此四個階段，南宋恰值高峰時期。」（該書第522頁）將南宋詞視爲高峰期，而後又對南宋詞進行了分期，將之劃分爲詞壇的重建期、詞史的高峰期、詞藝的深化期、宋詞的結獲期，而後對各期的特點和代表詞人進行了闡析和論列。作爲第一部南宋斷代詞史，有填補空白之功，全書在史的描述過程中結合以對作品的美學賞析，對已堆積有大量前人研究成果的詞人儘量不做重複性論述，而是在前人基礎上進一步掘進，同時打撈歷代治詞史者不太留意或疏漏的詞人，以求達到「點的深化和面的拓展」（該書卷首王兆鵬序），但是著者仍援用「豪放」「婉約」的傳統二分法來研究南宋詞，不能不說在南宋詞的風格把握上過於守成。

孫康宜所著《晚唐迄北宋詞體演進與詞人風格》〔註17〕和村上哲見所著《唐五代北宋詞人研究》〔註18〕是兩部來自異域之邦的詞學新詮，在研究方法上可資借鑒，如前者採用了詩詞綜合探討法，後者吸納了一些現代批評術語來治唐宋詞，如用拉丁語中的修辭術語並列結構和從屬結構比較溫庭筠和韋莊詞的不同，確屬嶄新視角。兩篇論著的不足之處在於全書史的描述和具體作品的分析都顯得較爲平淺。

2005年艾治平先生推出新作《詞人心史》，這部書稿一改詞史的

年版。

〔註16〕陶爾夫、劉敬圻：《南宋詞史》，哈爾濱：黑龍江人民出版社，2006年版。

〔註17〕〔美〕孫康宜著，李奭學譯：《晚唐迄北宋詞體演進與詞人風格》，臺北：聯經出版公司，1994年版。

〔註18〕〔日〕村上哲見：《唐五代北宋詞人研究》，北京：中華書局，1997年版。

貫常結構，全書主體是單篇作家論之組合，所涉及的詞人基本囊括了晚唐五代和兩宋詞壇的重要作家，書稿中詳盡介紹了每位篇主的身平經歷，列舉了詞人不同時期的代表作並予以詳解，以期與生命歷程進行互證研究，從而完成詞人小傳之寫作目的。全書按照時間順序來組織各個單篇，因此整本書在完成眾多詞人小傳的同時間接呈顯了詞從唐五代、北宋至南宋的發展軌跡，書名《詞人心史》，即作者艾治平先生小傳中所言創作旨歸「橫向看是一個完整詞人」「縱向看是一部豐實詞史」〔註 19〕，而非詞人個體的心靈動態發展史。艾治平先生大量徵引材料，使論著已基本達到了作者之初始寫作訴求，但全書詞人的生平經歷介紹和作品的簡單評析有餘，高屋建瓴的理論識力略爲有欠。

　　上引這些論文論著斯爲作者獨立見解之發揮，他們從各自的角度開山採銅，其學術成果已成爲他人研究之椎輪、自己努力之息壤。

二、本文關鍵詞、創新點說明和基本內容介紹

　　與若干先在成果相比，本文異於前賢的創新意義和學術意義來源於選題中的兩個關鍵詞「哲學視野」和「歷史視野」，哲學理論的剖解和歷史眼光的審視是建構全文的兩大坐標系。

　　先就哲學視野而言之，「哲學是人的特點，是人的精神上的歡樂。不發表哲學議論的作家只不過是一個工匠而已。」〔註 20〕勃蘭兌斯在《十九世紀文學主流》引言中說「文學史，就其最深刻的意義來說，是一種心理學。它研究人的靈魂，是靈魂的歷史。」〔註 21〕文學中應當響亮著多維度的和聲交織，現實的維度、人倫的維度之外，存在維度、哲學維度更不可少，否則文學將表現出不能承受之

〔註 19〕艾治平：《詞人心史》上海：學林出版社，2005 年版。

〔註 20〕〔法〕拉法格著，羅大岡譯：《拉法格文論集》，北京：人民文學出版社，1979 年版，第 157～158 頁。

〔註 21〕〔丹〕勃蘭克斯著，張道真等譯：《十九世紀文學主流・引言》，北京：人民文學出版社，1997 年版。

輕。當然此處所言哲學並非生硬插入的抽幹了生命汁液的理論話語，而是對作為「魂生命」的人之種種問題進行探索的詩學呈現。關於人之生命歷程的哲學觀點雖說眾聲紛紜，表現形式亦具有理論言說、詩學呈現、生命實踐等多種樣態，但其中很大一部分都體現著同一主旋律，這一主旋律之音傾訴著生命的悲劇體認和悲劇體認後的主體應對方略：死本能大於生本能之自棄或生本能大於死本能之自我救贖。

悲劇體認是人類無可逃的宿命，西哲叔本華持「人之大孽，在其降生」的觀點，存在主義哲學家海德格爾以「人之被拋」「人之無保護」作為學說的立論基點。就兩宋詞人而言，晏殊有「無可奈何花落去」之傷逝惋歎（《浣溪沙》），其子晏幾道有「天與多情，不與長相守」之情殤苦楚（《點絳唇》），朱敦儒有「從來顛怪更心瘋，做盡百般無用」之心死頹靡，柳永有「未慣羈遊況味，征鞍上、滿目淒涼」之行役黯懷，宋遺民有「幾魂飛西浦，淚灑東州」之黍離悲慟（《西江月》）……人為什麼是哭著而不是笑著來到世上，這是否是對生命主流況味的暗示，人所有面部表情中破顏一笑的明媚佔據著甚小比例，這是否是生命體人生況味的真實流露，任何一個不是盲目樂觀的人都不能否認生命的黑色基調。

命定的苦難面前，人如何自處？to be or not to be, that is a question（生還是死，那是一個問題），莎士比亞經典名劇《哈姆雷特》中的這一句臺詞成為人一輩子的拷問。悲不是文化的全書，人類「因光而生，為光而生」〔註 22〕，人當自我求贖，在生命困境中人的生本能傾嚮往往能夠戰勝死本能傾向，使其傾全力自我救贖，尋找將人格帶至和諧平衡樂地的有效方法。人也能夠成功地自我救贖，歷史通道中除了失敗的累累白骨和哀莫大於心死的黑色樣板外，也有很多用自己的生命悟性締造了個人樂園，在頭頂上闢出了

〔註 22〕〔美〕桑塔格著，程巍譯：《疾病的隱喻》，上海：上海譯文出版社，2003 年版。

一片永遠的晴空遮蔽自己和他人的自贖典範。蘇軾便是宋朝的典型個案，他一生仕途逆賽，多次被流放至天涯海角，可他卻在人所難堪的種種困境中成就了勝物無傷、清明如洗的天人胸襟，隨處皆可懸崖撒手歇腳歇肩、心靈輕盈地飛翔於洋溢著牧歌情調的心宇。所有的人文學科從根源處來看都是基於尋找人類不被懸在頭頂上的這把達摩克利斯之劍——悲劇性生命體驗斬斷頭顱的良策而產生和發展的，「宗教和哲學的歷史就是這些答案的歷史，就是這些答案的多樣性的歷史，也是它們在數量上的有限性的歷史」〔註 23〕。通過種種自我救贖的途徑將人類帶往和諧圓融的生命原鄉其實也便是文化的終極目標和潛在支點，林語堂在《今文八弊》中憧憬道：「我想文化之極峰沒有什麼，就是使人生達到水連天碧一切調和境地而已。」〔註 24〕

從悲劇體認走向自我救贖，這便是貫穿於不同生命體中的共通哲學紅線，本文題目中的「心靈史」即這一哲學話語觀照下詞人的心靈動態發展史，如此哲學話語是前賢們在詞學研究中尚未使用過的，當屬學術新探，本文課題也因此異於眾多學人的單個詞人或詞人群體的心態抉發類論著。

就本文題目「哲學歷史視野下的兩宋詞人心靈史」而言，還有一點需要在論文寫作之前加以闡明，題目中兩宋詞人心靈史斯為詞文本中所發顯的詞人心靈史，筆者認為在宋朝的各種文學類別中，詞是觀照創作主體心史軌跡的最佳體裁。詞何以能如此？這便關乎詞心與人格三層面中本我世界之密合關係及兩宋詞流在前進過程中的不斷擴容。哲學家對人之靈魂進行了細分，將之分為超我、自我、本我三個人格層面，其中本我是一個排除了任何異己成分的原在空間，其中容納著人之全部原生態情感和欲望，本我是我之為我的根

〔註 23〕〔德〕弗洛伊德著，彭舜譯：《精神分析引論》，西安：陝西人民出版社，2006 年版。
〔註 24〕林語堂：《今文八弊》，人間世（上），1935 年，第 27 期。

基，決定了「我」與他人相異的獨特面目，在本我自我超我三者之綜合的人之全人中所佔比例最大。各個朝代的不同文學部類中，由於體性、文化功能、文學傳統等原因，它們對人格三層面的容納範圍並不相同，當一種文體收容了較多的本我面目，覆蓋了人格三層面盡可能多的面積時，那麼這種文體與人之全人的貼合也就越發緊密，將之作爲勾畫創作者心史軌跡的文本基礎也便越具合理性。宋朝詞便是符合這一條件的文體，首先，詞長短錯落、音節抗墜、句法參差的體性和音樂文體、遊戲文體的文化功能決定了詞與本我世界的密合關係，其次，隨著詞在宋朝的升格運動，詞心在本我基礎上還逐漸收容了人格層面中的部分自我和超我內容，因此詞與人之全人的覆蓋面積也就成爲宋朝諸多文學體裁中最大的一類，宋人心靈史從詞中抉發自是勢所必至的當然之理。

本文以上言哲學視角從兩萬多首宋詞中觀照並釐析出若干詞人心靈路徑，進而合併同類項，鱗選出具有代表性的五大悲劇體認入口和若干心靈標本，展現和比較這些心靈標本在相同入口登堂入室後的心靈路徑走向，即梳理詞人相同悲劇體驗後各自的自我救贖方略和自贖結果，從而勾畫出宋詞人中具代表性的五條典型性心靈路徑：（一）「自古。紅顏能得幾時新」（歐陽修《定風波》），以晏殊歐陽修爲例解剖宋詞人的傷逝情結和自贖路徑；（二）「天與多情，不與長相守」（晏幾道《點絳唇》），以晏幾道、吳文英、姜夔、李清照、朱淑眞爲例發顯宋詞人的情殤煎熬和自贖路徑；（三）「歸去來兮，吾歸何處」（蘇軾《滿庭芳》），以蘇軾爲例觀照宋詞人的空漠情懷和自贖路徑；（四）「未慣羈遊況味，征鞍上、滿目淒涼」（周邦彥《滿庭芳》），以柳永、周邦彥爲例體味宋詞人的浮萍意識和自贖路徑；（五）「回首天涯歸夢，幾魂飛西浦，淚灑東州」（周密《一萼紅》），以多位心靈標本爲例傾聽宋詞人的國殤靈歌和自贖和聲。在勾畫心靈路徑的同時觀照和細述路徑中多姿多彩的心景氣象以豐實心靈路徑圖，並從路徑圖中品咀和發顯其含蘊的時代精神共相：宋人內外

雙修憂樂互濟的成熟文化人格和由之決定的自贖意識、宋人純白無
染心性之集體自贖和宋人救贖不力之內斂沉潛陰柔靜弱的時代心理
歸因。得出宏觀印象後再去各條小徑和主乾道中漫步，對其走向和
一路風景當更會心，當有著更爲深入的同情之理解。在這些工作的
基礎上論文上編最終建成了既具個人徜徉的小徑又有群體流連的主
乾道、且點綴著一些宋詞花朵的宋人心靈大觀園的園景圖。

　　再就歷史視野而言之，宋人的文化心理有承有繼，宋人心靈大
觀園的園景圖與封建社會其它朝代國人心靈園景圖之間有著不可分
割的聯繫，其中不少路徑和景致或是前朝的再現，或是在前朝的基
礎上有所變通，如心靈路徑入口相同，但走向有異，或心靈路徑入
口和走向相同，但路徑更加寬廣，或路徑入口走向和路寬都相同、
但一路景致呈現異姿……宋人心靈大觀園園景圖中亦有若干路徑和
景致爲後朝人所摹仿、復現、擴展或變通表現，本文繼上編建構了
宋人心靈大觀園園景圖後又在下編中將之與其它朝代國人心靈園景
圖進行相關路徑的對照比較研究，以增加園景圖的景深和本文的史
識濃度。

　　這一勾連迻印始之於唱響了中華民族多元文化序曲的先秦時
代，先秦文化的主體儒道思想對宋詞人有著全面沾溉。「士不可不弘
毅，任重而道遠」，儒家爲類的良好生存負責任的自覺意識在宋人文
化人格中得到了很好的傳承和體現。「仁者愛人」是儒家的重要話
語，但先儒們並沒有因愛人、愛世界而忽略了愛己，忽略了個體心
靈的安頓，困境中絃歌不絕、油然而笑的孔子和曲肱飲水不改其歡
如心態的顏子一直是後世儒者特別是宋儒們討論的話頭，亦成爲宋
人困境中求取自贖方略時的取資對象。莊子爲後人擺出了一桌生命
智慧豐融、文采煥發的精神和感官盛宴，向世人展現了「逍遙遊」
的自由景象，成爲後世文人的夢中桃源和文化鄉愁，莊子類意象遍
現宋詞。屈原雖被楚王放逐流離，卻不能放棄對生命意義的求索苟
且一生，這種對生命意義不懈求索的在世態度亦爲很多宋人所繼

承，他們苦苦尋求此岸生命的最佳落點，並終生堅守此落點，以之爲生命歸依，以之給生命航船增添壓艙的力量。「癡男怨女，堪歎古今情不盡」，先民吟唱的《詩經》中愛情已成爲主旋律之一，詩經中的眾多情歌和宋詞一樣亦是情殤苦吟多於甜美戀歌，「傷心人」愛而不得其愛，愛而失其所愛的情殤淚水彙成了一條充滿眞摯情思的靈河，從詩經中流入宋詞，再從宋詞中一路流淌下去。

漢朝這一盛世春天花園裏的林林總總在漢大賦中得到了充分的、有時可以說是略帶誇飾的表現，柳永筆底之都市歌詠類詞篇與漢大賦中蘊蓄著同樣的朝陽心態——自豪自信、蓬勃向上、意氣風發。死神的黑衣常常映現在理想之翅難以騰飛的東漢士人眼中，《古詩十九首》便是東漢文人深重的死亡恐懼和時間意識的詩學呈現，《古詩十九首》中的傷逝情結與歐陽修、晏殊抒懷詞中的主流情緒同中有異。魏晉士人在哲學之無的地基上建構了美學之有，以美爲精神遁逃藪和自我實現的方式，宋末四大詞人南宋時期締造個人審美桃源以之爲歸的價值觀選擇與之相同。被稱爲「千古隱逸之宗」的東晉士人陶淵明與宋人間更是有著莫逆相契的跨時空精神聯繫，陶淵明最喜寫「歸鳥」意象，這一隻飛翔於鳶飛魚躍之樸茂天地間的歸鳥不正是找回了生命眞義在天地間悠然自得地彈奏無弦琴的詩人自己嗎？這一隻歸鳥不斷地飛臨宋詞人的思想天宇，爲他們所馨香禱祝。同樣以哲學之無爲生命地基的南朝人以女性世界、男女豔情爲精神之有，將之作爲安放虛無生命的落點，儒家文化背景下的中國人經常過份地壓抑生命的自然欲求，南朝人身體欲望在現實中的充分滿足抑或過於放縱並以文本展示陳述雖不免有矯枉過正之弊，但就其開啓了對女性、對情愛和性愛意義的發現之旅來說不可謂沒有文化人類學的意義，柳永的豔情詞中繼續著這樣的發現之旅，身體無羞無愧的欲望訴說再次在文學文本中被聽見。唐朝這一詩歌國度中的詩仙李白、詩聖杜甫、詩禪王維各領詩界和精神界風騷，與宋人間有著不可分割的精神密碼聯繫。謫僊人李白是唐人飛

天群像中最自由灑脫、最具仙姿逸氣的一個，宋朝坡仙「蘇軾」在精神境界的自由無礙、自在高蹈上與李白庶幾相似。詩聖杜甫最好地踐履了儒家的入世精神和博愛情懷，成爲中華文明史上的一個界標式人物，宋詞人辛棄疾可謂杜甫在宋朝的精神傳人。人人身在此岸，可都需要同時進行彼岸眺望，「雖與人境接，閉門成隱居」（王維《濟州過趙叟家宴》），閉門後所爲何世，眺望彼岸以救贖有情生命的世間情累也，唐朝王維是將此岸努力和彼岸眺望二者關係平衡得最好的生命體，此一在現世中時時閉門眺望的生命態度亦爲宋人所承，在宋人的人格平衡中發揮著重要作用。

創有明一代「心學」的王陽明先生是思想界的破冰之人，「心學」開啓了明朝中後期立論者的無限法門，多姿多彩的理論形態中貫穿著「顧此千尺軀，即爲黃金寶」這一人本主義主線，個人欲望之充分滿足、個人價值之全面實現被推向了歷史前臺，極力拓展個人空間以儘量完滿生命之圓的意識在宋詞中亦有著充分表現。在聖壇缺位後追求自我狂歡的過程中，明人發現心的狂歡可以籍由愛情的滿足來實現，明人開啓了情本體論的理論闡述歷程，理論思維的助力下，明朝光華燦爛的愛情話語與宋詞相較毫不遜色。宋人心靈大觀園園景圖與其它朝代國人心靈園景圖的對照比較研究終之以敲響了古中國封建文明暮鼓沉鐘的清代，清朝《聊齋志異》、《紅樓夢》等小說使得有清一代在文學話語建構上不愧於任何一個朝代，這兩部作品中既有著宋詞中傳統域愛情話語的傳承，又在其基礎上轉入新境，《聊齋志異》和《紅樓夢》中「情不情」和「膩友」之情感描寫篇章開闊了了兩性話語空間。從誕生初宋詞就與女性結下了不解之緣，與宋詞相比，《紅樓夢》和《聊齋志異》對女性的歌詠和讚美有過之而無不及，其中所含蘊的女性意識在宋詞的基礎上又向前邁出了一大步。《紅樓夢》題名中的夢是佛家「夢幻泡影」的空無之夢，《聊齋志異》以鬼怪狐仙說事，將美麗視爲只存在於世外場域中，不也因著對人世的夢觀嗎？此一生命夢觀在上編典型性心靈路中也

曾有過充分的體味。

　　因筆者有限的學識聞見，本文的哲學把握、典型性心靈路徑的鱗選和解析或有不夠嚴密和恰當處，縱貫歷史的對比也很可能有不少疏漏和個人觀點之偏頗，尚祈大方之家是正。

上　編
哲理視野下的兩宋詞人心靈路徑圖
之勾畫展示——以哲學話語觀照兩宋
詞人個體心史軌跡和時代心靈共相

第一章　宋詞人心靈史文本
寫作之哲學基礎

　　個體具體的心靈發展有著各自特異的軌跡，但眾生靈魂行走路線中卻貫穿著相同的哲學路徑：從宿命喪失的悲劇體認走向尋找方舟的自我救贖。本文選取這一哲學路徑作為觀照宋人心靈發展衍變軌跡的一扇窗口，擬構建別一種角度的詞人心靈史。

一、生命中難以承受之重——論生命的悲劇體認

　　開天闢地以來國人不斷呼吸領會著彌漫於精神上空的「悲涼之霧」，不僅具柔弱銳敏心性的人易於覺知生命悲情，如抒吐出「有情芍藥含春淚，無力薔薇臥曉枝」（秦觀《春日五首》之一）之女郎語的宋詞人秦觀，為「郴江幸自繞郴山，為誰流下瀟湘去？」（秦觀《踏莎行》）而心傷不已，為「桃源望斷無尋處」（秦觀：《踏莎行》）而心生絕望。即便是那些陽剛氣十足、威武傑特的英豪們亦不能例外，橫槊賦詩的一代英雄曹操方「對酒當歌」，在歌酒的引發下提揚起一些生命興致，生命罩上了一層明麗的希望亮光，可立刻就被「人生幾何」（曹操《短歌行》）的陰慘西風吹拂得搖曳不定，樂尚未盡悲即迅歸，如莊子所言「山林與，皋壤與，使我欣欣然而樂與；樂未畢也，哀又繼之」（《莊子·知北遊》）。開創了大漢盛世的一代雄主

漢武帝《秋風辭》中亦是悲音流動：「簫鼓鳴兮發擢歌，歡樂極兮哀情多，少壯幾時兮奈老何！」（《漢魏六朝詩選》第一卷）「亡國之音哀以思」（《禮記‧樂記》），烽火連天的亂世中人產生生命的悲劇體認自可想見，如創作於戰亂頻仍人命如草的東漢末期的《古詩十九首》「文溫而麗，意悲而遠」（鍾嶸《詩品》），身逢安史之亂杜甫「憂端齊終南，澒洞不可掇」（杜甫《自京赴奉先縣詠懷五百字》），封建列車的末節車廂即將駛入無歸之地時康有為「上念國君危，下憂黎元屙，中間痛身世，慷慨傷磋跎。」（康有為《檳榔嶼督署秋風獨坐雜作》）可生當康乾盛世的錦衣玉食公子納蘭性德居然也將生命的本質界定為「便無風雪也摧殘」（納蘭性德《浣溪紗》），對生命懷有無量悲情，他的詞中滿是灰暗頹靡的情緒，「歸夢隔狼河，又被河聲攪碎。還睡，還睡，解道醒來無味」（納蘭性德《如夢令》）。悲劇性人生感受不僅為心性纏綿的「情癡」所體味，如被楚王放逐卻「雖九死其尤未悔」的楚國大夫屈原「始於哀怨之深」（王世貞《藝苑巵言》卷一引庾信語），縱然豁達明慧被稱為快樂天才的宋朝大文豪蘇軾，憂患之語亦多，「一生憂患常倍他人」（《石巷舒醉墨堂》《蘇軾文集》卷六十二）、「也擬窮途哭，死灰吹不起」（《黃州寒食詩》《蘇軾詩集》卷十二）、「人生識字憂患始，姓名粗記可以休」（《石蒼舒醉墨堂》《蘇軾詩集》卷十八）、「此生忽忽憂患裏，清境過眼能須臾」（《舟中夜起》《蘇軾詩集》卷十）……

　　古人如此，現代人亦然，李澤厚先生說：「任何規範標準價值，都是虛假的或值得懷疑的，它們並不可信或並無價值。只有人必然要死才是真的，只有短促的人生中總充滿那麼多的生離死別哀傷不幸才是真的。」﹝註1﹞錢鍾書先生有言：「人情樂極生悲，自屬尋常，悲極生樂，斯境罕證……轉樂成悲，古來慣道。」﹝註2﹞現代學人張法在《中國文化與悲劇意識》一書中總結道：「元人張養浩《山坡

﹝註1﹞ 李澤厚：《美的歷程》，桂林：廣西師範大學出版社，2001 年版，第24 頁。
﹝註2﹞ 錢鍾書：《管錐篇》，北京：中華書局，1999 年版，第884 頁。

羊》云：『峰巒如聚，波濤如怒，山河表裏潼關路，望西都，意躊躇。傷心秦漢經行處，宮闕萬間都做了土。興，百姓苦；亡，百姓苦。』如果這裏興不包括盛的話，那麼當可以補充為：中國文化之心，興也悲，亡也悲，衰也悲，盛也悲。」〔註3〕興亡盛衰的時代環境無關於塗黑了的心靈底色，真是無時不悲，無處不悲，無人不悲也。

國人嗜賞的音樂類型亦是國人生命悲劇體認的一個很有力的證明，音樂的諸多情緒中國人偏嗜悲音，「師曠調音，曲無不悲；狄牙和膳，肴無淡味」、「飾百者皆欲為好，而運目者希；文音者皆欲為悲，而驚耳者寡、美色不同面，皆佳於目；悲音不共聲，皆快於耳。」（王充《論衡・超奇篇》）錢鍾書先生在《管錐編》中說：「奏樂以生悲為善音，聽樂以能悲為知音，漢魏六朝，風尚如斯。」〔註4〕從春秋戰國以來，音樂和音樂文學就形成了悲為主格調的局面，《詩經》之變風變雅多悲歌，《九歌》之《湘君》《湘夫人》《山鬼》《國殤》全是悲歌，戰國晉平公所好之音全是悲音，從清商聽到清徵，又到清角，越悲越來勁。（參見《韓非子・十過》）今存漢樂府中多悲歌，《史記・留侯世家》中載：「戚夫人楚舞，高祖為之楚歌，噓唏流涕。」《古詩十九首》全是悲歌。杜甫《聽楊氏歌》一詩中描寫了悲歌感發人心之力：「佳人絕代歌，獨立發皓齒。滿堂慘不樂，響下清虛裏。江城帶素月，況乃清夜起。古來傑出士，豈特一知己。吾聞昔秦青，傾倒天下士，老夫悲暮年，壯士淚如水。玉杯久寂寞，金管迷宮徵。勿云聽者疲，愚智心盡死……」這樣的音樂嗜好已深深地積澱在了國人的文化心理中，直至現代國人仍偏愛聽感傷之音。生命悲情需要籍音樂的同情力獲得緩釋，黑色音符感發下心靈泣血的同時亦流出了靈魂中的黑色情愫，痛苦因此有了一個出口，生命亦由此而得到慰安，國人的音樂情緒偏嗜在一定程度上證明了國人對生命的悲劇性總體體認。

〔註3〕錢鍾書：《管錐篇》，北京：中華書局，1999年版，第884頁。
〔註4〕錢鍾書：《管錐篇》，北京：中華書局，1999年版，第946頁。

「常人能感之，詩人能寫之」（王國維《人間詞話》），在文學作品中我們經常能與生命的悲劇性體認晤面，文藝家們由於多受人文精神的薰陶、由於神經末梢已被書本培植得異常發達，故心性較常人更爲銳敏多情，對生命的悲劇性體認較常人亦更爲深重，「所謂詩人，正是那種對憂患特別敏感的人們，他們能透過生活中的暫時的和表面的圓滿看到它內在的更深刻的不圓滿，所以他們總是從歡樂中體驗到憂傷。」〔註5〕「多傷感情調，乃知識分子之常，我亦大有此病，或此生終不能改。」（魯迅：《致曹聚仁》）〔註6〕悲情體驗後文人以文爲哭，借文字澆胸中塊壘，「《離騷》爲屈大夫之哭泣，《莊子》爲蒙叟之哭泣，《史記》爲太史公之哭泣，《草堂詩集》爲杜工部之哭泣，李後主以詞哭；八大山人以畫哭；王實甫寄哭泣於《西廂》；曹雪芹寄哭泣於《紅樓夢》。」〔註7〕「予歷覽古今歌詩，自《風》《騷》之後，蘇李以還，次及鮑謝徒，迄於李杜輩，其間詞人聞知者累百，詩章留傳者鉅萬。觀其所自，多因讒冤、譴逐、征戍、行旅、凍餒、病老、存歿、別離，情發於中，文形於外，故憤憂怨傷之作，通計今古十八九焉。」（白居易《序洛詩序》）〔註8〕中國古典文學的上空在絕大多數的時段中都籠罩著大面積憂患悲涼的烏雲，五經之首的《詩經》中憂出現在句首有 20 多次，《詩經》憂患人生的主題很是突出，聊引一首詩以觀之，「隰有萇楚，猗儺其枝，夭之沃沃，樂子之無知。隰有萇楚，猗儺其華，夭之沃沃。樂子之無家。隰有萇楚，猗儺其實，夭之沃沃。樂子之無室。」（《隰有萇楚》）《詩志》解說道「自恨不如草木，極不近情理，然悲困無聊，不得不有此苦懷，三「樂」字，慘極，眞不可讀。無一語自道，卻

〔註5〕 高爾泰：《美是自由的象徵》，北京：人民文學出版社，1986 年

〔註6〕 魯迅：《魯迅書信集》，北京：人民文學出版社，1976 年版，第 53 頁。

〔註7〕 〔清〕劉鶚：《老殘遊記》，上海：上海古籍出版社，2000 年版，第 1 頁。

〔註8〕 〔清〕董誥等編：《全唐文》，北京：中華書局，1983 年版，第 689 頁。

自十分悲苦，妙。」《詩經直解》曰：「此痛感有知有家有室之苦者，
轉羨草木無知無家無室之樂，悲觀厭世之詩。詩人見物起興，語絕
沉痛。」家、室本爲溫暖之源，「知」本爲清明人生之需，詩人卻欲
一併拋棄，反對只有生魂而無覺魂的草木的生命狀態充滿了渴望之
心，可見對人生厭棄至極矣。宋玉悲秋已成文化原型，「悲秋實爲悲
人生之秋也。」（《太平廣記》卷八三《瀟湘錄》），悲歡生命如秋天
樣是個遞降的過程，此爲中國文明源頭處的文人心聲流露。「好一似
食盡鳥投林，落得個白茫茫大地眞乾淨」（《紅樓夢》），作爲中國古
文明發展末端的孤篇橫絕之作《紅樓夢》亦是徹頭徹尾的悲劇，首
尾之間亦貫之以悲哀主調，與音樂一樣文學亦印證著國人對生命基
調的體認。

　　不僅炎黃子孫方寸之地無限悲涼，源於古希臘文明的西方文化
亦同樣持有生命的無量悲情，悲觀主義哲學家叔本華持有「人之大
孽，在其降生」的觀點（叔本華《意志和表象的世界》第三卷），視
生命爲原罪，焉能不悲懷貫徹一生。海德格爾以人之被拋作爲學說
的立論基點，「在萬物（動植物）中也無任何物被特別保護，雖然它
們都被放入敞開者中且安然在敞開者中。反之，人，作爲以自身爲
意願者，不僅未被在者整體特別保護，而且人是無保護的。」〔註9〕
無護祐之人無往不在流浪途中，如何能擺脫悲傷的纏繞。弗洛姆認
同人在最根源處於己於世的無能爲力，「我們不得不回過頭來承認，
人最終是軟弱無力、微不足道的。」〔註10〕前蘇聯作家車爾雪尼夫
斯基認爲，人類常常「由於我們自身的渺小衰弱而喪魂落魄」（車爾
雪尼夫斯基：《車爾雪尼夫斯基論文學》）。黑格爾在《美學講義》中
說明「人的存在，是被限制、有限性的東西，人是被安放在缺乏、

〔註9〕　〔德〕海德格爾著，陳嘉映，王慶節譯：《存在與時間》，北京：新
　　　　知三聯書店，2006 年版，第 370 頁。
〔註10〕　〔美〕弗洛姆著，孫依依譯：《爲自己的人》，北京：三聯書店，1988
　　　　年版，第 26 頁。

不安、痛苦的狀態，而常陷於矛盾之中。」〔註11〕

對於悲劇根據，學人有著諸多詮解。持生存需求層次說的哲學家將之歸結為人之生存需求的難以滿足，「每個人都具有一處對健康的積極嚮往，一種希望發展，或希望人的各種潛力都得到實現的衝動。」〔註12〕可是各種主客觀條件往往會阻礙人的需求實現，「人們所期望的東西，僅在很少的場合才能如願以償；人們所抱定的目的，大部分是彼此衝突和矛盾，或者有的因其本身的實際而根本就辦不到，有的因缺乏實現的手段而不能達到」〔註13〕「人之情境的悲劇性在於自我的發展永遠不會完成，即使在最好的條件下，人的潛能也只能得到部分的實現。人總是在他還未充分誕生前就死亡了。」〔註14〕人亦隱約感知生命如同西西弗斯推石上山般的徒勞無效，生命的欲求一再被壓抑，生命能量得不到合理釋放，悲劇性生命觀感焉能不由此產生，人性的災難焉能不因此降臨。叔本華說：「悲劇的真正意義是一種深刻的認識，認識到悲劇主角所贖的不是他個人特有的罪，而是原罪，亦即生存本身之罪。」〔註15〕既然生存被視作了須終身負荷的原罪，罪與罰怎能不成為從搖籃走向墳墓的生命歷程中始終貫穿的課題，「存在為存在本身贖罪」的生命怎能不是一次悲劇性的心靈苦旅？科學共產主義的創始人馬克斯、恩格斯則說：「（大自然）斯芬克斯向每個人和每個時代提出了問題。誰能正確回答這個問題，誰就幸福；誰不能回答或不能正確回答這個問題，誰

〔註11〕 〔德〕黑格爾著，朱光潛譯：《美學》，北京：商務印書館，1981 年版，第 123 頁。

〔註12〕 〔美〕弗蘭克·戈布爾著，呂明、陳紅雯譯：《第三思潮：馬斯洛心理學》，上海：上海譯文出版社，1986 年版，第 65 頁。

〔註13〕 〔德〕恩格斯：《費爾巴哈與德國古典哲學的終結》，北京：人民文學出版社，1959 年版，第 37 頁。

〔註14〕 〔美〕弗洛姆著，孫依依譯：《為自己的人》，北京：三聯書店，1988 年版，第 50 頁。

〔註15〕 〔德〕叔本華著，石沖白譯：《作為意志與表象的世界》，北京：商務印書館，1982 年版，第 352 頁。

就落入斯芬克斯的魔爪……對各個民族來說也是這樣，看你們能不能猜中命運的謎語。」〔註 16〕可是猜中命運謎語的人何其少也，故失敗者漫山遍野，成爲泰戈爾所言彈斷了的琴弦，「琴弦爲什麼斷了呢？我強彈了一個它不能勝的音節，因此琴弦斷了。」（泰戈爾《園丁集 52》）至於現代社會的悲劇，則呈現出和以往不同的特徵，梅特林克提出了現代社會的日常生活性悲劇，他在《卑微者的財富》一文中指出：「在日常生活中有一種悲劇因素，它比偉大的冒險事業中的悲劇因素眞實得多，深刻得多，也更能引起我們內在眞實自我的共鳴。」〔註 17〕這種悲劇因習焉不察故更具破壞性，很多人每天都在無謂地消耗著生命資源：屬己的主觀時間、有限的精力、人之初的裕如心境……生命體在不停地做減法，生命因之從輕盈美麗滑向暗淡濁重，可多少人會意識到這種「日常性悲劇」從而停止減法的運算呢？多少生命因此在終點處成了萎黃醜陋的負值存在。

　　「月落烏啼，三千界喚醒塵夢」（謝應芳《化城庵鑄銅鐘疏》），夜涼如水時霜白的月光和啼鳥的喚聲易使世人覺知生命的蒼涼眞相，世人與悲劇性的生命本質劈面相逢的時刻其喚醒契機或有不同，西天緩行的多日蒼白落陽、秋風中依依而下的萎黃落葉、老人的滿頭霜雪滿臉溝壑……這些都可以成爲觸動機緣，有時甚或是一些暖調的事物：水邊婀娜而行的青春麗人、絢麗多姿紛芳濃鬱的花朵、火熱鬧豔的佳節慶典……生命中的這些突然而至的時刻會在瞬間把你的心揉出淚水，讓你不知所措，讓你感知屬於你的生命的短暫，短暫的生命中那些瞬息即逝的倏忽美好。生命中的美好時刻宛若無邊無際烏雲的一道金邊，使生命煥發出異彩的同時愈發顯出平淡庸常、醜陋苦痛的烏雲對人生的大面積普覆，以至於會愈美愈悲，

〔註16〕〔德〕馬克斯、恩格斯：《馬克斯恩格斯全集》第 1 卷，北京：人民出版社，2001 年版，第 633 頁。

〔註17〕〔比〕梅特林克著，孫莉娜等譯：《謙卑者的財富》，哈爾濱：哈爾濱出版社，2004 年版，第 41 頁。

愈暖愈寒涼。馮煦曰:「淮海、小山古之傷心人也」(馮煦《宋六十一家詞選·序例》)〔註18〕,世間傷心人豈止淮海、小山而已,傷心人無數也,這種傷心並不是單純為某種具體境遇而傷,而是洞見了生命本質後已成為了情緒基調的傷,傷心人斯為纏綿世間的深情者,纏綿於駒隙影般的人生,癡情於世間的一切美好,又覺知這一切終歸不能為己所永遠持守,焉能不傷,又焉能不再次由傷生愛,泛愛眾生之大愛,如宗白華云:「深於情者,不僅對宇宙人生體味到至深的無名的哀感,擴而充之,可以為耶穌釋迦悲天憫人。」(宗白華:《論《世說新語》和晉人的美》)〔註19〕若將悲劇性生命體認具象化,便可以具象為一次次的喪失情境,生命便是由一連串的喪失念珠所串起的悲劇珠串。「一向年光有限生」中,人會遭逢各種喪失情境:「朝如青絲暮成雪」(李白《將進酒》),紅顏凋零之快令人對鏡駭然,斯為生命華采段落「青春」之喪失;「心有靈犀一點通」(李商隱《無題》),兩性生命在愛情中破除了孤獨禁錮,復歸和合的溫暖,可天界以相逢相知,卻吝以長相守,或是萬水千山之阻隔,或是不相干他人之阻隔,或是天壤黃泉之阻隔,斯為長相守情境之喪失;封建社會榮身顯親被視為大孝,離家遠行求取功名,名落孫山者何以回視父母渴盼的雙眸,一朝顯達,可已經「子欲養親不在」了,高官厚祿的背後已然是一顆撕裂破碎的心,斯為孝親機會之喪失;「天生我材必有用」(李白《將進酒》),文化激揚出生命個體的自我實現渴望,可理想之翅終於騰飛起來的幸運兒畢竟少數,那些理想之翅被折斷的零餘者不得不吞咽著壯志無償的苦果,斯為自我實現路途的喪失……在體驗了一種或多種喪失情境後,來到生命旅程的終點,每個人都要迎接喪失念珠中的最後一顆:「吾喪我」,不是莊子「心齋」「坐忘」式的「吾喪我」,而是生命自此消失從有生至無生之吾喪我,這便是最徹底的喪失了。死亡這最後的一顆喪失念珠會抹去人生在世的全部痕跡,滌蕩盡全部

〔註18〕唐圭璋編:《詞話叢編》,北京:中華書局,1986年版,第3587頁。
〔註19〕宗白華:《天光雲影》,北京:北京大學出版社,2005年版,第50頁。

的光榮和夢想,「所有人類的生命、行為、成就以及勝利最終都注定
要毀於一旦。人可能會因為眼界的局限而沒有意識到死亡、受難、疾
病及其必然性,但它們終將吞沒一切。此時此地作為生存的生命是有
限的。」「真正的悲劇意識……它知道即便擁有表面上的成功和安全,
在他最後最內在的保壘中,人仍舊被遺棄或被拋擲到無底的深淵。」
〔註20〕死亡的前定成為人終其一生都會不斷體味到的無底深淵,向死
而在的意識的喚起足以損毀個體哪怕是最飽漲的人生興致,因此本茨
說:「我們的一生始終是生與死的拼搏,只要這一衝突仍在進行,焦
慮便始終存在。」〔註21〕死亡不同於其它類型的喪失之處在於對死亡
的預想會一次次預支死亡的喪失體驗,而且越是靈魂敏感者越是會加
倍支取。

　　這一串喪失念珠串成了生命個體悲劇性體認的一生,不同個體
的喪失珠串中最大的一顆可能有別,亦即在不同個體的生命之旅
中,打下最深烙痕的悲劇性體驗類型往往並不相同,這在被稱為心
態文學的宋詞中反映為主題的偏嗜,主題又往往會以中心意象或關
鍵詞的方式暗露,如晏殊和歐陽修的詞作中有關傷逝主題的篇章佔
據了「有我之詞」抒懷詞的絕大多數,其抒懷詞的中心意象便是與
主題相關的落花、殘花意象;有其父不必有其子,與身為朝廷重臣
的父親不同,晏幾道作品的中心意象是「情」和「夢」,他的作品幾
乎全部是對與友人家幾個歌女相處往事的追憶和對彼此間真摯情感
的緬懷,長相守境遇之喪失是晏幾道生命中的主要悲劇性體驗;蘇
軾作品的關鍵詞是「歸」,只有精神家園不再穩固如初者才會時時勘
問生命的歸處,這一關鍵詞向讀者發顯了詞人人生中最關鍵性的喪
失類型:精神家園穩固性的喪失……喪失類型是本文勾畫宋詞人心
靈大觀園路徑圖的分類基礎。

〔註20〕〔法〕雅斯貝爾斯著,亦春譯:《悲劇的超越》,北京:工人出版社,
　　　　1988年版,第184頁。
〔註21〕〔美〕諾爾曼·布朗著,馮川等譯:《生與死的對抗》,貴陽:貴州
　　　　人民出版社,1994年版,第331頁。

二、方舟鑄就渡盡劫波——論生命的自我救贖

　　一次次的悲劇情境中，生命主體有兩種選擇：其一，浸淫在悲境中無以自拔，任由「哀莫大於心死」的情緒主潮帶至一條靈魂的不歸路，「在同社會環境以及物質環境的交往之中，個體會遭受到挫折、失敗、屈辱，甚至是人身攻擊等情境，某種經歷也許就會毀損個體的自我價值觀，甚至人生之目的。」〔註22〕其二，努力進行自我救贖，將被一次次的喪失遭遇碎片化了的自我重新組合成完整的一體，在新的起點上重建心理平衡，「儘管在現實的層次上，靈魂和肉體、理智和情慾之間充滿著種種尖銳的衝突；但是在心理層次上有可能，也有必要依循著中庸的原則合二而一，維繫著自我的穩定和安寧。」〔註23〕弗洛伊德在其後期著作中認為人的自我的一個基本傾向，就是調和、綜合和統一困擾著個人存在的種種矛盾衝突和二元對立。」〔註24〕悲劇性體認之後的生命何為？完全決定於個人的選擇，「天行健，君子以自強不息」的勇者會傾全力處理衝突解決衝突，成為自我負責任的守護者，「不僅承認個體，而且愛護個體，這些就是自主階段的標誌。」〔註25〕無論成敗如何，當生命個體以身經百戰遍體鱗傷的戰將面目在世，就已經贏得了他人的尊重和自身的精神滿足，就像美國著名黑格爾主義哲學家魯埃士評論黑格爾思想時所說，過程比結論更真實，血跡斑斑比最後的勝利更燦爛輝煌，這就是黑格爾《精神現象學》的結論。《生與死的對抗》一書中說：「對斯賓諾莎來說，個人的能量或精力本質上指向自我維持、自

〔註22〕〔英〕R・D・萊恩著，林和生，侯東民譯：《分裂的自我——對健全與瘋狂的生存論研究》，貴陽：貴州人民出版社，1987 年版，第 269 頁。

〔註23〕〔美〕諾爾曼・布朗，馮川等譯：《生與死的對抗》，貴陽：貴州人民出版社，1994 年版，第 93 頁。

〔註24〕〔英〕R・D・萊恩著，林和生，侯東民譯：《分裂的自我——對健全與瘋狂的生存論研究》，貴陽：貴州人民。

〔註25〕〔美〕諾爾曼・布朗，馮川等譯：《生與死的對抗》，貴陽：貴州人民出版社，1994 年版，第 40 頁。

我活動和自我完善，而這同樣也是一種自我享受。」〔註26〕化解衝突、解決矛盾，爲完善自我人格和生命旅程而努力是勇者最大的快樂，勇者將奮鬥路途中的斑斑血跡視爲了一朵朵昭示英雄風采的怒放心花，一路前行，一路欣賞。

唯勇者方能成就悟者，唯有努力進行自我救贖的勇者才可能將生命帶至明亮福地，「唯非常之人，由非常之知力，而洞觀宇宙人生之本質，始知生活與痛苦之不能相離……彼以生活爲爐，苦痛爲炭，而鑄其斛脫之鼎。」（王國維《紅樓夢評論》第二章）「不管是悲劇中還是在對悲劇的超越中，緊隨著人類的盲目混亂而來的，便是解脫。他不再耽溺於黑暗和混亂中，而是安營紮寨在堅實穩固的實在基礎上，並因此得到滿足。」〔註27〕這些勇者看到了命運臉上浮現的甜美微笑，他們成爲被驅逐出原始樂園的人類整體中的部分回返者，這是命運給予勇者的厚賜，「在弗洛伊德看來正像在聖·奧古斯丁看來一樣，人的命運就是與樂園的分離和努力重新回到樂園。」〔註28〕當然這並非向原點的回歸，回返時他們已遠非走出時的生命狀態了，就像孩子的純潔與老人的純潔其精神價值不可同日而語一樣。「真正超越恒常性原則的是生存本能，這是生命之本能，是一種整合或創設結構的傾向，生存本能的滿足不是減少刺激以回歸到先前的平衡水平，而在於吸收和整合刺激，從而導向更高水平的平衡。」〔註29〕「人只能通過發展他的理性，通過找到一種新的和諧：一種人間的和諧而向前發展，而不能去追求那一去不復返的前人類的和

〔註26〕〔英〕R·D·萊恩著，林和生，侯東民譯：《分裂的自我——對健全與瘋狂的生存論研究》，貴陽：貴州人民出版社，1987年版，第21頁。

〔註27〕〔法〕雅斯貝爾斯著，亦春譯：《悲劇的超越》，北京：工人出版社，1988年版，第930頁。

〔註28〕〔美〕諾爾曼·布朗，馮川等譯：《生與死的對抗》，貴陽：貴州人民出版社，1994年版，第106頁。

〔註29〕A·馬塞勒等著，任鷹等譯：《文化與自我——東西方人的透視》，杭州：浙江人民出版社，1988年版，第374頁。

諧。」〔註30〕「日出而作，日落而息，帝力於我又何有哉」的三皇五帝時代一去不復返了，人類童年時代的黃金大門已永久性地關閉，逝水無法回流，人便不能渴望這扇大門重新打開，只有重新鑄造才有得救希望。那些人類的勇者、悟者在更高起點上築造了人格樂園，「又見桃花源」之桃源已不是武陵人生活的桃源了，在人格樂園重鑄過程中生命個體不斷地開闊精神空間，使有限之小我不斷擴容爲無限大我，亦即黑格爾所謂「主客同一」、「萬物與我爲一」的「絕對我」「絕對主體」。（參黑格爾《精神現象學》）〔註31〕

馬爾羅曾指出：「人活著可以接受荒誕，但是人不可能生活在荒誕之中。」（馬爾羅：《人的狀況》）〔註32〕同樣，人活著可以接受悲劇性體驗，但人不可能永遠生活在悲劇性體驗中，倘不進行自我救贖，悲劇性體驗會把生命個體徹底撕碎。人如何從悲劇體認中將自己救贖出來，人如何消解心靈因之而生的抑鬱和痛苦，使生命主體鼓蕩起充足的信心揚帆前行，「宗教和哲學的歷史就是這些答案的歷史，就是這些答案的多樣性的歷史，也是它們在數量上的有限性的歷史。」尋找人類不被懸在頭上的這把達摩克利斯之劍斬斷頭臚的良策，這便是藝術、哲學、宗教等人文學科的最終會歸點，下文將簡單陳述人類思想史上的一些自我救贖方案。

儒者以學道貫道爲終身使命，儒家之道斯爲內聖外王之道，外王爲社會責任之承擔，內聖則是生命個體之安居，安居之人焉能不樂。「己道合一，不亦樂乎」，這是儒家的永恒樂地，也是儒者永遠的生命救贖。先儒孔子、孟子、顏子等人就已經開始了道樂關係的言說，據《莊子・讓王》記載，孔子問顏回「家貧居卑，胡不仕乎？」

〔註30〕〔美〕弗洛姆著，孫依依等譯：《爲自己的人》，北京：三聯書店，1988 年版，第 236 頁。，第 238 頁。

〔註31〕〔德〕黑格爾著，王玖興等譯：《精神現象學》，北京：商務印書館，1979 年版。

〔註32〕柳鳴九、羅新章編：《馬爾羅研究》，桂林：灕江出版社，1984 年版，第 287 頁。

顏回對曰：「回有郭外之田五十畝，足以給餅粥；郭內之田十畝，足以爲絲麻。鼓琴足以處娛。所學夫子之道者，足以自樂也。」《韓詩外傳》中說：「陳蔡之隘，於丘其幸乎？孔子削然反琴而絃歌；子路扢然執干而舞……

　　古之得道者，窮亦樂，通亦樂，所樂非窮通也。」（韓嬰《韓詩外傳》）先儒直接將道樂偕行的命題提出，但對道何以能致樂的原因並未加以詳解，後世學者對儒者的道境究爲如何、何故道樂偕行做出了說明，馮友蘭先生說：「『道『的境界，就是』天人合一『的境界，這是中國哲學追求的最高境界，也是中國美學追求的最高境。」〔註33〕李澤厚先生說：「『樂』在中國哲學中實際具有本體的意義，它正是一種『天人合一』的成果和表現。就『天』來說，它是『生生』，是『天行健』。就人遵循這種『天道』說，它是孟子和《中庸》講的『誠』，所以，『誠者，天之道也；誠之者，人之道也』，而『反身而誠，樂莫大焉』。這也就是後來張載講的『爲天地立心』，給本來冥頑無知的宇宙自然以目的性。它所指向的最高境界即是主觀心理上的『天人合一』，到這境界，『萬物皆備於我』，『人能至誠則性盡而神可窮矣』人與整個宇宙自然合一，即所謂盡性知天、窮神達化，從面達到最大快樂的人生極致。」〔註34〕儒家的道境被後世學者釋爲天人合一之境，天人合一時天道地道人道皆爲在世者所涵攝，所了然於心，世間已無阻礙，安樂意思怎能不隨之產生並伴隨生命始終，由此而生的樂完全沒有憑籍，無待於外，亦不會被外物所奪，「紆朱懷金之樂，不若顏氏子之樂。顏氏子之樂也內，紆朱懷金之樂也外。」（揚雄《法言・學行》）〔註35〕悲劇性體驗從身上洞穿而過，而「樂」恒留，和諧完整的人格結構恒留，生命因此不會遭遇被悲劇性體驗碎片化的命運，從而能以完整的生命體在世享受

〔註33〕馮友蘭：《新原道》，北京：三聯書店，2007年版。
〔註34〕李澤厚：《中國思想史論》，北京：中華書局，2002年版，第315頁。
〔註35〕祁志祥：《中國人學史》，上海：上海大學出版社，2002年版，第161頁。

生命的完整，如馬克思的《1844 年經濟學——哲學手稿》中所言「人以全面的方式即作爲完整的人而全面地佔有他自己的存在。」

儒學是最具現世品格的價值體系，得道之樂的同時一樣可以有家國天下之憂患，說過「萬物皆備於我，反身而誠，樂莫大焉」（《孟子‧盡心上》）的孟子同樣也說過「生於憂患，死於安樂也」（《孟子‧告子下》），這是儒學的可貴處，憂樂互濟，悲智雙修，樂在憂的襯托下更顯高貴。

清人宣穎《南華經解《逍遙遊》》一文對莊學不斷破除二元對立獲取逍遙遊的自由心境解釋道：「譬如九層之臺，身止到得這一層，便不知上面一層是何氣象。便是拈出了《逍遙遊》主旨與結構：層層透出，層層透破人生的壁障，獲取開放心態，抵達自由高度。」〔註36〕生命本眞的澄明之境與目前之我間的壁障何其多也，莊子告訴了世人如何去一層層破除，這便是《莊子‧大宗師》所言之治道步驟「外天下——外死生——攖寧」，其終點處的「攖寧」即打破了一切二元對立後的自由無憂狀態。生命體有兩個環境：內環境和外環境，一次次喪失之生命體外環境人力無法左右，人能有所作爲的只有內環境，亦即生命主體的內心世界，這是被動人生中的唯一的一個主動。莊子之理論便是在內環境中作爲的理論，他已然意識到了二元對立的主觀認知是生命的層層壁障，是人類苦難的由來，世人二元對立的範圍何其廣也：美與醜、智慧與愚鈍、成功與失敗……，分別被定位爲好和壞、寶愛和厭棄的兩極，好這一極點處之物若喪失，便以痛苦的情緒反應之，於是便產生了悲劇性體驗，倘若破除好壞之區別心，同樣的喪失情境便不再有不良的情緒反應了，悲劇性體驗從何而生？莊子認爲破除二元對立首要在於破除我與他人之二元對立，「吾之大患爲吾有身」（老子《道德經》）。儒者的自贖策略是擴大自我至天人合一境界，心之樂便隨天道地道人道會

〔註36〕〔清〕宣穎：《南華經解》，臺北：廣文書局，1932 年版。

通合一的豁然悟解而至，莊子的自贖策略則異於此，非擴大自我而是盡一切手段忘記自我，「吾喪我」，解構物我、人我之對立。世本無我，此一偶然之我「坐忘」之後，衝突不已的我與他人、我與社會、我與我等由「我」而來的煩惱、隨「我」而至的悲劇性體驗頓時冰釋，生命體頓如脫鈎之魚，頓獲懸解和救贖，從此生命自由無礙，成爲莊子所言兩間最樂之人，「寓形於兩間，遊而已矣。無小無大，無不自得而止。其行也無所圖，其反也無所思，無待也。無待者，不待物以立己，不待事以立功，不待實以立名。小大一致，體於天鈞，則無不逍遙矣。」〔註 37〕自此成爲了以逍遙遊姿態在世的人，這樣的人被莊子稱爲「至人」，至人之心如同明鏡般清澈透明，無物可以阻礙他的澄明之旅，無物可以在他逍遙而行的雙翅上添加負累。莊子的思想與西哲的觀點有相通之處，「按照弗洛伊德的說法，本眞的童年體驗之所以被理想化，乃是因爲它擺脫了所有的二元對立。如果我們寧願把人設想爲這樣一種物種，即他的歷史使命就是要它回覆到他自身的童年時代，那麼，精神分析學所暗示的末世學理論便是：人類只有在它廢棄了一切二元對立的時候，才能告別它的疾病和它的永不安寧永不滿足。」〔註 38〕

　　「佛教的三世輪迴，因果報應論則以難以驗證的說法圓滿解釋了命運的根由。概括地說，即人的命運是自己所造的『業』報應的結果，故稱『業報』，人的一切善惡行爲、言論、意念（即身業、口業、意業）作爲原因，都會在命運中產生相應的果報；前生造因，今生受果；今生造因，來生受果，其中也包含現世現報……這便將苦難的社會根源轉嫁到個體行爲上，使苦難而無奈的心靈在不可驗證的虛構因果麻醉下得到慰藉。」〔註 39〕佛門中人對生命持苦諦

〔註37〕〔清〕王夫之：《莊子解》，北京：中華書局，1964 年版，第 1 頁。
〔註38〕〔美〕諾爾曼・布朗，馮川等譯：《生與死的對抗》，貴陽：貴州人民出版社，1994 年版，第 54～55 頁。
〔註39〕祁志祥：《中國人學史》，上海：上海大學出版社，2002 年版，第 211 頁。

說，認為人生無時無處不苦，並將苦之根源解釋為三生業報，既然如此，現世之人對自己的命運又能有何作為呢？因此根本就無需為此無法作為之事煩惱，這是佛教對悲劇的脫解方式。佛教將希望放在死後的西方極樂世界，「舍利弗，彼土何故名為極樂？其國眾生無有眾苦，但受諸樂，故名極樂。」（《阿彌陀經》）現世生命被認為只不過是一種等待和過渡，不是等待戈多式的無望等待，而是滿懷如蜜般甘飴的心思等待著結束此岸的過渡歷程後抵達西天極樂世界。佛門中人對此岸的過渡人生完全夢幻視之，「是身如夢，為虛妄見」、「是身如影，從業緣見」，對現世人生持「空觀」「無生」的主張（《維摩詰經》卷上），「夢觀」「空觀」完全消解掉了現世的人生意義，當然也就同時抹去了現世人生的所有痛苦。

佛學中國化後的理論形態禪宗強調悟的重要性，認為人人都可以籍當下悟解得到超昇，進入光明圓覺的佛光照耀中，「於忍和尚處，一聞言下大悟，頓見真如本性」（《壇經》卷六）、「悟即元無差別，不悟即長劫輪迴」（《壇經》卷三）、「自性迷，佛即眾生；自性悟，眾生即佛」（《壇經》卷六），佛門中的先覺者不斷提示著後學悟是唯一法門，認為只要具覺解悟道的慧心，世間萬事萬物都可能成為悟解機緣，所謂「青青翠竹，無非真如，鬱鬱黃花，無非般若」（《祖堂集》卷三）。當下頓悟後，悲劇性體認渙然冰釋，從此便獲得了一顆通達無礙的自由之心，自此「日日是好日」（《雲門匡真禪師廣錄》卷中）。日本禪師鈴木大拙說：「得到禪，將使人重返青春，使春花看起來更為美麗，使山間小溪看起來更為清冷透明……當人生變得更為快樂，人以他的世界擁抱全宇宙之時，必須承認悟給我們帶來了某種貴重的，具有值得為之努力的價值的東西。」〔註40〕世界因此得以刷新，一切都鮮明耀眼地訴說著本然之樂，李澤厚以

〔註40〕　〔日〕鈴木大拙著，謝思煒譯：《禪學入門》，北京：三聯書店，1988年版，第 104 頁。

「詩意的溫柔」和「牧歌的韻味」形容禪悟後的心靈體驗〔註41〕，
天地間唱響起生命通脫無憂的歌聲，生命由此獲得永恒救贖，得以
永住不受熱惱煩燥污染的清淨之地。

　　日本文論家廚川白村在《苦悶的象徵》一文中提出了一個中心
觀念：「生命力受了壓抑而生的苦悶懊惱，乃是文藝的根柢，而表
現方法乃是廣義的象徵主義。」(《〈苦悶的象徵〉引言》)〔註42〕奧
地利精神分析學家弗洛伊德在《創作家與白日夢》一文中斷言：「文
藝創作是成年人的幻想——白日夢，而幻想的動力則是不幸和痛
苦」，「一個幸福的人絕不會幻想，幻想的動力是未得滿足的願望」
「每一次幻想就是一個願望的履行」〔註43〕，卡西勒認為「藝術是
對自由的表明，對自由的確認。何以故？因為藝術是從有限世界的
黑暗與不可解中的解放。」(卡西勒《藝術哲學體驗》)〔註44〕馬爾
庫塞說：「文學就其本性而言都存在著革命性，是對個體自由的維
護，是對專制和壓迫的抗爭。」〔註45〕以上文論家皆視悲劇性的生
命體認為文學藝術創作的起點，視文學藝術為苦難脫解、抵達無憂
無懼自由和諧生命福地的重要媒介，這一思想亦有著所對應的中國
話語，「心之憂矣，我歌且謠」(《詩經・魏風・園有桃》)、「道思作
頌，聊以自救兮」(楚辭《抽思》)、「不我過，其嘯也歌」(《詩經・
召南・江有汜》)，文藝何以能達此功效，這便關乎文藝的兩重功能。
首先，文藝具有對主體情感的渲瀉作用，「氣之動物，物之感人，
故搖蕩性情，形諸舞詠……若乃春風春鳥，秋月秋蟬，夏雲暑雨，
冬月祁寒，斯四候之感諸詩者也。嘉會寄詩以親，離群託詩以怨。

〔註41〕李澤厚：《中國思想史論》，北京：中華書局，2002 年版，第 214 頁。
〔註42〕魯迅：《魯迅全集》，北京：人民文學出版社，1981 年版，第 231 頁。
〔註43〕伍蠡甫主編：《現代西方文論選》，上海：上海譯文出版社，1983 年
　　　　版，第 146 頁。
〔註44〕轉引自徐復觀：《中國藝術精神》，李維武編：《徐復觀文集》，武漢：
　　　　湖北人民出版社，2002 年版，第 52 頁。
〔註45〕〔美〕馬爾庫塞著，李小兵譯：《審美之維》，桂林：廣西師範大學
　　　　出版社，2001 年版，第 288 頁。

至於楚臣去境，漢妾辭宮，或骨橫朔野，或魂逐飛蓬；或負戈外戍，殺氣雄邊；塞客衣單，孀閨淚盡；又士有解佩出朝，一去忘返；女有揚蛾入寵，再盼傾國：凡斯種種，感蕩心靈，非陳詩何以展其義，非長歌何以騁其情？」（鍾嶸：《詩品序》）〔註46〕「詩人被他們的對象置於一種激情，或至少某種情緒之中；他無法剋制發泄情感的欲望；他情不自禁……即使沒有聽眾，他也要低訴，因為他的情感不讓他沉默。」〔註47〕以上兩段文字是對文藝功能之一「精神泄洪」作用的闡述，這亦同時是文學發生機制之一，情感鬱積於內，特別是憂鬱、苦悶、悲傷、憤怒等負性情感，如果缺乏舒泄渠道的話，精神將不堪重壓導致身心健康受損，故文人往往以文瀉之，負性情感形之於文字的過程便是一個消煩解鬱的過程，文字擔當了心理醫生的作用，「用悲傷本身醫治悲傷」〔註48〕。作者之創作過程如此，讀者之閱讀過程亦如此，讀者在閱讀過程中產生同情作用，自己的痛苦亦在知音的慰安中得以緩解，故西人有言：「詩人決不是單單為詩人而寫作，而是為所有的人而寫作。」〔註49〕「不要以為所有唱給世界的那些歌曲都無用；詩人是哲人、人道主義者和全人類的醫生。」〔註50〕

　　文學藝術對於生命的另一重要功能是可以擔任超越之具，「兩者都是達到脫俗的心理狀態的手段。藝術與宗教均屬於同一世界。」〔註51〕文學藝術可以完成時空的置換，「真正的藝術體驗，是在物理時間中，逐步拋棄物理時間的精神運動……當藝術價值垂直地切斷

〔註46〕曹旭：《詩品集注》，上海：上海古籍出版社，1994 年版，第 1 頁。

〔註47〕轉引自吳瓊：《西方美學史》，上海：上海人民出版社，2000 年版，第 135 頁。

〔註48〕轉引自吳瓊：《西方美學史》，上海：上海人民出版社，2000 年版，第 49 頁。

〔註49〕轉引自吳瓊：《西方美學史》，上海：上海人民出版社，2000 年版，第 30 頁。

〔註50〕轉引自吳瓊：《西方美學史》，上海：上海人民出版社，2000 年版，第 124～125 頁。

〔註51〕〔英〕克萊夫·茅屋爾：《藝術》，北京：中國文聯出版公司，1984 年版，第 54 頁。

純粹的時間流逝時，卻把超越歷史作爲線索時，時間性便開始向現實世界不同的方向上陞了。」〔註52〕藝術切斷了紛擾繁雜的現實時空，創闢出無一絲塵氛的純淨晶美的藝術時空，生命在藝術場中抖落掉日久積存的俗累，培植出靈魂的詩性質地和超越勢能，使得生命能夠在觀照文藝的當兒從苦難人生中超昇上去回返詩意棲居的家園，劉小楓說「詩化使人之棲居第一次進入了自己的本質，唯有詩化能令棲居爲人之棲居」〔註53〕，苦難、悲劇性體驗非生命的應然狀態，超越、詩意棲居才是生命的題中應有之義，才是生命的應然狀態，「進入詩境的詩人」起身出離悲劇性體驗「還鄉」「歸家」〔註54〕。如海德格爾類的詩性哲學家在上帝死了的年代，將藝術推上了虛位以待的寶座，以藝術代替宗教對人類的苦難進行集體救贖，引領人們歸返精神家園，結束世間流浪重獲在家者的快樂自由。

　　因此人怎能不癡迷於和藝文的親近呢？「斜陽古柳趙家莊，負鼓盲翁正作場，死後是非誰管得，滿街聽唱《蔡中郎》」（陸放翁《捨舟步歸》四首之一）、「余少好音聲，長而玩之，以爲物有盛衰，而此無變，滋味有厭，而此不倦，可以導養神氣，宣和情志，處窮獨而不悶者，莫近於音聲也。」（嵇康《琴賦》）蘇軾曰：「意之所到，則筆力曲折，無不盡意，自謂世間樂事無逾此者、老拙百念俱寂，獨一觴一詠，亦不能忘。」（《蘇軾文集》卷五十八）曹子建說：「乘興而書，含欣而秉筆，大笑吐辭，亦歡之極也！」（《與丁敬禮書》何薳《春渚紀聞》卷六引》）人們在美妙藝境的領受過程中解開了愁鄉之縛和悲劇情結，生命從塵網中解脫回覆其無憂無懼的本眞存在狀態。

　　「陀思妥斯夫斯基寫道：『美能拯救世界。』這一箴言雖有誇大

〔註52〕　〔日〕今道友信著，王永麗，周浙平譯：《關於愛和美的哲學思考》，上海：生活・讀書・新知三聯書店，2003年版，第25頁。

〔註53〕　劉小楓主編：《人類困境中的審美精神》，上海：東方出版中心，1996年版，第572頁。

〔註54〕　〔德〕德海格爾《追憶詩人》，海德格爾著，作虹譯：《海德格爾詩學文集》，武漢：華中師範大學出版社，1992年版，第96頁。

之嫌，但它的深刻含義和『合理的內核』是毋庸置疑的。」〔註55〕
「尼采認爲，希臘人之所以需要日神，乃是爲了美化人生，賦予人
生以神性的光輝和美麗的夢境，以抵抗現世的無常性和人生的悲劇
性，克服個人的苦惱，用美戰勝生命中固有的痛苦。」〔註56〕不少
人文學者亦將美視爲了苦難救贖之具，美何以能俱如此功力？叔本
華在《意志與表象的世界》一書中進行了相關解釋，他認爲人類生
命旅程始終相隨的伴生物意志欲望便是人生痛苦的根源，生命的唯
一救贖就在於將人從無窮的意志欲望中脫解，叔本華認爲達此目標
最快捷有效的手段便是生命主體的審美觀照，「拋開個人利害關係，
拋開主觀成分，純粹客觀地觀察事物，並且全神貫注於事物上……
以前在意志之路上追求而往往失諸交臂的寧靜心情便立刻不促而
至……這是絕無痛苦的境界，伊壁鳩魯把它推崇爲最高的善神的境
界……伊克西翁的飛輪屹然停止。」〔註57〕作爲叔本華異國私淑弟
子的王國維繼承了他的觀點，亦在多篇文章中強調美的解救作用：
「然則，此利害之念，竟無時或息歟？吾人於此桎梏之世界中，竟
不獲一時救濟歟！曰：有。唯美之爲物，不與吾人之利害相關係；
而吾人觀美時，亦不知有一己之利害。何則？美之對象，非特別之
物，而此物之種類之形式；又觀之之我，非特別之我，而純粹無欲
之我也。」（《靜庵文集續編·古雅之在美學上之位置》）現實中我是
欲望爭鬥追索之路上焦燥不安的意志主體，現實中物我關係是攫取
和佔有的利害關係，當審美觀照以物我的審美關係取代了現實中的
利害關係時，我頓時被置換爲擺脫了欲望鎖鏈的純粹靜觀者，物則
成了罩上了柔和金邊的審美對象，我由此獲得了解救，物也回覆了

〔註55〕 轉引自吳瓊：《西方美學史》，上海：上海人民出版社，2000 年版，
第 205 頁。
〔註56〕 轉引自吳瓊：《西方美學史》，上海：上海人民出版社，2000 年版，
第 9 頁。
〔註57〕 〔德〕叔本華：《作爲意志與表象的世界》，北京：商務印書館，1982
年版，第 274 頁。

它自在本然的光輝,「苟吾人而能忘物與我之關係而觀物,則夫自然界之山明水媚、鳥飛花落,固無往而非華胥之國、極樂之土也。」(王國維《叔本華之哲學及其教育學說》)〔註58〕

　　「美正是一切異化的對立物」〔註59〕,美之聖光的浸沐使世人丟棄了走在欲望和意志的無歸之路上的迷失、醜陋、痛苦和茫然,使生命脫去了層層枷鎖,贏得了原初自由,「審美的創造衝動給人卸去了一切關係的枷鎖,使人擺脫了一切稱為強制的東西,不論這些強制是物質的,還是道德的。」〔註60〕按照席勒的說法,審美觀照或審美反思,是人對宇宙採取的第一個自由態度,皈依在美的無上慰籍中,人逐漸恢復了樸茂元氣,生命體開始發出安恬的歡笑聲,故哲人說「只有作為一種審美現象,人生和世界才顯得是有充足理由的」〔註61〕、「美以及凝聚著美的藝術,並不是人生的裝飾品,它是人生的支柱,是具有吸引力的人生的希望。」〔註62〕這些哲人皆認為美具有本體意義,是本真生命的必需品,而不是人們常常以為的可有可無的奢侈品、裝飾品。現代社會科技萬能的觀點甚是喧囂,但越是現代化越是科技佔據了生活中的很大一部分空間的時候,我們越是需要美的喚醒和解救,「顯然,科學與技術不能提供審美和倫理導向的幫助,而這種幫助對於我們有美感地、有意義地構建生活世界是必要的。」(彼得·科斯洛夫斯基:《後現代文化》)〔註63〕否則人類會走上一條越來越遠離本真生命的歧途。

〔註58〕王國維:《王國維遺書》第五冊,上海:上海古籍出版社,1983年版。
〔註59〕李澤厚:《批判哲學的批判》,北京:人民出版社,1984年版,第414頁。
〔註60〕〔德〕席勒著,馮至、范大燦譯:《審美教育書簡》,上海:上海人民出版社,2003年版,第151頁。
〔註61〕〔德〕尼采著,繆郎山譯:《悲劇的誕生》,北京:三聯書店,1986年版,第24節
〔註62〕〔日〕今道友信著,王永麗,周浙平譯:《關於愛和美的哲學思考》,上海:生活·讀書·新知三聯書店,2003年版,第196頁。
〔註63〕成復旺:《文境與哲理》,北京:中華書局,2002年版,第139～140頁。

　　關於如何自我救贖，人文學者還有一些其它方案，希臘哲學之
父亞里士多德說，「遊戲使緊張的身心得到弛解之感」（亞里士多德
《政治學》）〔註64〕、美國美學家桑塔耶納說，人在「沒有餘力來
作自由消遣之時，他就是一個奴隸」，從這個意義上說，「工作等於
奴役，遊戲等於自由」（亞里士多德《美感》）〔註65〕、聲譽甚隆的
荷蘭文化人類學家胡伊青認為「遊戲是生命的一種功能」，諸如「法
律與秩序，商業與利益，工藝與藝術，詩的智慧與科學，所有這些
力量都根植於原初的遊戲土壤之中。」〔註66〕薩特說：「人一旦領
悟到自己是自由的，並希望運用自己的自由……此時他的活動便是
遊戲。」〔註67〕鬆弛作用、自由標識、文明始基，可以看出遊戲的
文化功能在逐漸升級。尼采將遊戲作為應對人生課題的最佳策略，
在《請看這個人》一書中，尼採寫道：「雖然我們面對的課題是十
分重大的，但我仍然想不出有比遊戲更好的其它方法。」〔註68〕以
遊戲視角解構生命的沉重，化解悲劇情結，以求生命能以輕盈姿態
飛翔於欣快天宇。席勒甚至將遊戲的文化功能上陞為人之為全人的
依據，「當人是完全意義上的人時，他才遊戲，當人遊戲時，才是
完全意義上的人。」〔註69〕

　　蘇軾《睡鄉記》中說：「睡鄉之境……其人安恬舒適，無疾痛箚
瘼，昏然不生七情，茫然不交萬事，蕩然不知天地日月。不絲不管，

〔註64〕 夏咸淳：《情與理的碰撞》，保定：河北大學出版社，2001年版，第
　　　　 120頁。
〔註65〕 夏咸淳：《情與理的碰撞》，保定：河北大學出版社，2001年版，第
　　　　 120頁。
〔註66〕 〔荷〕胡伊青：《人：遊戲者》，成窮譯，貴陽：貴州人民出版社，
　　　　 1998年版，第9頁。
〔註67〕 〔美〕諾爾曼·布朗，馮川等譯：《生與死的對抗》，貴陽：貴州人
　　　　 民出版社，1994年版，第50頁。
〔註68〕 〔日〕今道友信著，王永麗，周浙平譯：《關於愛和美的哲學思考》，
　　　　 北京：三聯書店，2003年版，第69頁。
〔註69〕 〔德〕席勒著，馮至、范大燦譯：《審美教育書簡》，上海：上海人
　　　　 民出版社，2003年版，第194頁。

佚臥而自足，不舟不車，極意而遠遊。冬而絺，夏而纊，不知其有寒暑。得而悲，失而喜，不知其有利害。」（《蘇軾文集》卷十一）「睡眠中，生存者沒有被毀掉，而只是被懸置了。」（伊曼鈕爾·利維納斯：《生存及生存者》）與生存者一併被懸置的還有生存的負面伴生物——焦慮、痛苦、悲哀等負性情緒，這是造物給予人類的恩賜，以此來幫助生命體回覆受損的生命力，重新彙聚起生命的淋漓元氣。「只要世上還有苦難和羞辱，睡眠是甜蜜的，要能成為頑石，那就更好。一無所見，一無所感，便是我的福氣；因此別驚醒我。啊！說話輕些吧！」〔註70〕「老病逢春只思睡，獨求僧榻寄須臾。」（《寒食未明至湖上，太守未來，兩縣令先在》《蘇軾詩集》卷九）「酒清不醉休休暖，睡穩如禪息息匀。自笑塵勞余一念，明年同泛越溪春。」（《沐浴啓聖僧舍與趙德麟邂逅》《蘇軾詩集》卷三十六）痛苦之人有些渴望著睡眠的緩釋和解救，另一些人則將幻想和白日夢作為痛苦的逋逃藪，「當一個人承受壓力太大而無法抗拒時，有些人開始從現實中脫離出來，這是造成幻想的主要原因。」〔註71〕「因此整個來說，幻想的世界乃是一個不透明的盾牌，自我憑藉這一盾牌來保護自己和避開現實，與此同時又透過它來觀察現實。」〔註72〕幻想者漸漸遠離了現實，在個人構築的幻想沙堡中度日，現實苦難對他的作用也被關在了沙堡外，可沙堡是極易癱塌的啊！有些學者將愛看作生命的正解，「對所有群體來說，不論是中國人、日本人還是西方人，親密是人類經驗的重要方面，缺少它或否認它都會帶來包括犯罪和精神病在內的許多惡果。與他人的親密關係的穩定和可靠是個人和社會獲得力量的源泉。」〔註73〕弗洛姆也說「心理學的

〔註70〕〔法〕丹納著，傅雷譯：《藝術哲學》，北京：人民文學出版社，1963年版，第16頁。

〔註71〕〔德〕弗洛伊德著，趙立瑋譯：《圖騰與禁忌》，中國民間文藝出版社，1985年版，第10頁。

〔註72〕諾爾曼·布朗，馮川等譯：《生與死的對抗》，貴陽：貴州人民出版社，1994年版，第43頁。

〔註73〕〔美〕A·馬塞勒等著，任鷹等譯：《文化與自我——東西方人的透

終極結論是愛」，這兒所言之愛是廣義泛指，包含親友之愛，男女之愛、泛愛眾之博愛等等，甚至提倡要去愛悲欣交集的生命，尼采就曾主張在面對現實的苦難和必然性時不去逃避，不去哀歎，而是以愛的情懷包容一切接納一切。如果命運的承擔者能以這樣的態度對待無可逃的命運，將命運賦予的一切酸甜苦辣都飽含愛意地全盤接受下來，命運又怎能奈何於他？

「如果我們在直接解決問題上不能勝任，那麼便可能以消極悲哀的憂鬱去反應」、「我們的悲哀使所有的事情暗淡無光，所以我們從這種慘淡中撤入掩蔽所……它類似弗洛伊德的防禦機制……以保護我們避免更嚴厲和更實際的現實。」〔註74〕這也是悲劇體認者開出的一張生命處方，只是底色顯得太過暗淡了些。學者張法在《中國文化與悲劇意識》一書中總結出國人消解悲劇意識的四種常見媒介：仙、自然、酒、夢，其中以自然爲大宗，「自然要徹底消解人的悲劇意識是不容易的，但可以大體消解人的悲劇意識。」〔註75〕「道釋都以自然作爲寬失意者之心的精神土壤，儒家本也是將自然用於此途的。……自然，集儒道釋三家之精義，形成了中國文化穩定結構的重要因素，成爲中國悲劇意識的消解因素。」〔註76〕傷痕累累的生命在大愛無言的自然中洗盡了傷口上的血跡，並在自然的慰籍中慢慢得以癒合，人文自然成爲中國古代文人精神意義上的母親，只要看看中國古代文學史上無以計數的相關文字就可以明瞭中國文人的自然情結了。

就人類全部的救贖方案而言，難以在本文中盡述，亦非本文所需，筆者僅就自身視域範圍內的相關內容進行一次簡單的臚列和陳述。

視》，杭州：浙江人民出版社，1988 年版，第 43 頁。

〔註74〕孟昭蘭：《情緒心理學》，北京：北京大學出版社，2005 年版，第 207頁。

〔註75〕張法：《中國文化與悲劇意識》，北京：中國人民大學出版社，1989年版，第 224 頁。

〔註76〕張法：《中國文化與悲劇意識》，北京：中國人民大學出版社，1989年版，第 213 頁。

　　悲劇體認後是否進行自我救贖以及自我救贖採取何種具體方案，生命體會因各自不同的心理結構和文化受容而有不同的選擇，「秦少游謫雷州，有詩曰：『南土四時都熱，愁人日夜俱長。安得此心如石，一時忘了家鄉。』黃魯直謫宜州，作詩曰：『老色日上面……輕紗一幅巾，短簟六尺床；無客日自靜，有風終夕涼。』少游鍾情，故詩酸楚；魯直學道，故詩閒暇。至東坡《南中詩》曰：『平生萬事足，所欠惟一死。則英特之氣不受折困。』」（惠洪《冷齋夜話》）宋詞人秦觀貶謫時的生命姿態大異於同此遭遇的黃庭堅之倔強兀傲，與其師蘇東坡相比差距更是遠不可以道理計，「飛紅萬點愁如海」（秦觀《千秋歲》）、「桃源望斷無尋處」（秦觀《踏莎行》），心境灰頹絕望、淒厲悲慘，身未死心已死也，如此之人有何力自我救贖？這樣的人焉有生理？秦觀不久就死在了「醉臥古藤樹下，了不知南北」（《好事近·春路雨添花》）的無望心境中了。心理學家有言：「人格是一種傾向，可藉以預測一個人在給定情境中的所作所為，它是與個體的外顯和內隱行為是聯繫在一起的。」〔註77〕「人的行動、情感和思想方式，很大程度上取決於他性格的特徵，而不只是對現實情況之理性反應的結果；人的命運就是他的性格。」〔註78〕不同的生命個體面對同樣的喪失類型，應對態度、應對方法和心靈終局亦可能其異如面，本文將致力於從宋詞中梳理宋人的典型性喪失類別和自我救贖方案，勾畫宋人有代表性的心靈發展路徑，同時悉心抉發如此心靈路徑之文化背景和心理動因。

〔註77〕鄭雪主編：《人格心理學》，廣州：暨南大學出版社，2007 年版，第 48 頁。

〔註78〕〔美〕弗洛姆著，孫依依譯：《為自己的人》，北京：三聯書店，1988 年版，第 69 頁。

第二章　兩宋詞人心靈史文本寫作之文體基礎

　　「自古。紅顏能得幾時新」（歐陽修《定風波》、「天與多情，不與長相守」（晏幾道《點絳唇》）、「驚壯志成虛，此身如寄」（陸游《雙頭蓮》）、「未慣羈遊況味，征鞍上，滿目淒涼」（周邦彥）、「回首天涯歸夢，幾魂飛西浦，淚灑東州」（周密《一萼紅》）……一派慘綠愁紅，宋詞的這些詞句中我們可以觀照到一連串的喪失體驗。「暗想浮生何時好。唯有。清歌一曲倒金尊」（歐陽修《定風波》）、「酒筵歌席莫辭頻。滿目山河空念遠，落花風雨更傷春。不如憐取眼前人」（晏殊《浣溪沙》）、「羅衣著破前香在，舊意誰教改」（晏幾道《虞美人》）、「嬌癡不怕人猜。和衣睡倒人懷」（朱淑真《清平樂》）、「禪心已斷人間愛，只有平交在」（蘇軾《虞美人》）、「恁驅驅、何時是了。又爭似、卻返瑤京，重買千金笑」（柳永《輪臺子》）、「天難問，何妨袖手，且作閒人」（張元幹《水調歌頭》）、「孤光自照，肝肺皆冰雪」（張孝祥《念奴嬌》）……亦可以從宋詞的這些詞句中體味出宋人的種種自我救贖方略，可見，從悲劇體認走向自我救贖的哲學路徑在宋詞中有著充分發露，為什麼宋詞有此功能，下文將闡釋之。

一、文學是人學
——論文學對人之「全人」的具體化肉身化表現

「人是他的無意識的傀儡，只有把黑暗的無意識深層照亮，人才能成爲自己的主人」〔註1〕、「蒙田寫道：世界上最重要的事情就是認識自我。」〔註2〕「人要把內在世界和外在世界作爲對象提升到心靈的意識面前，以便從這些對象中認識他自己。當他一方面把凡是存在的東西在內心裏化成『爲他自己的』（自己可以認識的），另一方面也把這『自爲的存在』實現於外在世界，因而就在這種復現中，把存在於自己內心世界裏的東西，爲自己也爲旁人，化成觀照和認識的對象時，他就滿足了上述那種心靈自由的需要。」〔註3〕認識自我是將自我從蒙昧中解放出來達成自由生命的重要一步，是從混跡於常人的沉淪人生走向在世澄明的重要步伐，那麼人通過什麼方法才能完成把「自己內心世界裏的東西，爲自己也爲旁人，化成觀照和認識的對象」這一步呢？諾瓦利斯在他的《節選》中提到，「一種觀念，一種精神，由內向外而被具體化，一種藝術品，是自我的可以看得見的產物。」〔註4〕姜夔有言：「藝之至，未始不與精神通」（姜夔《續書譜》）、謝章鋌《賭棋山莊詞話》卷九中說：「讀蘇、辛詞，知詞中有人，詞中有品，不敢自爲菲薄。」龔自珍道：「詩與人爲一，人外無詩，詩外無人，其面目也完。」（《書湯海秋詩集後》）〔註5〕何紹基云：「人與文一，文與人一，是爲文成，是爲詩文之家成。」（何紹基《東洲草堂文鈔》）上引諸多理論皆認可文學

〔註1〕〔法〕雅斯貝爾斯著，余靈靈，徐培華譯：《存在與超越——雅斯貝爾斯文集》，北京：三聯書店，1988年版，第218頁。

〔註2〕〔德〕卡西爾著，甘陽譯：《人論》，上海：上海譯文出版社，2003年版，第3頁。

〔註3〕〔德〕黑格爾著，朱光潛譯：《美學》，北京：商務印書館，1979年版，第40頁。

〔註4〕轉引自吳瓊：《西方美學史》，上海：上海人民出版社，2000年版，第137頁。

〔註5〕〔清〕龔自珍：《龔自珍全集》，上海：上海古籍出版社，2000年版，第241頁。

和藝術對人心的敞亮作用，認同藝魂、文心與人之靈魂的一致性，故文學藝術可以滿足觀我之要求，幫助創作者實現生命的自由。

「未始是指，未始非指，不即不離，要言妙道固在指也」（徐上瀛《溪山琴況》第六節），藝尚有「指月之指」的客觀條件限制，「靈祇待之以致饗，幽微藉之以昭告」（鍾嶸《詩品序》）的文之言說則更爲直接，開口見人，人文合一。臺灣著名作家龍應台說文學「最重要最實質最核心的一個作用就是使看不見的東西被看見」〔註6〕，個體帶有獨特密碼的「幽微靈秀地」原本無形，文學可以將之肉身化具體化，將之顯影爲籍以觀照的的有形物，從而綻放出「這一個」的獨特精神世界。前蘇聯作家高爾基曾提出「文學是人學」的命題，1928年高爾基被選爲蘇聯地方志學中央局成員，他在慶祝大會上的致答詞中解釋文學的性質道：「不是地方志學，而是人學」（高爾基《論文學》），1931年7月他又再次強調道：「我認爲這種文學是『民學』，即人學最好的源泉。」（高爾基《談技藝》第二篇）「文學是人學」、「文學史是心靈史」的觀點目前已爲學界普遍接受，「文學史，就其最深刻的意義來說，是一種心理學。它研究人的靈魂，是靈魂的歷史。」〔註7〕丹麥文學史家勃蘭兌斯的這段言論廣爲後人引用。「一首詩可以寫得十分漂亮而又優雅，但卻沒有靈魂。一篇敘事作品可以寫得精彩而又井然有序，但卻沒有靈魂，一篇節日的演說可以內容充實而又極盡雕琢之能事，但卻沒有靈魂，甚至一個女人，可以說長得漂亮、溫雅而又優美動人，但卻沒有靈魂。」〔註8〕文學可以成爲創作者獨特心魂的顯影場域，文學亦應當具靈魂維度，否則便成爲康德所言「漂亮而又優雅」「精彩而又井然有序」卻「沒

〔註6〕　龍應台：《爲什麼需要人文素養》，《書屋》，2000年，第4期，第31頁。

〔註7〕　〔丹〕勃蘭兌斯著，張道眞等譯：《十九世紀文學主流·引言》，北京：人民文學出版社，1982年版。

〔註8〕　〔德〕康德著，鄧曉芒譯：《判斷力批判》，北京：人民文學出版社，2002年版，第168頁。

有靈魂」的價值空筐。如此僞文學無以訴說、一無可觀、表現出不能承受之輕，且愈是修飾研琢便愈見其醜僞，古人有言「詩有借色而無眞色，雖藻繢亦死灰耳。」（劉熙載：《藝概‧詩概》）〔註9〕清人張船山道：「詩中無我直須刪，萬卷堆床只等閒」。「夫昔之爲文者，非能爲之爲工，乃不能不爲之爲工也，山川之有雲霧，草木之有華實，充滿勃鬱，而見之於外，夫雖欲無有，其可得耶！自少聞家君人論文，以爲古之聖人有所不能自己而作者。故軾與弟轍爲之至多，而未嘗敢有作文之意。」（蘇軾《南行前集敘》）生命體充滿鬱勃的精神世界流溢而爲天眞自然之文，一切都是人本的眞實呈現，自然界的節序變換、大千社會的風雲變幻都會成爲人類精神世界的感發之源，「氣之動物，物之感人，故搖蕩性情，形諸舞詠……若乃春風春鳥，秋月秋蟬，夏雲暑雨，冬月祁寒，斯四候之感諸詩者也。嘉會寄詩以親，離群託詩以怨。至於楚臣去境，漢妾辭宮，或骨橫朔野，或魂逐飛蓬；或負戈外戌，殺氣雄邊；塞客衣單，孀閨淚盡；又士有解佩出朝，一去忘返；女有揚蛾入寵，再盼傾國：凡斯種種，感蕩心靈，非陳詩何以展其義，非長歌何以騁其情？」（鍾嶸《詩品序》）〔註10〕文學顯影著外界的一切在人類精神上留下的所有印痕，且是以活生生的生命體的形式在顯影，「生命的境界廣大，包括著經濟、政治、社會、宗教、科學、哲學。這一切都反映在文藝裏。然而文藝不只是一面鏡子映現著世界，且是一個獨立的自足的形相創造。它憑著韻律、節奏、形式的和諧、彩色的配合，成立一個自己的有情有相的小宇宙。」（宗白華《論文藝的空靈與充實》）〔註11〕在這個氤氳著生命氣息的文學場中發露著「人的靈魂、內心世界、人的感覺、感受、情感、情緒、思維，人的無意識……以及這整個像海洋一樣豐富的精神世界的瞬息萬變的形態，有形無形的運動軌

〔註9〕〔清〕劉熙載：《藝概》上海：上海古籍出版社，1976 年版，第 65 頁。
〔註10〕曹旭：《詩品集注》，上海：上海古籍出版社，1994 年版，第 1 頁。
〔註11〕宗白華：《天光雲影》北京：北京大學出版社，2005 年版，第 113 頁。

跡」，反映著人「感性和理性相結合、現象與本質相統一的活生生的有血有肉的整體」〔註12〕，可供我之自觀，亦可供他人觀我。「綴文者情動而辭發，觀文者披文而入情。沿彼詩源，雖幽必顯。」（《文心雕龍·知音》）因此我們可以逆文溯人，去從中瞭解創作者獨一無二的心魂，結合上一段關於生命歷程的哲學話語言說，即我們可以在文學中觀照人類從悲劇體認走向自我救贖的心靈旅痕，那麼在不同時代的諸多文學部類中，什麼樣的文學部類才能最好地觀照到作者的心靈旅痕？對於本文的研究對象宋人，情況又是如何？

二、詞學是心學
——論詞對人之本我心靈世界的充分發顯

哲學家對人之靈魂進行了細分，將之分為本我（id）、自我（ego）和超我（supergo）三個層面，超我包括「良心」和「自我理想」兩部分〔註13〕，「是一切道德限制的代表，它是追求完美的衝動或人類生活的較高行動的主體」〔註14〕，在人之整體人格中是促使其不斷向上的引領者。「本我」是「精神領域或精神力量最原始的部分，它包括一切遺傳性的東西，一切與生俱來的東西」、「是人的構造中內在的東西」〔註15〕，本我中容納著人的一切情感、原欲，積澱著人之豐富過往和全部的生命體驗，是一個排除了任何異己成分的原在空間，本我在人之整體人格中是決定「我」與他人相異的獨特面目、確立我之為我根基的人格層面。自我則代表著理性和常識，它監控

〔註12〕杜書瀛：《文學原理——創作論》，北京：中國社會科學出版社，1989年版，第55頁。
〔註13〕〔奧〕弗洛伊德，林塵等譯：《文明及其缺撼》，安徽文藝出版社，1987年版，第3～4頁。
〔註14〕〔奧〕弗洛伊德著，高覺敷譯：《精神分析引論新編》，北京：商務印書館，1987年版，第60頁。
〔註15〕〔奧〕弗洛伊德著，劉福堂譯：《精神分析綱要》，北京：國際文化出版公司，2000年版，第68頁。

並壓抑著本我中不爲超我所許可的部分，使之不能隨意流露到顯意識層面，以免影響個人的優質社會生存，其職責類似於人格警察。人格三層面當中，本我所佔比例是無疑最大的。各個朝代的不同文學部類中，由於體性、文化功能、文學傳統等原因，它們對人格三層面的收容範圍並不相同，那麼就宋詞而言，它與哪一部分最相契合呢？

「他們在一些優秀詞作中所表現的情，已不是過去詩中常見的與是非道德判斷相關的喜怒哀樂，而是內心深處的悵惘、淒迷、孤寂等很難說清爲什麼而又需要表達的眞摯情思和細膩感受……在表現人的內在眞情方面開拓出了詩所未達到的深度和領域。」〔註16〕「文章殆莫備於是矣！非體備也，情至也。情生文，文生情，何文非情？而以參差不齊之句，寫鬱勃難狀之情，則尤至也。」（卓人月編《古今詞統·舊序》）謝章鋌《賭棋山莊詞話》卷四中云：「夫詞多發於臨遠送歸，故不勝其纏綿惻悱。即當歌對酒而樂極哀來，捫心渺渺，閣淚盈盈，其情最眞，其體亦最正矣。」上引文論都將詞視爲諸多文藝之筐中發抒情感的最理想之筐，「詩言志」、「文載道」、「詞緣情」幾成文體功能定論和創作者寫作時的思維定勢，「長期以來，人們爲詩詞分別定位於兩種不同的功能，甚至出現了一見緣情之詩便說『風期未上』，一讀言志之詞即謂『要非本色』的偏執。」〔註17〕當然就其對道、志、情的表現而言三種文體的勢力圈也有著小面積的交集，但交集區所佔比例不足以影響對主體的評判。最初詩言志之志與情之間並無嶄截劃分，如《毛詩序》論詩之創作綱領時就或以情言、或以志言，視之爲二而一的概念，「詩者，志之所之也，在心爲志，發言爲詩。情動於中而形於言，言之不足，故嗟歎

〔註16〕詹安泰：《詹安泰詞學論稿》，汕頭：汕頭大學出版社，1997 年版，第 30 頁。

〔註17〕朱自清：《詩言志辨》，桂林：廣西師範大學出版社，2006 年版，第 15 頁。

之；嗟歎之不足，故詠歌之，詠歌之不足，不知手之舞之，足之蹈之也。」（《詩大序》）晉代陸機《文賦》中還曾提出過「詩緣情」的口號，但自詞之文體出現後，情、志的表現空間開始析軌分流，後漸漸形成了某種習套，作爲有宋一代文學之勝的宋詞更是奠定了詞言情的深厚基礎。宋詩文遭遇了唐詩高峰後另闢蹊徑，以文字爲詩、以才學爲詩、以義理爲詩，愈來愈出離性靈和生命本眞情感了，個人之情免不了有抒吐的需要，創作者將之轉移到緣情之詞中來表達，「宋朝詩文革新運動以後，詩文更強調與政治倫理的關係，個人的私感情更是逃之夭夭至詞的領域中了，所以詞對於宋人來說猶如情感的後花園，爲他們保存了活潑潑性靈之領地，不必成爲一個枯乏的人，而是在枯乏中有潤澤。」〔註18〕「他們的不能訴之於詩古文的情緒，他們的不能拋卻了的幽懷愁緒，他們的不欲流露而又壓抑不住的戀感情絲，總之，即他們的一切心情，凡不能寫在詩古文辭之上者無不一泄之於詞。」〔註19〕

　　朱自清論說詩言志之志道「這種志，這種懷抱，其實是與政教分不開的。」〔註20〕聞一多先生說，他在「溫柔敦厚，詩之教也」這句古訓裏，嗅到數千年的血腥，斯語也在一定程度上印證了詩與政教倫理間的密切關係。以人格三層面言之，言志傳道表達政治倫理大話語的詩文多體貼傳達著人之超我、自我層面，情感是詞之表達重鎮，情感亦是本我中的主體內容，可見詞與本我世界有著密合關係。爲什麼與詩文相比詞具有更恰切地抒吐本我世界中情感的優長，這便關乎詞之體性和主要的文化功能了。

　　「詞中境界，有非詩之所能至者，體限之也。」（劉體仁《七頌堂詞繹》）內容決定形式，形式亦反作用於內容，這一哲學原理

〔註18〕劉揚忠：《唐宋詞流派史》，福州：福建人民出版社，1999 年版，第164 頁。

〔註19〕鄭振鐸：《插圖本中國文學史》，北京：商務印書館，1979 年版，第474 頁。

〔註20〕朱自清：《詩言志辨》，桂林：廣西師範大學出版社，2006 年版。

亦適用於解釋詞之獨特體式對表現內容的選擇。「賦情獨深，逐境必窬，醞釀日久，冥發妄中，雖鋪敘平淡，摹績淺近，而萬感橫集，五中無主。」（周濟《宋四家詞選目錄序論》）「吾聽風雨，吾覽江山，常覺風雨江山外有萬不得已者在。此萬不得已者，即詞心也。而能以吾言寫吾心，即吾詞也。此萬不得已者，由吾心醞釀而出，即吾詞之真也，非可強為，亦無用強求。視吾心之醞釀何如耳。」（況周頤《蕙風詞話》卷一）萬感橫集五中無主、抑或是風雨江山中萬不得已的詞心亦即詞論家所言「鬱悖難狀之情」（沈際飛《詩餘四集序》）、「愷惻怨悱不能自言之情」（周濟《介存齋論詞雜著》）、「不能盡言之意」（郭麐《靈芬館詞話》）、「內心深處的悵惘、淒迷、孤寂等很難說清為什麼而又需要表達的真摯情思和細膩感受」，這些幽微難言之物都屬於非邏輯的本我世界中物。心理學家將完整人格比喻為一座冰山，露出水面的十分之一為顯意識，屬於自我和超我的人格層面，能為生命體充分意識和表達。而以情感為主體的本我基本歸於水面下的十分之九，亦即文章開頭所言人獲取自由需要照亮的無意識深層，這一部分內容難以為生命體充分意識和感知，哲學家稱之為「最原始的潛意識」「非理性的心理結構」，「人格中最隱秘最不易接近」的區域〔註21〕。

　　本我世界中以非邏輯化方式存在的、幽微難言的情感，與詞長短錯落、音節抗墜、婉媚深窈、輕婉靈動、句法參差之體性所決定了的曲折優柔、婉轉陳情的表達方式恰相契合，可由之緩緩抽繹而出，詞學家有言：「及夫厥端既開，作者漸眾，因嘗試之所得，覺此新體有各種殊易之調，而每調中句法參差，音節抗墜，較詩體更為輕靈變化而有彈性，要眇之情，淒迷之境，詩中或不能盡，而此新體反適於表達。」〔註22〕詞「要眇宜修」的特徵使她贏得了女性文學的頭銜，如用太極圖中的陰陽魚來比擬，應屬於其中陰性的一極。

〔註21〕霍爾著，包聿富編譯：《弗洛伊德心理學與西方文學》，長沙：湖南文藝出版社，1986 年版，第 629 頁。
〔註22〕繆鉞：《詩詞散論》，上海：上海古籍出版社，1982 年版。

本我中的原生態情感幽約細巧、要眇柔婉，亦屬於太極圖譜中陰性的一極，與詞體徵相符，故詞成爲受容本我情感之最合適容器亦是當然之理。焦循《雕菰樓詞話》中云「人稟陰陽之氣以生者也，性情中必有柔委之氣寓之，有時感發，每不可遏。有詞曲一途分泄之，則使清勁之氣長流存於詩、古文。」柔委之氣、私密情感、本我心緒等多位一體的陰性概念，發露於同屬陰性特質的詞體中，清勁之氣、道德理性、超我要求自我監控等同屬於另一組多位一體的陽性概念，則主要流貫於更具陽剛色彩的詩文中。

　　詞「音樂文體」「遊戲文體」的文化功能也是決定詞對本我世界充分發顯的重要原委。宋代許多詞集的名字無不向後人發顯了詞作爲歌本的用途和性質，約問世於北宋初年的《尊前集》和北宋元祐年間的《蘭畹曲會》其詞集名明白不過地顯示了斯時「詞即曲子」、主要用於尊前歌女吟唱的詞學觀。斯時很多詞人以樂府名其詞集，如歐陽修《歐陽文忠公近體樂府》、賀鑄《東山樂府》、晏幾道《樂府補亡》，或稱之爲歌曲，如王安石《臨川先生歌曲》，抑或名之爲「樂章」，如柳永《樂章集》。情感是旋律的本質，語言無能爲力之處音樂響起，人心之難言情思可由音樂起承轉合的旋律宛轉道盡。所有藝術部類中音樂是最具情感表現力的藝術形式，最具直抵人心的魅力，亦是最不能作僞的一種藝術載體，古人曾言「唯樂不可以爲僞」（《禮記》卷三十九《樂記》），作爲音樂歌詞部分的詞又怎能無關乎生命痛癢和眞實心靈情懷？

　　「內外無事，朋僚親舊，或當燕集，多運藻思，爲樂府新詞，俾歌者倚竹而歌之，所以娛賓而遣興也。」（陳世脩《陽春集序》）詞誕生初即作爲佐歡之具和遊戲文體，詞在宋朝也始終延續了這一文化功能，晁無咎《調笑》小序中道：「蓋聞民俗殊方，異音異好。洞庭九奏，謂踴躍於魚龍。子夜、四時，亦歡愉於兒女。欲識風謠之變，請觀調笑之傳，上佐清歡，深慚薄技。」古人云：「觀人於揖讓，不如觀人於遊戲」，在人際交往的揖讓場合人要時時收斂起不符

合社會通行規則的人格層面，以保證自身在社會生活中的暢通無阻，以求取外界的良好品譽，此時的形象是正襟危坐的，往往是高標要求的超我和備受抑制的自我形象，本我面目流露甚少。而遊戲時身心全然放鬆，超我放棄了讓自我嚴格監控本我一舉一動的職責，呈露在外的便是完全的本我面目，遊戲將一個最本眞無僞的人還給了他自己，此時的言動行止便是其心聲的眞實吐露，故遊戲文體中最可見充分在場的本我眞性情。宋朝詞體便是此類遊戲文體，創作者在詞中傾吐眞實無僞的內心情感，「宋代詞人往往表現出雙重人格：戴上面具作載道之文、言志之詩，卸下面具寫言情之詞。」〔註23〕作爲與生命本眞晤面的通道，遊戲於人有著極大的、幾乎是不可抗拒的吸引力，「千餘年後，乃有倚聲製辭，起於唐之季世，則其變愈薄，可勝歎哉！予少時汨於世俗，頗有所爲，晚而悔之；然漁歌菱唱猶不能止。今絕筆已數年，念舊作終不可掩，因書其首以識吾過。」（陸游《長短句序》）〔註24〕「然文章豪放之士，鮮不寄意於此者，隨亦自掃其跡，曰謔浪遊戲而已也。」〔註25〕（胡寅《斐然集》卷十九《向薌林酒邊集後序》）「晉和凝，少年時好爲曲子詞，布於汴、洛。洎入相，專託人收拾焚毀不暇。然相公厚重有德，終爲豔詞玷之。契丹入夷門，號爲『曲子相公』。所謂『好事不出門，惡事行千里』，士君子得不戒乎？」（孫光憲《北夢瑣言》卷六）「猶不能止」、「鮮不寄意於此」，道盡了詞這一遊戲文體對人的強烈吸引，「汨於世俗」一語則說明了寫詞在宋朝已成爲群體樂於爲之的風潮，就連皇帝也不能抵制這種新興音樂形式的媚惑力，《宋史》卷一四二《樂志》中載：「太宗洞曉音律，前後親製大小曲及因舊曲創新聲者，總三百九十。」「晚而悔之」、「隨亦自掃其跡」、「惡事行千里」、「專託人收拾焚毀不暇」，這些表達語說明了作爲遊戲文體

〔註23〕楊蔭瀏：《中國音樂史綱》，北京：萬葉書店，1952年版，第160頁。
〔註24〕〔宋〕陸游：《渭南文集》，北京：北京圖書館出版社，2004年版
〔註25〕清四庫館纂輯：《四庫全書》，上海：上海古籍出版社，1989年影印版，第1137冊，第547頁。

的詞在宋人心目中的低下地位和誨之猶恐不及的心理。詞在宋朝常被視爲難登大雅之堂的小道、薄技、鄙藝，甚至只被作爲如廁時的消遣物，「錢思公雖生長富貴，而少所嗜好。在兩洛時，嘗語僚屬言：『平生惟好讀書，坐則讀經史，臥則讀小說，上廁則閱小辭，蓋未嘗頃刻釋卷也。』」（歐陽修《歸田錄》卷二）蘇軾將世俗不知子野之詩但稱其歌詞比作孔子所謂「吾未見好德如好色」也，其高下尊卑之序昭然。王國維先生曾說，「古代文學之所以有不朽之價值者，豈不以無名之見者存乎？至文學之名起，於是有因之以爲名者，而眞正文學乃復託於不重於世之文體以自見。」（王國維《文學小言》）此言雖說過激，其中自有合理內核在，古中國向來有重道輕藝的傳統，重於世之主流文體上層文體都需要有道德教化的引子才上得了臺面，即其中必須融入超我自我的人格內容，甚至要以這兩個層面爲主要表現對象才能有立足之地。有時尚或爲了博取觀者讚譽、現實功利等因素而在其中踵事增華，加入僞善的異質，其容納的本我內容便愈益瘠薄了。詩文便是如此重於世、以超我自我爲主要表現內容的主流文體，「清詩似庭燎，雖美未忘箴。」（蘇軾《次韻朱光庭喜雨》《蘇軾詩集》卷十六），蘇軾此言一語道破了詩之功能特徵。與詩文相較作爲創作者遊息其間之「遊戲文體」的詞，便是王國維所言「不爲世之所重」的文體，故能成爲「本我」眞面目充分流露的「眞正文學」。

　　因詞以抒吐本我世界中的眞實心靈情愫爲其優長，故詞常被稱爲「心緒文學」，模仿上文「文學是人學」的話語結構，我們可得出相對偶的命題：「詞學是心學」。「溫柔敦厚，詩教也，陡然一驚，正是詞中妙境。」（劉體仁《七頌堂詞繹》）「溫柔敦厚」斯爲理性世界中正平和的要求，是生命體在超我要求自我監控下的壓抑表現，也許美、善但眞的程度可能會有所折損，「陡然一驚」便是作者之眞情對讀者之眞情的興發感動、讀者之眞心對作者之眞心心有戚戚焉的領受。《莊子·漁父》中有言「眞者，精誠之至也。不精不誠，不能

動人。」詞以其對人之本我世界中眞情的抒吐成爲文學諸部類中尤能動人心魄、尤能與讀者同情感應的一種文體，陳廷焯有言，「夫人心不能無所感，有感不能無所寄；寄託不厚，感人不深；厚而不鬱，感其所感，不能感其所不感。……後人之感，感於文不若感於詩，感於詩不若感於詞。」（陳廷焯《白雨齋詞話》）千古之下「人同此心，心同此情」者多矣，故詞體無論對於創作者還是欣賞者來說都具有永遠的媚惑力，無數人心醉神迷於此種彌散著生命體心香的文學花朵，繆鉞先生曾說：「詞體之所以能發生，能成立，則因其恰能與自然之一種境界，人心之一種情感相應合而表達之。此種境界，此種情感，永存天壤，則詞即永久有人欣賞，有人試作。〔註26〕

　　詞與創作主體的人格融合有一個漸次擴大的發展歷程，「北宋有無謂之詞以應歌，南宋有無謂之詞以應社」（周濟《介存齋論詞雜著》），應歌應社的無謂之詞絕大部分是無我之詞，篇中少有作者的心魂印痕和面影閃現，發軔期的花間詞即是如此，多爲見物不見人，或只見他人不見自我的無我之詞。詞中創作主體本我情感的融入始於韋莊，「始自歌筵酒席間不具個性之豔歌變而爲抒寫一己眞情實感之詩篇。此不僅爲韋莊詞之一大特色，亦爲詞之內容之一大轉變。」〔註27〕這一傳統亦爲宋朝初期歐陽修、晏殊等詞人所承，他們雖也有類似於花間詞的客體之作，但他們詞集中已有相當多的作品在吐露著本我情懷。詞中創作主體本我情感融入的又一次新變肇始於長調慢詞對詞壇主流地位的佔領，「長調慢詞的問世在一定程度上促使詞人以更嚴謹的態度進行創作，仔細推敲，從而日益改變『娛賓遣興』的遊戲態度，使寫詞所下的功夫接近於寫詩。因此，我們不妨說『長調』的興起改變了詞人對於詞的題材、技法的局限，也在一定程度上改變了他們的創作態度，帶來了詞學史上許多理論問題的

〔註26〕繆鉞：《詩詞散論》，上海：上海古籍出版社，1982 年版，第 55 頁。
〔註27〕繆鉞，葉嘉瑩：《靈谿詞說》，上海：上海古籍出版社，1987 年版，第 49 頁。

重新估價。」〔註28〕長調慢詞結構繁富，體積擴展了很多，不像小令那樣可以在靈感的助益下一筆揮就，往往需要加入更多思力的安排，這意味著詞「小道」「薄技」的地位開始有所改變，這是詞之尊體的起始，尊體即意味著詞人創作態度愈加嚴謹認真，意味著詞與詞人主體情感有了更多勾連的可能。這一可能性隨著長調之詞的普及漸成詞壇現實，詞對創作主體本我人格的覆蓋面積越來越大。

詞中創作主體人格融入的再一次新變發生在蘇軾筆下，「清詩絕俗，甚典而麗。搜研物情，刮發幽翳。微詞宛轉，蓋詩之裔。」〔註29〕蘇軾將詞作為詩之裔，蘇軾筆下開始了人格三層面與詞的廣泛融合，詩文主要用於呈顯自我超我人格層面、詞則以抒吐本我內容為長的界限在蘇軾手中被打破，王兆鵬《論東坡範式——兼論唐宋詞的演變》一文中說東坡詞「建立起一種新的範式，即把題材的取向從他人回歸到自我，像寫詩那樣從現實生活中擷取主題，捕捉表現對象，著重表現自我、抒發自我的情志。」〔註30〕此處所言自我非上文分析的人格三層面中的自我層面，而是人之整體人格的指稱。蘇軾對詞表現空間的開拓既有詞人詞學觀的影響，亦有宋朝文字獄背景下詩歌傳統表現域收縮和轉移的作用，王學泰《從『烏臺詩案』看封建專制主義對宋代詩歌創作的影響》一文中道：「這一詩案體現了宋代日益加強的封建專制主義的統治，它對蘇軾文學創作的影響是很大的，它影響到作者詩歌創作的思想內容、作品的傳播、風格與藝術手法等。比如，人們不敢在詩中抒發的感情逐漸轉移到詞之中，影響到詞體內容的日益豐富」。〔註31〕文與可曾警告蘇軾「西

〔註28〕陳伯海，蔣哲倫編：《中國詩學史》詞學卷，福州：鷺江出版社，第54頁。

〔註29〕蘇軾《祭張子野文》，《東坡全集》卷九十一，《四庫全書》第1108冊，第462頁。

〔註30〕王兆鵬：《論東坡範式——兼論唐宋詞的演變》，《社會科學研究》，1989年，第4期

〔註31〕王學泰：《從『烏臺詩案』看封建專制主義對宋代詩歌創作的影響》，《文學遺產》增刊，1983年第16輯。

湖雖好莫吟詩」，勸誡蘇軾少寫詩歌這種「重於世之文體」，以免政敵從中尋找羅織罪名的證據從而再次罹禍。不過蘇軾「以詩爲詞」，將人格三層面都收攏進詞體中的做法僅爲詞壇上「別是一家」之舉，尚未成爲斯時詞壇風尚，大多數詞人仍然只是籍詞傳達著本我情感。

　　「靖康之難」後以詞言抗金雪恥壯志、表愛國復國壯懷頓成詞壇主流風潮，鐵與火的時代使詞作發生了「眼界始大，感慨遂深」的變化，「西湖故多沉憂善歌之士……故家遺老，愴懷禾黍，山殘水剩之感，風僝月僽之思，流連紆鬱，忍俊不禁，往往託興聲律，借抒襟抱，其尤工者，比物麗華，言促意長，後之人推尊其作，至比於草堂詩史，謂興亡之跡，於是乎繫焉。」（清‧張預《許刻山中白雲詞跋》）時代和文體演進之合力促使詞完成了全面的自我提升，蘇軾「以詩爲詞」將人格三層面都收攏進詞中的創作方法已不再是別是一家之舉，已成詞壇普遍現象，當然，詞之傳統功能域「緣情」亦不曾偏廢，兒女情長、人欲風流在詞中仍占著重要份額，胡適曾說：「到了朱希眞與辛稼軒，詞的應用範圍越推越廣大，無論什麼題目，無論何種內容，都可以入詞。」（胡適《詞選自序》）隨著詞在宋朝的升格運動，詞之清溪小澗不斷擴容，詞之流愈益寬廣深宏，漸呈海納百川的浩莽氣象，詞流之恢擴如論者所言：「五代之詞，止於嘲風弄月，懷土傷離，節促情殷，辭纖韻美。入宋則由令化慢，由簡化繁。情不囿於燕私，辭不限於綺語。上之可尋聖賢之名理，大之可發忠愛之熱忱，寄慨於剩水殘山，託興於美人香草，合風雅騷章之軌，同溫柔敦厚之歸。故可抗手三唐，希聲六代，樹有宋文壇之幟，紹漢魏樂府之宗。」〔註32〕詞與詞人整體人格交集圈不斷擴大，詞中創作主體的形象越發立體多面，而且在詞之流日漸宏闊壯偉的同時，詞也並未丟失抒情之「眞」的原初優長，故在宋代文學諸部類中將詞作爲抉發創作者心史軌跡的最理想文體自是當然之理。「詞學是心學」，兩萬多首宋詞的詞心如其作者之心千

〔註32〕王易：《詞曲史》，上海：上海書店，1989 年版，第 161～162 頁。

變萬化，「蘇、辛以高世之才，橫絕一時，而奮末廣賁之音作。姜、張祖騷人之遺，盡洗穠豔，而清空婉約之旨深。自是以後，欲離去別見其道而無由。然其寫心之所欲出，而取其性之所近，千曲萬折以赴聲律，則體雖異而其所以爲詞者，無不同也……進麼弦而笑鐵撥，執微旨而訾豪言，豈通論乎！」（郭麐《無聲詩館詞序》）「有詩人之詞，唐、蜀、五代諸人是也。有文人之詞，晏、歐、秦、李諸君子是也。有詞人之詞，柳永、周美成、康與之之屬是也。有英雄之詞，蘇、陸、辛、劉是也。至是聲音之道，乃臻極致，而詞之爲功，雖百變而不窮。」（田同之：《西圃詞說》）〔註33〕詞壇的豐富多彩印證著各人生命情調和心靈路徑的異彩紛呈。

〔註33〕唐圭璋編：《詞話叢編》，北京：中華書局，1986年版，第2冊，第1451頁。

第三章　兩宋詞人典型性
心靈路徑之大觀

　　從上文分析可知從悲劇體認走向自我救贖是人類心路歷程的哲學共相，宋人之心史軌跡在詞這一「心緒文學」中有著最充分的詩學呈現，以上言哲學話語從兩萬多首宋詞中觀照並釐析宋詞人的心靈路徑，其中五條主乾道赫然，勾畫這五條典型性心靈路徑、解析路徑成因並細述路徑上的風景氣象是本文上編的主體內容。

一、「自古。紅顏能得幾時新」
──以晏殊、歐陽修爲例解剖宋詞人的傷逝情結和自贖路徑

　　「花」、「酒」、「歌」、「樂」是晏殊和歐陽修抒懷詞的中心意象，以這些中心意象爲切口，可以解讀出二人抒懷詞中的時間意識和傷逝情結，以及詞人消解傷逝情結的自贖路徑。晏殊和歐陽修濃重的傷逝情結源於詞人受挫的生命意志和欲望，生命受挫後詞人在私生活空間中沉溺於歌、酒、樂之風花人生，以此消煩解憂彌合傷痛，以此恢復生命的淋漓元氣，另外，晏殊還持有圓融的哲學觀照眼光，可以不假它求地直接化解「喪失」悲感。

1. 落英繽紛　殘花飛舞：晏殊和歐陽修呼吸領會著生命中濃重的傷逝之痛

　　按照題材劃分晏殊《珠玉詞》大體可分爲兩類：豔情詞和抒懷詞，歐陽修《六一詞》可歸爲三類：豔情詞、抒懷詞和寫景詞。宋初豔情詞基本上是以「他者」眼光言說女性世界的「無我之詞」，如晏殊之《破陣子》：「玉碗冰寒滴露華。粉融香雪透輕紗。晚來妝面勝荷花。鬢嚲欲迎眉際月，酒紅初上臉邊霞。一場春夢日西斜。」可見女子外貌妝容、閨中情懷卻不見作者本人的身影。寫景詞中創作主體的情感介入也很有限，如歐陽修之《漁家傲》：「粉蕊丹青描不得。金針線線功難敵。誰傍暗香輕採摘。風淅淅。船頭觸散雙鸂鶒。夜雨染成天水碧。朝陽借出胭脂色。欲落又開人共惜。秋氣逼。盤中已見新荷的。」亦無法從中尋繹出創作者的主體情感。因此欲解讀兩位詞人的眞實情感世界，關注的目光無疑應轉向抒懷詞這一類別，抒懷詞斯爲他們的「有我之詞」，縱觀其抒懷詞，揮之不去的印象是「花間一壺酒，歌樂送流光」的畫面反覆疊現，「花」、「酒」、「歌」、「樂」的意象層出不窮，這一現象値得讀者深味之。

　　　　把酒花前欲問君。世間何計可留春。縱使青春留得住。虛語。無情花對有情人。好花須落去。自古。紅顏能得幾時新。暗想浮生何時好。唯有。清歌一曲倒金尊。(歐陽修《定風波》)

　　　　對酒追歡莫負春。春光歸去可饒人。昨日紅芳今綠樹。已暮。殘花飛絮兩紛紛。面麗妹歌窈窕。清妙。尊前信任醉醺醺。不是狂心貪燕樂。自覺。年來白髮滿頭新。(歐陽修《定風波》)

　　　　紅顏能得幾時新。等閒離別易消魂。酒筵歌席莫辭頻。　　滿目山河空念遠，落花風雨更傷春。不如憐取眼前人。(晏殊《浣溪沙》)

　　　　湖上西風斜日，荷花落盡紅英。金菊滿叢珠顆細，海燕辭巢翅羽輕。年年歲歲情。美酒一杯新熟，高歌數闋堪

聽。不向尊前同一醉，可奈光陰似水聲。迢迢去未停。（晏
殊《破陣子》）

以管窺豹，詞集中隨意拈出的這幾首抒懷詞已足以見出兩位詞
人抒懷詞之大略了：落花、殘花滿地，豔歌清曲繞耳，拂拂酒氣撲
面。二人抒懷詞中「花」意象少有含苞之花和盛開之花，而多以「殘
花」、「落花」的形態出現，「殘花是一個象徵物，一個喚起人時間記
憶的象徵物……展現了人與時間的極度緊張關係。」〔註 1〕飄墜的
片片殘紅是時間的舊物、生命的殘骸，「春秋代序，陰陽慘舒，物色
之動，心亦搖焉」（劉勰《文心雕龍・物色》），落花殘花觸動了詞人
的敏感心弦，詞人由季節交替的典型標誌物「殘花」、「落花」聯想
到「紅顏能得幾時新」，從而產生「可奈光陰似水聲」的悵惘，可見
落花意象的背面是濃重的時間意識，兩位詞人詞中落花殘花的中心
意象說明了他們生命中強力凸顯著時間意識。

從先民古歌《詩經》開始時間詠歎調就在國人耳邊吟唱不休，「今
我不樂，日月其餘」（《詩經・唐風・蟋蟀》）、「君看今日樹頭花，不
是去年枝上朵」（曹植《洛神賦》）……爾後時間詠歎調在《古詩十
九首》中掀起了第一個文學高潮，「所遇無故物，焉得不速老。盛衰
各有時，立身苦不早。人生非金石，豈能長壽考？」（《古詩十九首》
之十一）、「浩浩陰陽移，年命如朝露。人生忽如寄，壽無金石固」
（《古詩十九首》之十三），時至宋代，宋詞人中時間意識凸顯得格
外強烈的便是籍殘花落花意象來傳達的宋初大儒晏殊和歐陽修。那
麼時間之本質到底為何？陳世驤《「詩的時間」之誕生》一文中論及
中國詩學史上的時間意識道：「時間每被提及，詩人一概關涉時間與
我，時間與我之所為，時間與我之何為以及時間與我之將何為。」
〔註 2〕客觀時間對個體並無意義，我們所關注所揪心的其實是主觀

〔註 1〕　朱良志：《曲院風荷》，合肥：安徽教育出版社，2003 年版，第 132
　　　　 ～133 頁。
〔註 2〕　陳世驤：《「詩的時間」之誕生》，載尹錫康、周發祥主編：《楚辭資
　　　　 料海外編》，武漢：湖北人民出版社，1986 年版，第 193 頁。

時間，是無始無終的歷史長河中屬於一己之我的時間，「對於個人，存在著一種我的時間，即主觀時間。」（《愛因斯坦選集》第 1 卷《相對論的意義》第 156 頁）作品中的時間意識，實爲時間與我的關係，作者在不斷地拷問著屬於我的主觀時間中我該何爲？我做了什麼？我爲什麼要做這些？我將要做麼？⋯⋯爲什麼有些人要始終不斷地進行這種拷問？爲什麼時間意識在他們生命中會凸顯得比常人強烈？對此，哲人給予了一些解釋，「亞里士多德認識到，倘若不存在『障礙物』（用弗洛伊德的術語來說就是不存在挫折），肉體感官的愉快活動也就是一種無運動無變化因而也就不處於時間之中的活動。」〔註 3〕「沒有內在的不安，時間並不眞正存在；時間對完全沒有焦慮的動物是根本不存在的。」〔註 4〕按照黑格爾的看法，「時間是從死亡中製造出來的，歷史的辯證法就是時間的辯證法，時間在感性世界中是否定性的因素，時間就是否定性，而否定性就是向外轉化出來的死亡。」〔註 5〕生命體一團愉快時會忘我忘物也忘了時間，當生命體體驗著挫折、喪失等負面遭際和負性情緒時便會意識到時間，尤其是領會了向死而生的生命本質後生命意志和欲望卻一再被壓抑，生命體的否定意識和焦慮情緒會更加濃重，時間意識也便會更強烈。「這種對死亡的非理性恐懼來源於生活中的失意，它表現了由於人浪費生命、錯失了生產性的運用自己能力的機會所產生的罪惡之心，死亡是一種強烈的痛苦，但沒有很好地生活便要死去則令人無法忍受。對死亡的無理性懼怕相關聯的是懼怕衰老。」〔註 6〕所以歐陽修和晏殊落花殘花意象這一能指符號的最終所指其

〔註 3〕〔美〕諾爾曼・布朗，馮川等譯：《生與死的對抗》，貴陽：貴州人民出版社，1994 年版，第 104 頁。

〔註 4〕〔美〕諾爾曼・布朗，馮川等譯：《生與死的對抗》，貴陽：貴州人民出版社，1994 年版，第 118 頁。

〔註 5〕〔美〕諾爾曼・布朗，馮川等譯：《生與死的對抗》，貴陽：貴州人民出版社，1994 年版，第 110～111 頁。

〔註 6〕〔美〕馬斯洛著，劉鋒等譯：《自我實現的人》，北京：三聯書店，1987 年版，第 154 頁。

實便是他們生命中的落花殘花——受挫的生命意志和欲望。

　　晏殊自小被譽爲神童，長大後並未像王安石《傷仲永》一文中的主人公那樣泯然眾人矣，而是自我砥礪琢磨，學問淹通該博，「公（晏殊）於是爲學者宗，天下慕其聲名……公於六藝、太史、百家之言，騷人墨客之文章，至於地志，族譜、佛老，方伎之人，旁及九州之外蠻夷荒忽詭變奇跡之序錄，皆披尋綱繹，而於三才萬物變化情僞，是非興壞之理，顯隱細鉅之委曲，莫不究盡。」〔註7〕有此才自然思有以大用，晏殊具有著遠邁常人的政治抱負，其爲政態度也甚是勤勉，「由王官宮臣，卒登宰相，凡所以輔道聖德，憂勤國家，有舊有勞，自始至卒，五十餘年」（歐陽修《晏公神道碑》）。無論才具之美、志向之高還是奉身精神，歐陽修都不遜於晏殊，史乘中相關資料很多，歐陽修《送徐無黨南歸序》中寫道：「其所以爲聖賢者，修之於身，施之於事，見之於言，是三者所以能不朽而存也。」〔註8〕晁公武《郡齋讀書志》卷十九中道：「博極群書，好學不倦，尤以獎進天下士爲己任，延譽慰藉，極其力而後已。於經術，治其大指，不求異於諸儒。與尹洙皆爲古學，遂爲天下宗匠。蘇明允以其文辭令雍容似李翱，切近適當似陸贄，而其才亦似過此兩人。至其作《唐書》、《五代史》，不愧班固、劉向也。」陳振孫《直齋書錄題》卷十七云：「歐公以辭賦擅名場屋，既有韓文刻意爲之。雖皆在諸公後，而獨出其上，遂爲一代文宗。」林大椿《歐陽文忠公近體樂府跋》曰：「歐陽氏文章氣節，照耀一世，當時咸以退之相推許，而歐陽氏亦以文以載道自命。蘇軾之序曰：『歐陽子論大道似韓愈，論事似陸贄，記事似司馬遷，詩賦似李白，此非予言也，天下之言也。』」王安石《祭歐陽文忠公文》曰：「如公器質之深厚，識見之高遠，而輔學術之精微。故充於文章，見於議論，豪健俊偉，怪巧

〔註7〕〔宋〕曾鞏：《曾鞏集》，北京：中華書局，1984 年版，第 210 頁。
〔註8〕〔宋〕歐陽修：《歐陽修選集》上海：上海古籍出版社，1986 年版，第 297 頁。

瑰琦……世之學者，無問乎識與不識，而讀其文，則其人可知」。歐陽修夫子自道其爲國事鞠躬盡瘁的精神曰：「孤忠一許國，家事豈復恤」(《歐陽修集‧居士集》卷二《班班林間鳩寄內》)。但他們的從政之樹並未能如願結出累累碩果，晏殊作爲北宋官僚機構中的輔弼大臣，史乘中其政績記載只有無甚光彩的一條：「陝西方用兵，殊請罷內臣監兵，不以陳圖授諸將，使得應敵爲攻守；及募弓箭手教之，以備戰鬥，又請出宮中長物助邊費，凡他司之領財利者，悉罷還度支。」(《宋史‧晏殊傳》)「簾幕風輕雙語燕。午醉醒來，柳絮飛撩亂。心事一春猶未見。餘花落盡青苔院。　　百尺朱樓閒倚遍。薄雨濃雲，抵死遮人面。消息未知歸早晚。斜陽只送平波遠。」(晏殊《蝶戀花》)在這首詞中晏殊流露了功業無成的慨歎，俞陛雲評曰：「此詞殆有寄慨，非作月露泛辭。『心事』二句有『恨未立乎修名』、『老冉冉其將至』之感。下闋『雨雲』二句意謂經國遠謨，乃橫生艱阻。」(俞陛雲《唐五代兩宋詞選釋》)〔註9〕歐陽修早年曾屢遭貶謫，多次被貶外任，在貶謫生涯中蹉跎了青春、浪費了才華，與晏殊一樣也沒能在青史主頁上留下多少勳績。

　　就晏殊與歐陽修而言，經世理想實現受阻原因大略有二，一是帝王恩寵倚重之心的遊移不定，翻手爲雲覆手爲雨是歷朝帝王的常態表現，皇帝青眼相加之倚重和白眼相嚮之厭棄轉換迅疾，而且其轉換之因也往往令臣子難以測度，封建社會君主獨裁的統治模式下帝王恩寵不再自然會使臣子們政治抱負實現的希望被徹底冰結。晏殊詞集中有一首別調《山亭柳》，「家住西秦。賭博藝隨身。花柳上、鬥尖新。偶學念奴聲調，有時高遏行雲。蜀錦纏頭無數，不負辛勤。

　　數年來往咸京道，殘杯冷炙謾消魂。衷腸事、託何人。若有知音見採，不辭遍唱陽春。一曲當筵落淚，重掩羅巾。」表面上看是寫年老色衰的歌女自傷淪落，但從這首詞明顯不同於其它圓融平靜

〔註9〕吳熊和：《唐宋詞彙評》，杭州：浙江教育出版社，2004 年版，第 160頁。

之作的怨懟口吻來看，析之爲詞人借歌女酒杯澆自己心中塊壘當不
爲強作解事。「西秦」、「咸京」是永興軍的地名，這首詞寫於晏殊
以觀文殿大學士貶知永興軍時，「衷腸事，托何人」，君爲臣天，五
倫綱常序列中的臣子，「衷腸事」所託之人只有唯一指向，即「似
危欄，難久倚」（陸游《夜遊宮》）的帝王。而帝王只是倚重整個官
僚群體來實現他家國天下的統治目標，具體到每位大臣恩寵如何分
配，既可能是帝王心血來潮之即興選擇，亦可能是爲王朝利益平衡
的結果，與臣子德能勤績的相關度並不大，身爲臣子，無以自辯，
只能無條件地承受，這便造成了貫穿封建社會始終的君怨心聲。正
如這首詞中的歌女曾經「蜀錦纏頭無數」，晏殊也曾備受信賴倚重，
《神道碑》載：「公既以道德文章佐祐東宮，眞宗每所沿仿，多以
方寸小紙細書問之，由是參與機密，凡所對，必以稿進，示不泄。」
（歐陽修《晏公神道碑》）歌女如今「殘杯冷炙謾消魂」，有如晏殊
寫作此詞時已被放逐於心腹寵臣圈外，「及殊作相，八大王疾革，
上親往問疾。王曰：『叔久不見官家，不知今誰作相』。上曰：『晏
殊』。王曰：『名在圖讖，胡爲用之』。上歸閱，視圖讖，得成敗之
語，並記誌文事，欲重黜之。宋祁爲學士，當草白麻爭之，乃降二
官，知穎州，詞曰：『廣營產以殖資，多役兵而規利』。以它罪羅織
之。」〔註10〕寵臣降臣之身份轉換並非源於晏殊的不良政治表現，
只因「名在圖讖」便被冠以莫須有罪名遭到無辜貶斥，如此政治遭
遇晏殊怎能不心生怨懷。對於皇帝選擇大臣並不明哲的態度，歐陽
修詞中也有憤慨不平的心聲流露，「庭院深深深幾許。楊柳堆煙，
簾幕無重數。玉勒雕鞍遊冶處。樓高不見章臺路。　　雨橫風狂三
月暮。門掩黃昏，無計留春住。淚眼問花花不語。亂紅飛過秋韆去。」
（歐陽修《蝶戀花》））清代張惠言道：「『庭院深深』，閨中既以邃
遠也。『樓高不見』，哲王又不寤也。『章臺』、『遊冶』，小人之徑。
『雨橫風狂』，政令暴急也。『亂紅飛去』，斥逐者非一人而已。殆

〔註10〕丁傳靖：《宋人軼事彙編》，北京：中華書局，1981 年版，第 376 頁。

爲韓、范作乎？」（張惠言《詞選》）歐陽修亦像詞中所隱喻的諸多政治同道一樣被皇帝斥逐，四十多年仕宦生涯中多次被迫遠離政治中樞，長袖善舞之人沒有了舞臺，何以技驚天下。

二人政治理想難以實現的原因之二是姦佞小人的橫生阻梗，北宋帝王爲控制朝政，有意在士大夫中間造成相互牽制的局面，權力爭奪中賢良君子往往會被姦佞小人陷害，被排擠出權力圈喪失參政話語權。司馬光就君子、小人不可並處及各自的表現談論道：「夫君子小人之不相容，猶冰炭之不可同器而處也。故君子得位則斥小人，小人得勢則排君子，此自然之理也。然君子進賢退不肖，其處心也公，其指事也實；小人譽其所好，毀其所惡，其處心也私，其指事也誣。」（《資治通鑑》卷二百四十五）爲了達到政治目的，姦佞小人往往無所不用其極，且會因巧言令色的本性而得帝王偏聽偏信，忠言鯁行的正直君子卻往往會觸逆鱗而遭冷落擯斥。「小徑紅稀，芳郊綠遍。高臺樹色陰陰見。春風不解禁楊花，濛濛亂撲行人面。　　翠葉藏鶯，朱簾隔燕。爐香靜逐遊絲轉。一場愁夢酒醒時，斜陽卻照深深院。」（晏殊《踏莎行》）張惠言在《詞選》中稱「此詞有比興」，黃蓼園則進行了詳細的分析：「首三句言花稀而葉盛，喻君子少而小人多也。『高臺』指帝閽，『東風』二句，小人如楊花之輕薄，易動搖君心也。『翠葉』二句，喻事多阻隔。『爐香』句，喻己心之鬱紆也。『斜陽卻照深深院』，言不明之日難照此淵衷也。臣心與閨意雙關，寫去細思，自得之耳。」（黃蓼園《蓼園詞評》）〔註11〕晏殊對小人攪絆政壇造成混亂局面的現象內心深憂之，並以詞渲瀉之。爲避免小人羅網構陷，晏殊處理政事時謹小慎微瞻前顧後，難以殺伐決斷，眞宗對晏殊下評語道：「沉謹，造次不逾矩」，如此手腳被縛又如何能大展宏圖？政治上怎能有所建樹？「十年困風波，九死出檻阱」（歐陽修《述懷》），歐陽修亦備受奸小傾陷之苦，一生陷入了好幾椿誣陷案中，歐陽修在《滁州謝上表》一文中說：「自蒙睿獎，

〔註11〕唐圭璋：《詞話叢編》，北京：中華書局，1986年版，第3048頁。

嘗列諫桓。議論多及於貴權，指目不勝於怨怒，若臣身不黜，則攻者不休。」晚年仍在慨歎：「既不能因時奮身，遇事發憤，有所建明以爲補益，又不能依阿取容以徇世俗，使怨嫉謗怒叢於一身，以受侮於群小。」（歐陽修《歸田錄》序言）終其一生都沒能擺脫姦佞小人的訕謗抵毀。「臣拙直多忤於物，而在位已久，積怨已多。若使臣頓然變節，勉學牢籠小人以弭怨謗，非唯臣所不能，亦非陛下所以任臣之意。」（《歐陽修集‧表奏書啓四六集》卷四《又乞外郡第一箚子》）雖明知小人橫加阻梗的後果，但因天賦忠貞本性，亦不願爲仕途求進在官場改變立身原則苟合取容。

「菊花殘，梨葉墮。可惜良辰虛過」（晏殊《更漏子》）、「如此春來春又去，白了人頭」（歐陽修《浪淘沙》），「白了人頭」的同時也空白了生命畫卷，怎能不在落紅中心悸，在光陰似水聲中長歎，宜乎歐陽修《秋聲賦》中一派寒涼：「人爲動物，惟物之靈。百憂感其心，萬事勞其形，有動於中，必搖其精。而況其思力之所不及，憂其智之所不能，宜其渥然丹者爲槁木，黟然黑者爲星星。」治國安邦之偉抱是其思力之所及，爲國家運籌幃幄是其智之所能，而改變命運軌跡、爲經世理想的實現掃清障礙是其思力之所不及、智之所不能，傷痛一何深哉！

晏殊詞中除了與歐陽修一樣以落花殘花意象呈顯時間意識外，還另具表達媒介，如「夕陽」意象，「去年天氣舊亭臺。夕陽西下幾時回」（晏殊《浣溪沙》）、「池上夕陽籠碧樹。池中短棹驚微雨。（晏殊《漁家傲》）、「脆管清絃、欲奏新翻麴，依約林間坐夕陽」（晏殊《玉堂春》）、「睡起夕陽迷醉眼。新愁長向東風亂。」（晏殊《蝶戀花》）「最難消遣是昏黃」（許瑤光《雪門詩抄》卷一），「夕陽」訴說著一日之末的到來，往往會觸引起生命體生命之末的聯想，對於那些沒能生產性地運用自己潛能的人來說，生命之末的感知怎能不帶來難遣的焦慮情緒。我們還可從晏殊的壽詞中體味他歲月無多志業無成的焦灼，晏殊祝壽詞近 40 首，其中僅三首爲祝聖

壽而寫，其餘皆自壽之作，自壽作品如此之多說明了晏殊對此岸生命的執著，「日月逝於上，體貌衰於下，忽然與萬物遷化，斯志士之大痛也。」（《典論·論文》）欲望愈是強烈，喪失時的悲劇性體驗就會愈是深重。晏殊之傷逝情結還與他的家庭有關，學者謝玉琨在《生命體悟與詩情消解——晏殊文化人格初探》一文中說晏殊從十四歲到二十餘歲大約十年左右的時間裏，弟、妻、父母等至親之人，皆喪失殆盡。〔註12〕這樣的生命經歷更是增添了他對無常人生的戒懼心理。

2. 風花爛漫　陶然醉酡：晏殊和歐陽修以歌、酒、樂等濃化、美化著私生活空間以消解傷逝情苦

上文說過生命主體在悲劇性體驗時會有兩種選擇，自我救贖或是「哀莫大於心死」的自我放棄，那麼，晏殊與歐陽修會採取何種人生姿態呢？

我們可從兩位詞人的性格分析入手來回答這個問題，眾評者論晏殊性格道：「晏同叔賦性剛峻」（《四庫全書總目提要》）、「殊性剛簡，文章典麗，應用不窮」（《宋史·晏殊傳》）、「《珠玉詞》清剛淡雅，深情內斂，非淺識所能瞭解」（鄭騫《成府談詞》）、「公為人剛簡，遇人必以誠，雖處富貴如寒士，鱒酒相對，歡如也」（晏公《神道碑》）論歐陽修道：「公為人剛正，質直閎廓，未嘗屑屑於事」（歐陽發《先公事跡》《歐陽修集·附錄》卷五）、「先公為人天性剛勁」（歐陽發《先公事跡》《歐陽修集·附錄》卷五）、「公性至剛，而與物有情」（羅泌《歐陽文忠公近體樂府跋》）……可見晏殊、歐陽修性格中秉具著共同質素「剛」，他們在政壇的做法與此互文，徐自明《宋宰輔編年錄校補》載：「張耆鎮河陽，太后召耆為樞密史。」當時很多人雖對張耆深不以為然，內心並不贊同太后的這一做法，但

〔註12〕謝玉琨：《生命體悟與詩情消解——晏殊文化人格初探》，臺灣：《宋代文學研究叢刊》，1996 年，第 2 期。

迫於太后的勢力誰都不敢提出異議，而晏殊並未像他人一樣依違循默，他寧原觸怒太后亦不願違心附合，便以「才不稱，無動勞」為由提出反對，並不顧及這樣的做法會給自己帶來不良後果，天聖五年（1027年）正月因之被罷樞密副使。再如在眞宗病餘期間，丁謂權傾朝野，甚至於「除吏不以聞」，獨覽朝政的野心赫然，「初，眞宗遺詔，章獻明肅太后權聽軍國事，宰相丁謂、樞密史曹利用各欲獨覽奏事，無敢決其議者。公建言群臣奏事太后者，垂簾聽之，皆勿得見。」（歐陽修《晏公神道碑銘並序》）晏殊並未像其它的唯諾之輩一樣隨風倒伏，屈從於惡勢力，而是堅持立身原則勇敢進言。歐陽修在政壇上亦是剛義勇為，即便立於陷阱邊緣亦面無懼色，「天資剛勁，見義勇為，雖機井在前，觸發之不顧，放逐流離，至於再三志氣自若也。」（《宋史·歐陽修傳》）「自公仕宦四十年，上下往復，感世路之崎嶇；雖屯遭困躓，竄斥流離，而終不可掩者，以其公議之是非。既壓復起，遂顯於世，果敢之氣，剛正之節，至晚而不衰。」（王安石《祭歐陽文忠公文》）高若訥被貶，歐陽修以剛正之姿伸手相援，在《與高司諫書》一文中說：「願足下直攜此文於朝，使正予罪而誅之。」後歐陽修因此被貶夷陵。

　　有「剛」之質素的倚託，「殘紅滿地」時晏殊和歐陽修並沒有顧影自憐、哀傷無已，而是努力進行心理突圍，重建自我的穩定結構。「修之在滁，乃蒙被垢污而遭謫貶，常人之所不能堪，而君子亦不能無動於心者，乃其於文，蕭然自遠，如此，是其深造自得之功，發於心聲而不可強者也。」（乾隆《御選唐宋文醇》）「不能無動於心」故有對殘花含淚的觀照和體認，「深造自得之功」指生命主體從挫折困厄中超昇上去的自贖能力。那麼，晏殊和歐陽修進行心理突圍會採取何種方法呢？他們化解痛苦重揚生命情致的手段是什麼呢？「晏元獻公為京兆尹，闢張先為通判。新納侍兒，公甚屬意……每張來，即令侍兒出侑觴，往往歌子野之詞。其後王夫人寢不容，公即出之。一日，子野至，公與之飲。子野作《碧牡丹》詞，令營妓

歌之，有云『望極藍橋，但暮雲千里。幾重山、幾重水』之句。公聞之憮然，曰：『人生行樂耳，何自苦如此？』亟命於宅庫支錢若干，復取前所出侍兒。既來，夫人亦不復誰何也。」（《道山清話》）「人生行樂耳，何自苦如此」一語道破其生命多稜鏡之一面：在風花世界中極盡歡樂，這便是晏殊與歐陽修的心理突圍方法。晏殊與歐陽修的風花世界有幾個主要組成因子：酒、歌、樂，這可從晏殊和歐陽修公餘生活的記載中見出，「晏元獻喜賓客，未嘗一日不宴飲，盤饌畢不預辦，客至施營之。蘇丞相頌嘗在公幕，見每有佳客必留，但人設一空案一杯。既命酒，果實蔬茹漸至，亦必以歌樂相佐，談笑雜至。」〔註13〕宋祁在《上陳州晏尚書》中說：「比畢從事至，具道執事因視政餘景，必置酒極歡，圖書在前，簫笳參左，劇談虛疑誤往，遒句暮傳。」「歐陽永叔中歲居潁日，自以集古一千卷，藏書一萬卷，琴一張，棋一局，酒一壺，公以一翁老於五物間，稱六一居士。」〔註14〕《避暑錄話》載「公（歐陽修）每暑時輒凌晨攜客往遊，遣人走邵伯取荷花千餘朵，插百許盆，與客相間，遇酒行，即遣妓取一花傳客，次摘其葉盡處以飲酒，往往侵夜，載月而歸。」〔註15〕葛立方《韻語陽秋》中道：「歐青年曾有過一段『遊飲無節』生活，私家蓄有八九位妙齡歌妓，梅堯臣曾賦詩調笑『公家八九姝，髮如盤鴉，朱唇白玉膚，參年始破瓜。』」（葛立方《韻語陽秋》卷十五）

　　中國士子的文化記憶中「酒」是有著深長意味的符號，「何以忘憂，唯有杜康」（曹操《短歌行》），大英雄曹操「憂從中來」時，一杯杜康在手，解開了愁鄉之纜。魏晉名士劉伶形容酒醉之境道：「無思無慮，其樂陶陶，兀然而醉，怳爾而醒。靜聽不聞雷霆之聲，熟視不見泰山之形。」（劉伶《酒德頌》）「千古隱逸詩人之宗」陶淵明

〔註13〕丁傳靖：《宋人軼事彙編》，北京：中華書局，1981年版，第292頁。
〔註14〕唐圭璋編：《詞話叢編》，北京：中華書局，1986年版，第976頁。
〔註15〕丁傳靖：《宋人軼事彙編》，北京：中華書局，1981年版，第292頁。

亦曰「泛此忘憂物，遠我遺世情」。晏殊和歐陽修對酒之佳境深契於心，「醉中遺萬物，豈復記吾年」（歐陽修集《題滁州醉翁亭》），歐陽修被貶滁州後自號「醉翁」，「醉翁之意」並不在「酒」，在「忘」也，「忘我」、「忘世」、「忘憂」也，忘我，便無我之主觀時間，造成生命情累的根源「時間意識」因此便被徹底消解，肉身的沉重負累也就棄下了，便重新得到了渾然天全之樂，這便近於西哲所言之酒神狀態，西哲把醉酒視爲進入酒神狀態的簡捷易行的通道，「在醇酒的影響下原始人和原始民族高唱頌歌時……酒神的激情便蘇醒了。當激情高漲時，主觀的一切都化入混然忘我之境。」〔註16〕晏殊以「長似春」一語比擬（晏殊《更漏子》）「忘」後卸卻情累、「忘」後在人生之旅中輕裝上陣的生命狀態。

　　「暗想浮生何時好。唯有。清歌一曲倒金尊。」（歐陽修《定風波》）此語提及晏殊和歐陽修抒懷詞中的另外兩個中心意象「歌」、「樂」，國人對「歌」「樂」的功用有過一些論述：「道思作頌，聊以自救兮」（楚辭《抽思》）、「其能聽之以耳，應之以手，取其和者，道其堙鬱，寫其憂思」（歐陽修《送楊置序》）、「樂也者，鬱於中而泄於外者也」（韓愈《送孟東野序》），明其可以消煩解慮、滌除憂患也；「五音會，故歡放而欲愜」（嵇康《聲無哀樂論》）、「吹長笛兮彈五弦，高歌凌雲樂餘年。」（石崇《思歸歎》）證其能愉悅情志、縱情快心也，綜而論之即《樂記》所言「樂以治心」（《樂化篇》），使心境和樂也。歐陽修和晏殊在飲酒的同時相伴有「歌」「樂」，「醉鄉人」在「忘」的基礎上籍「歌」「樂」達到了更快地推開生命苦痛和更好地養護心境的效果，「酒」、「歌」、「樂」之功能疊加使得生命主體被社會政治生活撕裂了的傷口得以更快速地彌合，因生命喪失殘損了的、呈碎片狀態的自我得以重新整合爲和諧的統一體，斯時歐陽修的文章往往呈露出舒徐安祥之態，如學人陳曉芬所言：「應該

〔註16〕〔德〕尼采著，繆郎山譯：《悲劇的誕生》，載《文學論集》，北京：中國人民大學出版社，1980 年版，第 233～234 頁。

說，對歐陽修諸多『條達疏暢』『容與閒易』之文（蘇洵《上歐陽內翰第一書》中語）不能簡單視作文學技巧的產物，而更是生命精神的物化。」〔註17〕因為這樣的功效，在私生活領域裏晏殊、歐陽修「酒筵歌席莫辭頻」（晏殊《浣溪沙》）。

　　酒、歌、樂是晏殊、歐陽修風花人生的幾個關鍵詞，也是二人抒懷詞中的中心意象，抒懷詞的詞境真實無僞地呈顯出了晏殊和歐陽修的生活情態：「落紅飛舞，詞人不由自主地發出一聲歎息：生命真是凋傷得厲害啊！但這聲歎息很快便淹沒在詞人引杯推盞時的歡笑聲、歌女們的絲竹管樂聲及宛轉清歌聲中了」，詞人的主體情感世界亦可從中推出：從政時殫精竭慮，力求在政治領域內盡展事功夢想，但時勢、命運使得詞人政治理想頻頻受挫，生命遭遇喪失之痛。而後性格中剛的一面努力將自我從喪失的負面情緒中抽拔而出，借酒遺忘生命情累，籍歌、舞、樂重拾生命興致，在現世風花世界中陶然醉酡，以此彌合喪失之痛，以此回覆生命力，詞人在內面世界復歸和諧平衡後再次投入到政治空間中努力於經世濟民的此岸目標。可見晏殊和歐陽修秉持著多元價值觀，關懷民瘼、興國安邦的儒家經世之志是其價值觀主體，詞人以此為基礎，結合以沉醉於風花世界的個人私生活享受，「這種多元的價值觀包含了對現實處境的理智認取和謹慎設計，其中又體現了以歐陽修為代表的廣大庶族知識分子對人生價值的積極執著精神。」〔註18〕葉嘉瑩先生對歐陽修生命中的互相排蕩激發的悲劇體認和自我救贖之兩面進行過精闢的闡發，「歐詞之所以能有既豪放又沉著之內格的緣故，就正因為歐詞在其表面看來雖有著極為飛揚的遣玩之興，但在內中卻實在又隱含有對苦難無償之極為沉重的悲慨。賞玩之意興使其詞有豪放之氣，而悲慨之感情則使其詞中有沉著之致」、「這兩種相反相成之力量，

〔註17〕陳曉芬：《生命　儒道　文章──歐陽修創作主張探原》，《文藝理論研究》，2002年，第4期，第63頁。

〔註18〕程傑：《北宋詩文革新研究》，臺北：臺灣文津出版社，1996年版，第23頁。

不僅是形成歐詞之特殊內格的一項重要原因，而且也是支持他在人生之途中，雖歷經挫折貶斥，而仍能自我排遣慰藉的一種精神力量。」〔註19〕歐陽修和晏殊這兩個個案很好地體現了宋人文化人格的成熟，充分展現出了我們下文中將要分析的宋人文化人格中互補的兩面：道德人格的繼承和宏揚、精神后花園的建構和開拓，他們可作爲宋人文化人格的典型代表。

3. 瞬刻永恒　生生不息：晏殊復益之以「以當下爲歸」「以類本質爲歸」的自贖方略

在喪失情境中晏殊除了與歐陽修一樣的救贖方法外，從其抒懷詞中我們還可解讀出晏殊的另外兩種自贖策略：「以當下爲歸」「以類本質爲歸」。

> 一向年光有限身。等閒離別易消魂。酒筵歌席莫辭頻。
> 滿目山河空念遠，落花風雨更傷春。不如憐取眼前人。

（晏殊《浣溪沙》）

「有限身」無法完成一己之志願，風雨摧落的滿地殘紅不也是傷懷者心頭滴落的點點鮮血嗎？面對著志業無成的苦痛，何以處之？詞中晏殊給出了他的獨特思維策略：「不如憐取眼前人」，俞陛雲在《唐五代兩宋詞選釋》中解釋道：「結句言傷春念遠，只惱人懷，而眼前之人，豈能常聚，與其落月停雲，他日徒勞相憶，不若憐取眼前，樂其晨夕，勿追悔蹉跎，串足第三句『歌席莫辭』之意也。」〔註20〕「眼前人」一語在詞中可寬泛地理解爲當下情境中的一切人、事、物，「不如憐取眼前人」這句話實隱含著「一即一切，一切即一」的佛學觀念，《華嚴經》卷九對此佛學觀念解釋道：「知一世界即是無量無邊世界，知無量無邊世界即是一世界，知無量無邊世界入一世界，知一世界入無量無邊世界……無量劫即是一念，知一念即是

〔註19〕葉嘉瑩：《唐宋詞名家論稿》，石家莊：河北教育出版社，1997年版，第65～66頁。

〔註20〕吳熊和：《唐宋詞彙評》，杭州：浙江教育出版社，2004年版，第149頁。

無量劫，知一切劫入無劫，知無劫入一切劫。」〔註21〕依據此詞作出這一推斷並非強作解事，從晏殊的作品中我們可以得知晏殊對佛教禪理素有濡染，「何妨靜習閒中趣，欲問林僧結淨緣」(《正月十八夜》)〔註22〕、「海嶠黃金刹，安禪不記秋，來膺臣幸詔，歸泛越人舟。達性融三界，隨緣極四流，還持雙股錫，拂蘚坐岩幽。」(《送僧歸護國詩》)〔註23〕《因果禪院佛殿記》(《全宋文》第十冊)一文更是表明了晏殊對佛理的確深有會心，這與宋代三教融通合一的時代風尚有關，宋朝多數士人都有佛禪雅好，他們紛紛以居士自稱。因此在化解生命情累時，詞人將佛教「一即一切，一切即一」的觀念加以活用，採取了「不如憐取眼前人」的思維策略。時間鏈條上過去、現在、未來之三維，人所能掌控且有所作為的只有現在，也就是「一即一切，一切即一」的佛學觀念之「一」，也即詞中所說的「眼前人」。人生其實就是由無數的當下之「一」所組成，如能用所有的心力與精力去占取眉睫前的當下，將此刻活到極至，傾心瞬時的生命享受，不去反芻已遭遇喪失之揪心痛苦，亦不去先行進入未來預取擔憂，為將來是否還會與喪失情境劈面相逢而憂心忡忡，這樣就能把握住當下的「一」，也就能以無數完美的當下此刻合成為此在的充實完滿，從而就可以將「一切」這一整體人生發揮到可能範圍內的最大值了，這樣也就可以無愧於心了，時間之重負就此可以完全卸載，「正像叔本華看到的那樣，它開啓了人的心靈從時間的暴虐統治下解放出來的可能性。它暗示人的心靈一旦穿透現象的帷幕到達憑直觀把握到的實在，便會發現並不存在什麼時間。」〔註24〕

〔註21〕中華大藏經編輯局編：中華大藏經，第九十冊，北京：中華書局，1994 年版。

〔註22〕北京大學古文獻研究所：《全宋詩》，北京：北京大學出版社，1998 年版。

〔註23〕晏殊：《晏元獻遺文》，《四庫全書》第一三五六冊，上海：上海古籍出版社，1998 年版。

〔註24〕〔美〕諾爾曼・布朗，馮川等譯：《生與死的對抗》，貴陽：貴州人民出版社，1994 年版，第 101 頁。

宗白華在《藝境》一書中稱之爲唯美的人生態度：「這唯美的人生態度還表現於兩點，一是把玩現在，在刹那的現量的生活裏求極量的豐富和充實，不爲著將來或過去而放棄現在價值的體味和創造。『王子猷嘗暫寄人空宅住，便令種竹，或問：暫住何煩爾？王嘯詠良久，直指竹曰：何可一日無此君！』」〔註25〕同爲「情中有思」，以哲思化解生命情累，另一首同調小令可以使我們觀照出別種思維角度：

　　　　一曲新詞酒一杯。去年天氣舊亭臺。夕陽西下幾時
　　回。無可奈何花落去，似曾相識燕歸來。小園香徑獨徘徊。

（《浣溪沙》）

　　「無可奈何花落去」，「花」意象如前所述其深層所指仍是詞人所遭遇的喪失情境，生命主體難免會因之產生「無可奈何」的悵惘情緒，可如果僅僅停留在此負面情緒中，不是也於事無補嗎？緊隨著的一句「似曾相識燕歸來」頓將全詞引至一明朗新境，並提供了精神從「無可奈何」之憂傷情緒中解脫的一條新徑。「似曾相識」這四個字大可尋味，歸來之燕可能確實是去年翩翩於園中的那隻，春天又回歸舊巢了，也有可能是新來的造訪者，與去年翻飛於小園中的那隻形貌相似，從而使觀者產生「似曾相識」之感。但不管是何種情況，「舊燕」「新燕」同屬於燕這個物種，有著共同的類本質，並無實質性區別，因此當這隻「似曾相識」之燕飛入詞人視線中時，詞人於小園中徘徊著、思索著，對造物的喻意似有所領悟，亦爲處於喪失情境中的自己找到了一個好的思維策略：倘若具圓融觀照眼光，把生命個體看作人類無限延續的鏈條上的一環，未完成人生使命的一己之小我縱然會隨著時間之流遠遠漂走，但這根鏈條卻可以生生不息地延續下去，小我之後還會有數不清的「似曾相識」之我歸來，實現「已去之我」未竟的事業，「彼我」亦「此我」也，那又何須爲一己的喪失而傷懷呢？

　　「勘破人的主位，便進入時間與空間的逍遙。『逍遙遊』，即『自

─────────────

〔註25〕宗白華：《藝境》，北京：北京大學出版社，1997年版，第136頁。

然人』的無時間存在狀況。」〔註26〕如果取消了自我的主位，認識到「吾身非吾有也」，「大化之委形也」（《列子‧天瑞篇》），也就能取消我與他人的差別心，也就能進入無時空的逍遙之境，所有因小我生命、時間意識而來的煩惱頃刻間皆會消散殆盡，從而擺脫時間意識的追逼和圍剿。晏殊詞中提及燕子次數多達 24 次，燕子的翩翩之羽給他帶來了進入無時間之逍遙遊狀態的靈機。相似的思想蘇東坡也曾表達過：「自其變者而觀之，天地曾不能以一瞬；自其不變者而觀之，則物與我皆無盡也。」（蘇軾《前赤壁賦》《蘇軾文集》卷一）變者，即個體之燕和個體之人，是「不能以一瞬」的「隙中駒、石中火、夢中身」（蘇軾《行香子》），在大化中留存的時間實在太短暫了，不變者，即人和各種生物的類整體，在具生生之德的大化中繁衍不息，「皆無盡也」。因此倘能具此整體觀照的通脫眼光，自然就能直接超越生命中的時間情累，輕鬆地化解傷逝之痛。

二、「天與多情，不與長相守」
——以晏幾道、吳文英、姜夔、李清照、朱淑眞爲例 發顯宋詞人的情殤煎熬和自贖路徑

宋詞壇有兩個小群體，對愛情生活的全體驗進行了淋漓盡致的表達，而且是「直將閱歷寫成詞」，在生活中有其眞實本事。晏幾道、姜夔、吳文英三位男性詞人提供了男性世界的愛情話語，他們的情詞呈現爲三個分主題：深情繾綣，獲取高峰體驗；無奈分飛，呑咽情殤苦苦；癡心無悔，執著於已逝之情。李清照、朱淑眞兩位女詞人則進行了女性情感言說，從她們的情詞中我們可以觀照到兩位女詞人以愛情爲生命本體的人生觀，感受到李清照與夫君間的伉儷情深、朱淑眞與情人幽會密約時的縱情極樂，李清照與愛人間的離別輕愁和天人永隔時的心魂痛斷、朱淑眞嫁非所愛的深悲巨痛……宋

〔註26〕 胡曉明：《中國詩學之精神》，南昌：江西人民出版社，2001 年版，第 222 頁。

詞壇的情詞世界因之成為了具兩性愛情表達空間的全璧。

1. 情世界之男性話語

（1）狂狷耿介路途多艱　兩性相契方舟始至

「詞為豔科」，抒寫歡愛繾綣、離別相思之男女豔情是詞的當行本色，從晚唐五代溫庭筠、韋應物開始，詞壇就源源不斷地產生了大批敘寫豔情的個中高手，但大多不出以下幾種習套：或是虛擬為女性主人公，為之代言；或是普泛化的抒情，缺乏特定的抒情對象；抑或是借男女之情寓託政治情感，如楊海明師在《唐宋詞論稿》中所言「某此詞不過是借豔情而在寄慨身世，借婉約的外殼而在抒其牢騷之志」〔註27〕。「小令聖手」晏幾道的情詞在詞壇別開生面，一改因襲舊套，展露出新穎風姿：一是抒情主人公與創作主體合一，詞中所言之情在生活中有著相對應的真實本事；二是抒情對象專注恒定，他的所有戀歌都是獻給友人家四位靈慧美麗的歌女的，而非之前豔情詞無確定對象的普泛化抒情；三是描寫兩性真情成了詞人詞作的中心主題，以大量篇幅對女性抒發真情摯意的做法詞壇上晏幾道可謂始作俑者，籍此，我們可以給予「小令聖手」晏幾道另一個更恰如其分的頭銜「寫情聖手」。寫情聖手宋代後繼有人，南宋詞人姜夔和吳文英的作品中奏響了與晏幾道庶幾相同的深情戀歌。「不是無端悲怨深，直將閱歷寫成吟」（龔自珍《題紅禪室詩尾》），三位詞人皆有與相愛之人悲歡離合的真實本事，情自心靈中滿溢而出成深摯動人的真情之詞，與為文造情的無關痛癢之作由此區分，「一部《小山詞》彷彿就是他一生淒惋的回憶錄，沒有一點浮薄鄙俗。」（《北宋詞史》）「夢窗情詞代表了宋代情詞中完全以作者身世為基礎的個人抒情的典型形式。」〔註28〕楊鐵夫認為「夢窗詞稿憶姬之作，

〔註27〕楊海明：《唐宋詞論稿》，杭州：浙江古籍出版社，1988年版，第160頁。

〔註28〕謝思煒：《夢窗情詞考索》，《文學遺產》，1992年，第3期，第87頁。

占四分之一」(《夢窗詞全集箋釋》),「白石自定歌曲六卷,共六十六首,而有本事之情詞乃得十七八首,若兼其託興梅柳之作計之,則幾占全部歌曲三分之一。」〔註29〕晏幾道則更甚之,《小山集》中絕大多數詞作都在傾訴詞人對過往情事的眷懷和無盡追憶,三位詞人愛情詞數量之多、比例之高在宋詞壇男性詞人中無人堪比。

愛情屬於生命本體域的概念,是本眞生命不可缺少的源頭活水,古希臘聖哲柏拉圖在《文藝對話集‧會飲篇》中說道:「古代有一種陰陽人,體力過人。宙斯害怕他們向神造反,就將他們剖成兩半。剖開的兩半都痛苦極了,每一半都迫切地撲向另一半,拼命擁抱在一起,渴望重新合爲一體。」處於缺損和不完整的這兩半急切地想尋找到另一半與之合爲一體,由此何暇向上帝挑戰呢?上帝用這種方法解決了對人類的恐懼,卻因此給人類帶來了無盡的苦難和終身的渴望。被分開的兩半如果互相尋找到得以和合,生命便能獲得一體感,從而以正值方式在世,否則只能以缺損狀態的負值方式在世,人生之旅就會因此心理疾患叢生。聖經中關於愛情有著另一番解釋,上帝在創世紀的第七天創造了亞當,他看到獨處於伊甸園中的亞當太孤單了,便從他身體上抽出一根肋骨造了夏娃與他爲伴,從此世世代代的亞當們只有找到他被抽去的那根肋骨才能回覆完整狀態,夏娃們只有復歸從中取出的身體才能結束世間流浪的倉惶,否則雙方都只能在錯謬中生存,生命會因之而永遠受罰。既然對人之本源有著這樣的解說,西方文明中愛情話語之豐盛就不難理解了,英國作家勞倫斯將兩性之愛視爲獲得眞實生命的必要途徑,他說:「男女正是在相互關係中在接觸中,而不是不接觸——才能獲得眞正的個性和獨特的存在價值。如果你願意的話,可以把這種關係稱作性。但事實上,它不比陽光灑在草地上更具有性的含義。這是一種活生生的接觸:奉獻和接受,是男女之間偉大而微妙的關係。在這種關係中,或通過這種關係,我們成了

〔註29〕夏承燾:《唐宋詞人年譜》上海:上海古籍出版社,1979 年版,第449 頁。

眞正的個人，沒有它，沒有這種眞正的接觸，我們或多或少還是虛幻的。」（英國文學家 D・H・勞倫斯《彼此需要》）「西奧多・萊克認爲愛情的一個特徵就是，一切焦慮不安的情緒都煙消雲散了。」〔註30〕「愛情是同被稱爲幸福的個人最高境界聯繫在一起的。」〔註31〕「神仙因愛情而幸福，我們有了愛情，宛如神仙一樣，在有天堂般愛情的地方，那裏人間的一切，彷彿即是天堂。」（席勒《愛情的凱歌》）〔註 32〕相愛者就好像是上帝的一雙兒女，遺忘掉時間、空間、生存之煩，從塵世無處不在的悲劇體驗之網中破網而出，歸返再無恐懼、哀傷、防禦、焦慮的原初伊甸園，愛情是對人之宿命悲劇的永恒救贖，尤其是在死亡的喪失預體驗中愛情的救贖意義更加凸顯，「塵世的虛幻與愛情，是眞實詩歌的兩大基本的噬心的注解，這兩項注解，如果彼此不能互相引發震顫，那麼兩者都將不能成全。對於塵世的虛幻而有的感覺激發了我們內心的愛，而惟有愛才能夠克服虛幻與短暫，並且使生命再度充滿生機而得以永恒。」〔註33〕因此愛怎麼可能不因此具有永恒的心靈價值？愛怎麼可能不是生命體之必須？「相傳唐神龍中，有劉三妹者，居貴縣之水南村，善歌，與邕州白鶴秀才登西山高臺，爲三日歌……秀才忽作變調曰《陰陵花》，詞甚哀切，三妹歌《南山白石》，益悲激，若不任其節者，觀者皆歔欷，復和歌，竟七日夜，兩人皆化爲石，在七星岩上。下有七星塘，至今風月清夜，猶彷彿聞歌聲焉。」（王士禎《池北偶談》卷十六）歌聲中靈魂不斷地呼喚和應答，在呼喚和應答中心魂交融爲一，塵世皮囊已被遺忘，最後連生死也被遺忘。如此兩性之愛遠遠超邁於肌膚之親，

〔註30〕〔保〕瓦列夫著，趙永穆，范國恩，陳行慧譯：《情愛論》，北京：三聯書店，1984 年版，第 79 頁。

〔註31〕〔保〕瓦列夫，趙永穆，范國恩，陳行慧譯：《情愛論》，北京：三聯書店，1984 年版，第 405 頁。

〔註32〕〔保〕瓦列夫，趙永穆，范國恩，陳行慧譯：《情愛論》，北京：三聯書店，1984 年版，第 407 頁。

〔註33〕〔西〕烏納穆諾著，段繼承譯：《生命的悲劇意識》，上海：上海文學雜誌社出版，1986 年版，第 39 頁。

的確，與彼此靈魂交融的狂喜相比較，身體的滿足斯爲小也，完全可以無視之。

　　「合二姓之好，上以事宗廟，而下以繼後事」（《禮記・婚義》），儒學話語統領下的中國文化在讀解愛情文本時常常將之作爲一種言在此意在彼的託喻，總想去追尋文本背後的微言大義，「寫怨夫思女之懷，寓孽子孤臣之感。」（陳廷焯《白雨齋詞話》）「閨房瑣悄之事，皆可作忠孝節義之事觀。」（陸以廉《詞林紀事序》）「叔安劉君落筆妙天下，間爲樂府，麗不至褻，新不犯陳，借花卉以發騷人墨客之豪，託閨怨以寓放臣逐子之感。」（劉克莊《跋劉叔安感秋八詞》）〔註34〕如此背面追索不休有時確也能吻合作者的有意喻託，但常常免不了「夫子強作解事」之穿鑿附會，兩性情感對於生命的重要性雖然中國古文明中少有理論解說但心中隱約感知者定然不在少數，文人爲之唱歎有情亦是情理中事，一定要從愛情文本中體味出家國天下之大話語往往會從一種言筌落入另一「言筌」，正如臺汪瑗《楚辭集解・九歌》所言：「瑗亦謂楚辭者，句句字字爲念君憂國之心，則楚辭亦掃地矣。」中國的這種文化環境使得漫長的封建社會中將愛情視爲生命重心者少之又少，尤其是在自視高人一等的男性群體中更是如此，多數人只視女子爲欲的對象，抑或是審美欣賞的對象，很少會有人在平等的人的意義上追求與女性間的情感交流與應答，故宋詞中雖有那麼多的豔情篇章，因爲如此缺憾總會讓人生出見物難見人、見欲難見情的感歎。

　　爲什麼晏幾道、吳文英、姜夔三位詞人會將筆觸和生命觸鬚一次次攀向愛情領域，擁有著與眾不同的精神重心？

　　「小晏神仙中人，重以名父之貽，賢師友相與沆瀣，其獨造處，豈凡夫俗眼所見及」（況周頤《惠風詞話》卷二）〔註35〕、「入其境

〔註34〕〔清〕張宗橚：《詞林紀事》，北京：中華書局，1959 年版。
〔註35〕吳熊和：《唐宋詞彙評》，杭州：浙江教育出版社，2004 年版，第 350頁。

者，疑有仙靈，聞其聲者，人人自遠」〔註36〕、「白石詞在南宋，
為清空一派開山祖，碧山、玉田皆其法嗣，其詞騷雅絕倫，無一點
浮煙浪墨繞其筆端，故當時有詞仙之目。」（蔡嵩雲《柯亭詞論》）
〔註37〕「夢窗精於造句，超逸處，則仙骨珊珊，洗脫凡豔，幽索處
則孤懷耿耿，別締古歡。」（陳廷焯《白雨齋詞話》卷二）〔註38〕
對三位詞人或其作品皆以「仙」字標舉之，仙羽翩翩之人視濁世原
則、主流規則如無物，而僅以內心聲音作為人生唯一行動指南，故
三人都被品評為對世俗榮利鄙不一顧的狂狷耿介之人。陳振孫《直
齋書錄解題》評《小山集》道「其為人雖縱弛不羈，而不求苟進，
尚氣磊落」、黃庭堅《小山詞序》中云：「平生潛心六藝，玩思百家，
持論甚高，未嘗以沽世。」王灼《碧雞漫志》中記載：「叔原年未至
乞身，退居京城賜第，不踐諸貴之門。」在那個視讀書做官、拜謁
逢迎為正道的封建社會如此特立獨行之舉豈能合於流俗，自然一肚
皮不合時宜，況周頤評晏幾道《阮郎歸》天邊金掌露成霜一詞道：
「『綠杯』二句，意已厚矣。『殷勤理舊狂』五字三層意，『狂』者，
所謂一肚皮不合時宜發見於外者也。『狂』已『舊』矣，而『理』
之，而『殷勤理』之，其『狂』若有甚不得已者。」〔註39〕蘇軾之
侍妾王朝雲也曾說蘇軾一肚皮不合時宜，但他卻上可以陪玉皇大
帝，下可以與悲田院乞兒笑談，性格圓通諧世，晏幾道卻不能如此，
黃庭堅稱他有異於常人的三癡，「仕官連蹇而不能一傍貴人之門，
是一癡也。論文自有體，不肯作一新進士語，此又一癡也。費資千
百萬，家人寒饑，此又一癡也。人百負之而不恨，已信人，終不疑

〔註36〕吳熊和：《唐宋詞彙評》，杭州：浙江教育出版社，2004年版，第2707
　　　頁。

〔註37〕吳熊和：《唐宋詞彙評》，杭州：浙江教育出版社，2004年版，第2726
　　　頁。

〔註38〕吳熊和：《唐宋詞彙評》，杭州：浙江教育出版社，2004年版，第3327
　　　頁。

〔註39〕吳熊和：《唐宋詞彙評》，杭州：浙江教育出版社，2004年版，第351
　　　頁。

其欺己，此又一癡也。」（王灼《碧雞漫志》）〔註40〕《宋詩紀事》載有晏幾道的六首存詩，對他的性格有著較眞實的刻畫，「眼看飛雁手魚。似是當年綺季徒。仰羨知幾避矰繳，俯嗟貪餌失江湖。人間感緒聞詩語，塵外高蹤見畫圖。三歎繪毫精寫意，慕冥傷涸兩躊躕。」（《觀畫目送飛雁手提白魚》）論其寧守清白本性而不願爲身外物蹈險取禍也，其戲作詩曰：「生計惟茲悗，搬擎豈憚勞。造雖從假合，成不自埏陶。阮杓非同調，頹瓢庶共操。朝盛負餘米，暮貯籍殘糟。幸免播同乞，終甘澤畔逃。挑宜节作杖，捧稱葛爲袍。倘受桑間餉，何堪井上蟦。綽然徒自許，嚎爾未應饗。世久稱原憲，人方逐子敖。願君同此器，珍重到霜毛。」清高自許，寧曳尾於泥途而不願文飾於太廟的漆園意趣斐然可見，「小白長紅又滿枝。築球場外獨支頤。春風自是人間客，主張繁華得幾時？」（《與鄭介夫》）世間盛衰無常，不如於世途外獨闢生命蹊徑。

「今讀其投獻貴人諸詞，但有酬酢而罕干求，在南宋江湖遊士中，殆亦能狷介自好者。」〔註41〕「夢窗曳裾王門，而老於韋布，足見襟懷恬澹，不肯藉藩邸以攀緣，其品概之高，固已超乎流俗。」（劉毓崧《重刊吳夢窗詞稿序》）雖身爲幕僚，吳文英亦是脫略不羈的狷者，不好令眾多士子口角生津的科舉之路，夏承燾在《唐其才華，何至不獲售，殆不樂科舉也。」〔註42〕對「春風得意馬蹄疾，一日看盡長安花」一步登天式的亨通並無絲毫戀慕之心，遊於貴人門下時亦不去俯首貼耳降低人格以求提攜陞遷，葉嘉瑩在《拆碎七寶樓臺》一文中說吳文英贈予賈似道的幾首詞「從表面上歌頌賈似道的名位聲望以及他所僞飾著的苟安的昇平，而未曾流露出一點屬於自我的內心的情感」「也並沒有一點諂佞干求的言語」，夏承燾在

〔註40〕唐圭璋：《詞話叢編》，北京：中華書局，1986年版，第86頁。

〔註41〕夏承燾：《唐宋詞人年譜》，上海：上海古籍出版社，1979年版，第463頁。

〔註42〕夏承燾：《唐宋詞人年譜》，上海：上海古籍出版社，1979年版，第483頁。

《吳夢窗繫年》中說吳文英「決不是一個鄙下的唯知干祿逢迎的俗子」，在詞人內心天平上無論什麼樣的官位、名位或物利都不能與自我的潔淨人格等重，如此行止在江湖遊士干謁之風盛行的南宋尤為孤特。

　　秉具狂狷心性卻不得不身為幕僚寄人籬下，考之以時勢背景，很可能因衣食所需不得已如此。楊鐵夫在《吳夢窗事跡考》中，以為吳氏卒於恭帝德祐二年之後，曾親見南宋之亡，其《三姝媚》詞「非過舊居弔舊京，乃過故都弔故都也。」陳洵《海綃說詞》亦以為《三姝媚》詞乃「過舊居思故國」之作。陳邦炎在其所撰《吳文英評傳》中折衷眾說，推論吳文英蓋生於宋寧宗嘉定五年，而卒於度宗咸淳八年至恭帝德祐二年間，證之以吳氏生平及其詞作，陳氏之說，頗可相信。吳文英即便未及親見南宋之亡，然而卻也已迫近了宋亡的前夕，亂世中人生計該是很困頓吧！根據馬斯洛的需求層次理論，生存需要是人最基礎的需要，只有生存需要得到滿足後才能遞進至其它層次的需求滿足，在難以為生之際吳文英選擇了倚人門牆式的幕僚生涯，亦是不得已而為之。勉強入幕卻又不屑於經營，入幕十年不僅官職未見陞遷，也未能改變不良的生存境況，做官時「借宅幽坊」，離任以後借寓寺廟，連安頓家眷的地方都沒有，全祖望謂其「晚年困躓以死」，其詞中亦有「白髮緣愁」「路窮車絕」之類生存境況的夫子自道。

　　「蘇辛詞中之狂，白石猶不失為狷」〔註43〕，姜夔同樣是孤標特立的狷者。姜夔曾上書論雅樂，進《大樂議》一卷，《琴瑟考古圖》一卷，因與太常議不合而罷。慶元五年（1199），向朝廷上《聖宋鐃歌鼓吹》，「詔免解與試禮部，復不第」（張羽《白石道人傳》），遂以布衣終身。然雖一生困躓場屋，卻不以為意，「恬淡寡欲，不樂時趨」（王昶《春融春堂集》卷四十一），王昶《春融春堂集》卷

_____

〔註43〕唐圭璋編·《詞話叢編》，北京：中華書局，1986 年版，第 4250 頁。

四十一《江賓谷梅鶴詞序》中云：「姜氏夔、周氏密諸人，始以博雅擅名，往來江湖，不爲富貴所薰灼，是以其詞冠於南宋，非北宋之所能及。」以平等身份登臨達官顯貴之門，「或愛其人，或愛其詩，或愛其文，或愛其字，或折節交之。」（周密《齊東野語》卷十二《姜堯章自敘》）且並不欲籍顯貴友人以獲進身之階，即便是友人主動相援，亦被婉拒之，據張羽《白石道人傳》記載，張鑒念其困頓，想替他出資買官鬻爵，參知政事張巖欲闢他爲屬官，均辭謝不就。「四海之內，知己者不爲少矣，而未有能振之於窶困無聊之地者。」（周密《齊東野語》卷十二《姜堯章自敘》）內心孤傲之人如何能俯首低就身外榮利，哪怕純粹是出於友人的善意，若換作普通的江湖遊士怕早就伸手唯恐不及了，愈益顯出姜夔孤傲狷介不慕榮華的冰雪人格，白石詞中冷字出現達十一次之多，便是其冰雪人格的文本呈現。以此生命姿態行走世間，自然無緣於現世榮華，姜夔六十以後，旅食金陵、揚州等地，晚境益牢落困頓，卒後由友人吳潛等助殯，蘇泂《到馬塍哭堯章》第二首詩中云：「除卻樂書誰殉葬，一琴一硯一蘭亭。」

　　晏幾道，吳文英和姜夔都屬對世俗價值標準漠不關心的特立獨行之輩，「狷者」「有所不爲」也，可「有所不爲」之後必然會「有所爲」，否則蹈空的生命將無處著落，那麼其所爲之事爲何？「小晏因看破紅塵濁世的惡俗、傾壓、愁苦，便毅然離棄紅塵，選擇冶遊來放縱他的感情生命，又因了他多情的氣質，轉而走上充滿男女摯情的瑤臺路。」〔註44〕晏幾道所爲之事著落在封建社會士人少取的兩性眞情摯愛上。姜夔生命重心亦如斯，白石詞「以意趣爲主，不蹈襲前人語意」、「精思獨造，自拔於宋人之外」，不僅作品如此，詞人以情爲歸的生命重心亦「精思獨造」，「不蹈襲」封建社會之眾生。

〔註44〕方曉明、諸葛憶兵：《倦客紅塵，長記樓中粉淚人——試論小山詞對意義的追尋》，《山東師大學報》，1991 年，第 5 期

吳文英亦是情溺中人，情感繾綣纏綿於蘇杭兩地的亡妾和去妾不能忘懷，「總之，集中懷人諸作，其時夏秋，其地蘇州者，殆皆憶蘇州遣妾；其時春，其地杭者，則悼杭州亡妾。」〔註45〕詞評家亦具慧眼，拈出「情」字作為三人詞作超拔於眾手之上的優長所在，陳廷焯《白雨齋詞話》卷一中云：「北宋晏小山工於言情」、卷七中云：「李後主、晏叔原皆非詞中正聲，而其詞則無人不愛，以其情勝也。情不深而為詞，雖雅不韻，何足感人」、陳廷焯評姜白石《長亭怨慢》「漸吹盡枝頭香絮」一詞道：「哀怨無端，無中生有，海枯石爛之情。」(《詞則・大雅集》卷三) 唐圭璋《唐宋詞簡釋》釋姜夔《鷓鴣天》「元夕有所夢」一詞道：「『誰教』兩句，點明元夕，兼寫兩面，以峭勁之筆，寫繾綣之深情，一種無可奈何之苦，令讀者難以為情。」〔註46〕唐圭璋先生評吳文英《風入松》「聽風聽雨過清明」一詞曰：「情深而語極純雅，詞中高境也。」〔註47〕劉永濟則說：「夢窗是多情之人，其用情不但在婦人女子生離死別之間，大而國家之危亡，小而友朋之聚散，或弔古而傷今，或憑高而眺遠，即一花一木之微，一遊一宴之細，莫不有一段纏綿之情寓乎其中，又能於極綿密之中運以極生動之氣。惟其修辭太過，用典太富，有時不免晦其本意，而流於生澀。但此等疵病，要亦不多，不可以一眚掩其全美。、夢窗之詞雖琱繢滿眼，然情致纏綿，微為不足。」(彭孫遹《金粟詞話》卷一)〔註48〕三人的愛情頌歌皆感人肺腑，「情」成為三位詞人作品的中心主題。

　　三位詞人靈魂的自覺選擇使他們關閉了世間利祿門，打開了通

〔註45〕夏承燾：《唐宋詞人年譜》，上海：上海古籍出版社，1979 年版，第469 頁。

〔註46〕吳熊和：《唐宋詞彙評》，杭州：浙江教育出版社，2004 年版，第 2741 頁。

〔註47〕吳熊和：《唐宋詞彙評》，杭州：浙江教育出版社，2004 年版，第 3415 頁。

〔註48〕唐圭璋：《詞話叢編》，北京：中華書局，1986 年版，第 721 頁。

向本眞生命境域的愛情門，這是一扇背面有著絕美風景的黃金門，他們在這扇大門後痛飲著生命佳釀，欣賞著使靈魂狂喜的極地風光，體味著生命本應擁有但在常人的生活中往往付之闕如的高峰體驗。「記得小蘋初見，兩重心字羅衣。琵琶弦上說相思。當時明月在，曾照彩雲歸。」（晏幾道《臨江仙》）弦聲如訴，訴說著彼此的一見如故，心字重疊，印證著彼此的心魂交融。情溺中人完全無視雙方在現世生活中的地位，高貴也好，卑賤也罷，都絲毫不減損罩在對方身上一道特別光圈的輝光。詞人眼中的歌女小蘋美得如同天邊絢麗的彩雲，在作者看來似乎只有明明如雪的皎潔月光才配得上相伴她淩波而去的曼妙身影。人美不可方物，情美不可方物，詩美不可方物，此時的詞人已完全浸淫在愛情高峰體驗的詩意狀態中了，周圍的一切都對他展現出詩的質地，「在高峰體驗中，表達和交流常常富有詩意，帶有一種神秘與狂喜的色彩。這種詩意的語言彷彿是表達這種存在狀態的一種自然然的語言。」〔註49〕如此濃蘸詩意的表達還有爲無數人所稱道的雋句「舞低楊柳樓心月，歌盡桃花扇底風」（晏幾道《鷓鴣天》），彩袖飄舞，舞動著心靈的詩情，歌聲宛轉，吟詠著纏綿的情愫。「歌中醉倒誰能恨，唱罷歸來酒未消」（晏幾道《鷓鴣天》），在醉人的情境中，醉了對方，醉了自己，醉中彼此心靈不間斷地呼喚與應答，醉中享受著愛情、存在詩意、高峰體驗這些生命的題中應有之義。姜夔亦同樣品嘗過愛情門背後的極樂況味，姜夔二十二歲以後，在合肥曾有一段情遇，所戀對象是一對善彈箏琶的年輕歌女，「爲大喬，能撥春風，小喬妙移箏，雁啼秋水。」（姜夔《解連環》）白石洞悉音律，是具耳之人，能妙賞曲中韻味，共同的愛好溝通了彼此善感的心靈，竟至在侍酒侑觴的不平等境遇中開出了情的燦爛花朵。自此，生命個體意識到命運正給予他豐厚的報償——愛情的動人春色和宛若置身天國般的高

〔註49〕〔美〕馬斯洛著，劉鋒等譯：《自我實現的人》，北京：三聯書店，1987年版，第265頁。

峰體驗，所以姜白石會數十年不忘合肥姊妹，吳文英會寫下了許多
纏纏綿綿的追憶之詞追念蘇妾吳姬，「長波妒盼，遙山羞黛，漁燈
分影春江宿」（吳文英《鶯啼序》）、「柳暝河橋，鶯晴臺苑，短策頻
惹春香。當時夜泊，溫柔便入深鄉。詞韻窄，酒杯長。翦蠟花、壺
箭催忙。共追遊處，凌波翠陌，連棹橫塘。」（吳文英《夜合花》）
吳文英先後與蘇妾、杭姬雙宿雙飛，在溫柔鄉中歡愛綢繆，彼此互
珍互賞，生命個體在愛情中洞悉自己在世上並非孤立無援，對方是
自己靈魂無條件的欣賞者，生命敞亮出動人色彩，人生的諸多苦難
因此得以平衡，靈魂飛升「進入非理性的心理涅槃境界」〔註50〕，
在此境界中，一切焦慮不安的情緒都煙消雲散了。

（2）相契相守實難兩全　相思情苦蟠屈鬱結：三人與紅塵知音的相依相守被無常之手終結後生命浸潰於情殤苦水

　　三位享受著愛情的幸運兒並沒能將他們的幸運進行到底，命運
的無常之手無情地掐斷了情侶們長相守的癡望，代之以「此恨綿綿
無絕期」的情殤痛苦。馮煦曰：「淮海、小山，古之傷心人也，其淡
語皆有味，淺語皆有致。」（《宋六十一家詞選》）〔註51〕人已去，情
尚濃醇，奈此情何？故不得不魂斷心傷也，「傷心人「爲「情殤」而
傷，「傷心人」的稱號不僅適合於晏幾道，也同樣適合於情深心苦的
詞人姜白石和吳文英。

　　晏幾道自序其詞云：「而君龍疾廢臥家，廉叔下世。昔之狂篇
醉句，遂與兩家歌兒酒使，俱流轉於人間。」〔註52〕晏幾道身世淪
微，歌兒舞女地位下賤，在命運的大海上都是無力掌控自我小舟的
角色，只能隨著生命際遇流轉飄蕩，自難規避各自分飛的結局。「天

〔註50〕〔保〕瓦列夫著，趙永穆，范國恩，陳行慧譯：《情愛論》，北京：
　　　　三聯書店，1984年版，第79頁。
〔註51〕唐圭璋：《詞話叢編》，北京：中華書局，1986年版，第3587頁。
〔註52〕唐圭璋：《詞話叢編》，北京：中華書局，1986年版，第86頁。

與多情，不與長相守。分飛後。淚痕和酒。佔了雙羅袖。」（晏幾道《點絳唇》）愛情使靈魂酣醉，於是渴望時時相對、日日廝守，可「天界以情而吝其福，畀以相逢而不使相守。」（俞陛雲《唐五代兩宋詞選釋》評）〔註53〕濃酣情意還在，情人已再難目授神與，由此而來的相思情苦何其折磨人也？「落花人獨立，微雨燕雙飛」，在大自然比翼雙飛的偶鳥映襯下單棲之人的思念之苦和情殤之恨愈發濃重不可解，評者讚道：「『落花』二句，正春色惱人，紫燕猶解『雙飛』，而愁人翻成『獨立』。論風韻如微風過簫，論詞采如紅藥照水。」（俞陛雲《唐五代兩宋詞選釋》評）〔註54〕「落花」二句，雅絕，韻絕，厚絕，深絕。『落花』、『微雨』是『春』；『人獨立』、「『燕雙飛』，兩兩形容，不必言『恨』，而『恨』已不可解。」（陳匪石《宋詞舉》評）〔註55〕「此譚獻所以稱為『千古名句，不能有二』」（陳廷焯《閒情集》卷一）多情之人情多何處足，晏幾道的詞集中因此盈滿了情殤的無盡淚水，「欲寫綵箋書別怨。淚痕早已先書滿」（《蝶戀花》）、「此時還是，淚墨書成，未有歸鴻」（《訴衷情》）、「黃花綠酒分攜後，淚濕吟箋」（《採桑子》）。淚墨書信在小山詞中是頗為習見的意象，下面這首詞是其中的一首絕妙好詞，「淚彈不盡臨窗滴。就硯旋研墨。漸寫到別來，此情深處，紅箋為無色。」（《思遠人》）平平寫來，語語如話，卻字字千金，讀來令人魂飛色絕，如此平中見奇的異彩，自是摯情凝就，詞評家大為激賞，卓人月《古今詞統》卷六云：「筆則一時無色，字則三歲不滅」〔註56〕。「墜雨已辭雲，流水難歸浦。遺恨幾時休，心抵秋蓮苦。」（晏幾道《生查子》）塊然獨立於世，相思之苦終難消歇，因為對於詞人來說相思苦情只有一劑解藥，「若問相思甚了期。除非相見

〔註53〕吳熊和：《唐宋詞彙評》，杭州：浙江教育出版社，2004年版，第356頁。
〔註54〕吳熊和：《唐宋詞彙評》，杭州：浙江教育出版社，2004年版，第334頁。
〔註55〕吳熊和：《唐宋詞彙評》，杭州：浙江教育出版社，2004年版，第357頁。
〔註56〕吳熊和：《唐宋詞彙評》，杭州：浙江教育出版社，2004年版，第360頁。

時」（晏幾道《長相思》）、「若問相思何處歇。相逢便是相思徹」（晏幾道《醉落魄》），除此之外別無緩解良方，因此只能「為伊消得人憔悴」了，只能任由著心靈日夜遭受情殤煎熬了，小山在念念不忘的情深思苦中寫就了他的全部眞情文本。

　　「聽風聽雨過清明。愁草瘞花銘。樓前綠暗分攜路，一絲柳、一寸柔情。料峭春寒中酒，交加曉夢啼鶯。西園日日掃林亭。依舊賞新晴。黃蜂頻撲秋韆索，有當時、纖手香凝。惆悵雙鴛不到，幽階一夜苔生。」（吳文英《風入松》）《唐宋詞簡釋》對此詞評析道：「『黃蜂』兩句，觸物懷人。因園中秋韆，而思纖手；因黃蜂頻撲，而思香凝，情深語癡。」〔註57〕唐圭璋曾對晏幾道論之以「癡人癡事」，此處亦同用一「癡」字加諸吳文英其人其文，《海綃說詞》所見略同：「見秋韆而思纖手，因蜂撲而念香凝，純是癡望神理。」〔註58〕具有一顆癡心的癡人滿腦子癡念：黃蜂在秋韆上盤旋不去，定是玉人纖手香汗仍然滯留在此；臺階上生滿綠苔，美人蓮步纖移似乎還是昨天之事，怎麼一夜間就滿目荒涼了啊！在此物理時空全然被心理時空所代替，「理之所必無」之癡念，卻是「情之所必有」之表現，「癡心人自有此一副癡眼癡鼻」〔註59〕（《古今詞統》卷十三評吳文英《聲聲慢》檀欒金碧），以此癡眼癡鼻觀照萬物，自會發出無理究詰：「燕辭歸、客尚淹留。垂柳不縈裙帶住，漫長是、繫行舟。」（吳文英《唐多令》）吳文英詞中之燕多喻指蘇州去妾，「最無聊、燕去堂空，舊幕暗塵羅額」（吳文英《瑞鶴仙》）、「淒斷。流紅千浪，缺月孤樓，總難留燕」（吳文英《瑞鶴仙》），蘇妾曾與吳文英在蘇州西園等地攜手人生，後卻成勞燕分飛，自此釀成了詞人一生鬱結難解的情意結。蘇妾離去後吳文英又得一同心子「杭

〔註57〕吳熊和：《唐宋詞彙評》，杭州：浙江教育出版社，2004年版，第3417頁。

〔註58〕唐圭璋編：《詞話叢編》，北京：中華書局，1986年版，第4845頁。

〔註59〕吳熊和：《唐宋詞彙評》，杭州：浙江教育出版社，2004年版，第3443頁。

妾」，命運對吳文英何其無情，在共享二人世界中的嘉年華時光時杭妾卻被死神攫去了生命，詞人心靈再次受到一記狠狠重擊。吳文英在《鶯啼序》一詞中道出了這段生離死別的情事始末：

「殘寒正欺病酒，掩沉香繡戶。燕來晚、飛入西城，似說春事遲暮。畫船載、清明過卻，晴煙冉冉吳宮樹。念羈情遊蕩，隨風化為輕絮。　　十載西湖，傍柳繫馬，趁嬌塵軟霧。溯紅漸、招入仙溪，錦兒偷寄幽素。倚銀屏、春寬夢窄，斷紅濕、歌紈金縷。暝堤空，輕把斜陽，總還鷗鷺。幽蘭旋老，杜若還生，水鄉尚寄旅。別後訪、六橋無信，事往花委，瘞玉埋香，幾番風雨。長波妒盼，遙山羞黛，漁燈分影春江宿，記當時、短楫桃根渡。青樓彷彿，臨分敗壁題詩，淚墨慘澹塵土。　　危亭望極，草色天涯，歎鬢侵半苧。暗點檢、離痕歡唾，尚染鮫綃，嚲鳳迷歸，破鸞慵舞。殷勤待寫，書中長恨，藍霞遼海沉過雁，漫相思、彈入哀箏柱。傷心千里江南，怨曲重招，斷魂在否。」

初遇時目成情通、相聚時繾綣纏綿、暫離時不勝別情、天人永隔時心魂凄斷的複雜情感在詞中盡訴而出。愛而兩度失其所愛，無可解的情殤之痛凝成了吳文英眾多詞作寫作的顯背景或潛背景，去妾離姬的身影在吳文英的詞中反覆映現，「其時夏秋，其地蘇州者，殆皆憶蘇州遣妾；其時春，其地杭者，則悼杭州亡妾。」〔註60〕「往事一潸然。莫過西園」（《浪淘沙》），詞人在西園與蘇妾共渡過許多曼妙時光，分飛之後西園已成詞人避之唯恐不及的傷心地，可相思之人又會做出種種矛盾舉動，風雨清明此情難耐之際，忍不住又會前往，去尋覓往日足跡，去沉浸於往事的回憶中，籍回憶重溫情人音影。

「少年情事老來悲」（姜夔《鷓鴣天》），命運也終結了姜夔與合肥姊妹情好日密的生活。白石被譽為「詞仙」（蔡嵩雲《柯亭詞論》）

〔註60〕夏承燾：《唐宋詞人年譜》，上海：上海古籍出版社，1979 年版，第469 頁。

〔註61〕，「如野雲孤飛，去留無跡」（張炎《詞源》卷下）〔註62〕，原本是不沾著世事之人，卻一生咀嚼著少年情遇的情殤苦果無法脫解。「泜水東流無盡期。當初不合種相思。夢中未比丹青見，暗裏忽驚山鳥啼。春未綠，鬢先絲。人間別久不成悲。誰教歲歲紅蓮夜，兩處沉吟各自知。」（姜夔《鷓鴣天》）對合肥姊妹的思念如東流泜水一樣綿長久遠，日日品嘗相思苦酒，愁苦竟成了心理常態，痛覺神經漸至麻木，慢慢地心靈似乎不復有初別時的痛不可擋了，似乎情殤之苦已然漸至消歇，可過早的滿頭霜雪把生命中的真相揭露無遺，揭示著詞人愛之切、情之至、痛之烈。身別心難別，生活中的一切都可能成為觸動憶舊之情的媒介，拖曳著詞人的心緒回到執手相看的美好過往，「雙槳來時，有人似、舊曲桃根桃葉」（姜白石《琵琶仙》）、「見梅枝，忽相思」（姜白石《江梅引》），人常說時間可淡化傷痛，會如蟻決堤般把一切看似固若金湯之物摧毀，但對於具「癡眼癡鼻」的癡心者來說，時間卻喪失了常見的效力，不但不能令他們的相思情苦漸至消歇，反而會使之日漸濃醇。

（3）我心依舊綠洲恒在　情執情溺癡人癡心：三人皆不求相思脫解以此執守之情為靈魂歸依

無奈於命運的播弄，長相守境遇喪失後，「傷心人」浸漬於「情殤」苦水，將何以處之？通過三位詞人情詞中夢意象的解讀，我們可以獲知答案。三位詞人作品的眾多意象圖景中夢意象很是突出，「但就詞人來說，很少有像晏幾道、吳文英這樣全神貫注地創造夢幻之境的作者了。」〔註63〕據統計，在現存三百四十餘首夢窗詞中夢字出現達一百七十一次，小晏的二百五十多首詞中，「夢」字出現了六十多次，白石懷人詞，也每每借夢境來表現，情至深處往往有著相似的表

〔註61〕唐圭璋編：《詞話叢編》，北京：中華書局，1986年版，第4913頁。
〔註62〕唐圭璋編：《詞話叢編》，北京：中華書局，1986年版，第259頁。
〔註63〕陶爾夫，劉敬圻：《南宋詞史》，哈爾濱：黑龍江人民出版社，1996年版，第364頁。

現。「關於夢是清醒時刻的興趣與衝動的持續可由發現到的隱匿的夢思予以證實。而這又和那些對我們具有重大意義與興趣的事情發生關聯。」〔註64〕哀感頑豔的摯情裏挾著詞人入夢覓人、尋情，既然現實時空中無法謀面，無從慰解強烈的相思之苦，朝暮思憶、心心念念難忘的形象就會在潛意識的幫助下閃進夢中，在夢中實現代替性的滿足，「對願望的滿足來說，幻想是欲望所失之物的替代品，是不可或缺的。……夢，所有的象徵物、所有的藝術作品都是喪失了的或缺失了的東西的表現。」〔註65〕命運無情地斬斷了情人們終身相依相守的熱望，現實時空中人無奈於命運的必然，但命運也同樣無奈於人情感的強烈凝頑，深至的情感將他們渡入另一空間，「燕燕輕盈，鶯鶯嬌軟。分明又向華胥見」（姜夔《踏莎行》）、「從別後，憶相逢，幾回魂夢與君同」（晏幾道《鷓鴣天》）、「夢入藍橋，幾點疏星映朱戶」（吳文英《荔枝香》）。夢幻時空中他們可以自由穿行，可以在華胥國裏纏綿歡愛、暢敘離情、傾訴心音，被命運阻斷了肉身歡愛的情侶們以這種近乎悲壯的方式來對抗命運的殘酷，截取人生中「情」的溫暖慰藉，以此慰解情殤痛苦。這是生命的一種自我保護機制。華胥國中的相依片刻千金，可夢緣何其短也，「夢魂隨月到蘭房。殘睡覺來人又遠」（晏幾道《南鄉子》）、「曾笑陽臺夢短，無計憐香玉」（晏幾道《六么令》）、「夢中未比丹青見，暗裏忽驚山鳥啼」（姜夔《鷓鴣天》）、「摩淚眼。瑤臺夢回人遠」（吳文英《玉漏遲》），詞人高唐夢斷後悵然若失，久久地、傷感地回味著隨夢而去的溫存甜蜜的歡愛。當然，有時夢裏也會遭遇尋覓不得悶悶不甘的苦惱，「意欲夢佳期，夢裏關山路不知」（晏幾道《南鄉子》）、「夢中無覓處，漫徘徊」（姜夔《江梅引》）、「夢不濕行雲，漫沾殘淚」（吳文英《齊天樂》），夢裏不辭辛勞地行

〔註64〕 王立：《心靈的圖景：文學意象的主題史研究》，上海：學林出版社，1999 年版，第 303 頁。

〔註65〕 〔美〕簡・盧文格著，韋子木譯：《自我的發展》，杭州：浙江教育出版社，1998 年版，第 370 頁。

遍千山萬水，卻無處覓得伊人的輕倩身影和如花笑靨，無緣聆聽佳人的如簧嬌語，淒黯的深長歡愴遂一直延伸至夢外，「睡裏消魂無說處。覺來惆悵消魂誤」（晏幾道《蝶戀花》），夢裏夢外的惆悵、喪魂落魄說明了「傷心人」時時刻刻都處在已逝之情的纏繞中。通過以上對夢世界的觀照可知，三位詞人「情殤」之際的共同回答是：「羅衣著破前香在，舊意誰教改」（晏幾道《虞美人》），即癡心無悔，執著於已逝之情。不管是何種原因導致了長相守境遇的喪失，或源於社會環境，或源於生命的無常，即便是因為對方情感的淡化，「舊香殘粉似當初，人情恨不如。一春猶有數行書，秋來書更疏。」（晏幾道《阮郎歸》）他們都癡癡地堅守著這片真情陣地，無法捨棄，亦不願捨棄也，因為在時間無涯的荒野中，個人駒隙影般的短暫生命中，尋找到莫逆我心者何其難得，故詞人們即便肉身不能長相守，他們的心靈觸角也要永遠攀附向心心念念難忘的情侶，在精神王國里長相守。

據心理學家的分析研究，愛情遭到間阻時反而會愈發強烈，而且會逐漸淡去肉體因素凸顯心靈價值，「一旦情慾的滿足太過容易，它便不會有什麼價值可言。想使原始情緒高漲，一些阻礙是必不可免的。」〔註66〕「當愛欲要求易於獲得滿足之時，愛欲的心靈價值便會被貶值下來……例如在古文明衰落時期，愛便變得毫無價值，生命呈現一片空虛。這時我們亟需一種強烈的反動結構來重振此種不可或缺的情感價值……事實上，基督教的禁欲趨勢曾創造了愛的心靈價值，此種心靈價值確實是古代異教徒所無法呈現的。」〔註67〕兩性真情在阻隔中、在日思夜想中得到了進一步的昇華，慢慢會發展至互為對方精神家園的動人境界，生命個體以此忠貞不渝的愛情給心田灌注進靈性、詩性的活水，以此滋潤日常生活中的煙火人生，

〔註66〕〔奧〕弗洛伊德著，林克明譯：《性學三論》，北京：作家出版社，1986年版，第141頁。

〔註67〕〔美〕羅洛梅著，蔡伸章譯：《愛的意志》，臺北：臺灣志文出版社，1976年版，第114頁。

以此抵擋生存的凜冽寒意。時光如流水滔滔汩汩東流而去，卷走了歷史的滾滾紅塵和歷史的劇中人，可發抒兩性間執著無悔眞摯情感的文字卻永久地留存下來，在文學典籍中閃耀著溫暖人心的光芒，向後人訴說著情之要義，闡釋著愛情在生命中所充當的無法代替的角色。三位詞人寫情的燦爛筆墨在常視女子爲玩物、愛情往往付之闕如的封建社會點化出一片鳥語花語的眞情綠洲，不僅具有爲詞壇開闢新領地的意義，亦具有文化人類學的重要意義。

「人生自是有情癡」（歐陽修《玉樓春》），情有多重內涵，男女之情無疑是其中最深刻最耐人咀嚼的類別，晏幾道、吳文英、姜白石無視男權社會貫常的抒情規則，在詞作中抒寫眞實本事，抒吐自我眞實心聲，在詞壇創闢了新領域，其戀情三部曲的種種體驗契入生命深處：愛情之高峰體驗讓生命起飛，飛翔在詩意棲居的本眞生存境域；相愛之人喪失了長相守的境遇，飛翔的羽翅被情殤淚水浸透，一頭墜入情殤苦海；失其所愛後執著不悔，情感獲得昇華，生命又獲得了起飛的力量。

2. 情世界之女性言說

晏幾道、姜夔、吳文英三位男性詞人提供了宋朝的男性愛情文本，李清照、朱淑眞兩位女詞人對此進行了女性言說，「寫出婦人聲口」（吳從先《草堂詩餘雋》卷二），「具有女詞人獨特的口吻聲情。（陶爾夫　劉敬圻《南宋詞史》）彌補了詞壇以他者眼光抒寫女性內心情感時終覺有「隔」、難免不「眞」的缺憾，女性世界的眞實愛情圖景得以顯現。

（1）臨水照影自珍自賞　春意濃酣情難自抑：李清照朱淑眞懷抱珠玉美質自珍自賞復渴望異性的知賞和兩性和合之樂

「梅」是兩位女詞人詠物詞中的共同書寫對象，《斷腸集》三十二首詞中有詠梅詞七首，李清照四十餘首存詞中詠梅詞有六首，不僅

在詞集中所佔比例高，而且皆爲集中佳作，「雨後清奇畫不成，淺水横疏影」（朱淑眞《菩薩蠻》）、「拂拂風前度暗香，月色侵花冷」（朱淑眞《卜算子》詠梅）；「溪下水聲長。一枝和月香。人憐花似舊，花不知人瘦。獨自倚闌干，夜深花正寒。」（朱淑眞《菩薩蠻》）落筆皆清超意遠，形神畢具，後人品評時不吝讚語：「凡皆清楚流麗，有才士所不到，而彼顧憂然道之，是安可易其爲婦人語也。」（陳霆《渚山堂詞話》卷二評朱淑眞詠梅詞）「玄慧。不犯梅事，超。『人』、『花』二句傷神。緒長。」（沈際飛《草堂詩餘續集》卷上　評朱淑眞《菩薩蠻》詠梅）「詠梅詞之靈慧，當推此爲第一，而更喜其不犯一梅事。」（潘遊龍《古今詩餘醉》卷十三　評朱淑眞《菩薩蠻》詠梅）李清照曾自言「詠梅詞難作，下筆易俗」（李清照《孤雁兒》序），「梅」是文人墨客心頭至愛之物、筆下常見之題材，南宋黃大輿曾編詠梅詞合集《梅苑》，佳作固然時有所見，因襲舊套者更是不乏其人。因此詠梅時作者若無出群詩思，落筆當難脫俗調，李清照凡事力求精博，《打馬圖經自序》一文中說道：「慧則通，通則無所不達；專則精，精則無所不妙。故庖丁解牛，郢人運斤，師曠之聽，離婁之視，大至於堯舜之仁，桀紂之惡；小至於擲豆起繩，巾角拂棋，皆臻至理者何？妙而已。後世之人，不惟學聖人之道，不到聖處，雖嬉戲之事，亦不得其依稀彷彿而止者，多矣。夫博者，無他，爭先術耳。故專者能之。予性喜博，凡所謂博者皆耽之，晝夜每忘寢食。且平生隨多寡未嘗不進者何？精而已。」既然事事力求精博，不甘居人後，吟詩作詞就更求其超妙了。「紅酥肯放瓊苞碎。探著南枝開遍未。不知醞藉幾多香，但見包藏無限意。道人憔悴春窗底。悶損闌干愁不倚。要來小酌便來休，未必明朝風不起。」（李清照《玉樓春》）此詞被朱彝尊譽爲「得此花之神」（《靜志居詩話》），這的確是一首超出於流俗具有出新之美的佳作。兩位女詞人之所以偏愛詠梅，在很大程度上是因爲內心不期然而然地將梅作爲了人格投射物，詞中之梅已然是她們的自我形象之外化，「雨後清奇」、「瓊苞」、「紅酥」……，詞人在賦予梅花這些美

好的詞彙的時候，實如同水仙照影，在無意識地觀照並品賞著秀外慧中的自我。「度暗香」、「和月香」、「幾多香」，氤氳不已的徹骨清芬既是梅樹散發出來的，不也是從蘊玉懷珠的女詞人生命中流溢出來的嗎？梅是兩位女詞人的異質同構物，詠梅詞向讀者發露了兩位女詞人對自身美好資質的自信、自珍和自賞。

　　「女人在父權制中是缺席和沉默的」〔註68〕，在固守「唯女子與小人爲難養」落後觀念的封建社會，女人的聲音和形象往往被湮沒，女性群體中很少有人具有渴望在歷史天宇留存精神印痕的自覺意識，所以李清照和朱淑眞自省自賞的女性意識在封建社會確屬難能可貴，記錄其自賞意識的《漱玉詞》、《斷腸詞》是女性一步步走向獨立自我的漫漫長途中留下的可貴足跡，這兩本詞集因之具有了文學外的文化學價值。她們的自賞意識有著眞實基礎，歷史記載中對二人的讚語頗多，贊朱淑眞：「文章幽豔，才色娟麗，實閨閣所罕見者」（田藝衡《紀略》）、「觀其詩，想其人。風韻如此」（魏仲恭《朱淑眞詩集序》）、「幼警慧，善讀書，工詩，風流蘊藉」（田汝成《西湖遊覽志餘》卷十六《香奩豔語》）、「才色清麗，罕有比者」（陸昶《歷朝名媛詩詞》）〔註69〕可見朱淑眞不僅俱如玉般的端麗容顏，且不囿於調脂弄粉的女性慣常生活圈，自覺以才華詩思做進一步的縱深開拓，生命因此更具經久不滅的芳華。歷史上對李清照的誇讚之語更是指不勝屈：「易安在宋諸媛中，自卓然一家」（李調元《雨村詞話》卷三）、「本朝女婦之有文者，李易安爲首稱……詩之典贍，無愧於古之作者。詞尤婉麗，往往出人意表，近未見其比」（朱彧《萍洲可談》）、「自少年便有詩名，才力華贍，逼近前輩。在士大夫已不多得。若本朝婦人，當推文采第一。……作長短句，能曲折盡人意，輕巧尖新，姿態百出」（王灼《碧雞漫志》卷二）、「李易安工於造語，

〔註68〕張京媛：《當代女性主義文學批評》，北京：北京大學出版社，1992年版，第3頁。
〔註69〕吳熊和：《唐宋詞彙評》，杭州：浙江教育出版社，2004年版，第1904～1909頁。

故《如夢令》綠肥紅瘦之句，天下稱之」（陳郁《藏一話腴》甲集卷一）、趙彥衛在《雲麓漫抄》卷一四中說她「文章落筆，人爭傳之」（趙彥衛《雲麓漫抄》卷一四）、王士禛《花草蒙拾》說：「張南湖論詞派有二，一曰婉約，一曰豪放。僕謂婉約以易安爲宗，豪放惟幼安稱首」、王易《詞曲史》云：「集中名句皆深刻精透，不拾前人牙慧，宜其睥睨一切矣。」〔註70〕……對李清照之稱美似乎少涉及其外貌，但國人皆熟諳「相由心生」、「腹有詩書氣自華」的古訓，內具此絕妙才情識力，自然會涵融出正大仙容，其鶴立於俗脂豔粉的風華可由趙明誠給她的一幅小像所題評語「端莊其人，清麗其品」中見出。

　　雖同是秀外慧中，但二人精神特質和生命格調並非同一類型，我們可以從詞人別號、作品、生活經歷、後人評論來辨味兩位女詞人各自特異的人格風神。別號往往反映了號主對自我人生境界的期許，及對自我人格類型的總結。朱淑眞幽棲居士的別號與她一生愛而不得其愛遂至淒黯苦楚的生命歷程、以愛情爲生命唯一追求的價值取向若合符契，她人生和作品的全部重心都落在愛情支點上，後人評論甚當：「《斷腸》一集，特以兒女纏綿寫其幽怨。」（沈濤《瑟榭叢談》卷下）陳霆《渚山堂詞話》卷二有云：「聞之前輩，朱淑眞才色冠一時，然所適非偶，故形之篇章，往往多怨恨之句。世因題其稿曰《斷腸集》。」鋪天蓋地的情愁幾成朱淑眞存世全部詞章中包蘊的唯一情緒，心思蟠曲鬱結於嫁非所愛的痛苦中，時代、環境和自身性格等各方面原因之綜合致使其心結無從開解。兒女情多，兒女情又無法得償，故不得不泣涕漣漣，《斷腸詞》在讀者面前呈現了一個眼神幽怨、心思淒苦、滿面啼恨的閨中女子形象，幽棲居士的別號於其人其詞恰如其分。陸昶在《歷朝名媛詩詞》中評析朱淑眞作品道：「詩有雅致，出筆明暢而少深思，由其怨懷多觸，遣語容易

〔註70〕吳熊和：《唐宋詞彙評》，杭州：浙江教育出版社，2004 年版，第 1403～1408 頁。

也。」陸昶此論原本用於品評朱淑眞的詩歌，朱淑眞詞的情況也庶幾相似，詞人完全無暇顧及詞之形式考量，情滿溢而出成動人詞篇，這位「粉淚共、宿雨闌干」（朱淑眞《月華清》）的幽棲居士和其「淒婉得五代人神髓」（陳廷焯《詞則・大雅集》卷四）的斷腸之詞一樣令人感泣令人動容。《四庫全書總目》這樣論及朱淑眞：其詩淺弱，不脫閨閣之習，世以淪落哀之，故得傳於後世、孫壽齋爲朱淑眞詩集作序跋時所言：嘗聞齊大非偶，春秋所譏。女謀佳匹，古人所尚……然天下之事得其對者，至爲罕見……每思至此，可爲太息。有如朱淑眞，稟嘲風弄月之才，負陽春白雪之句……可謂出群之標格矣，夫何耦非其佳，而匹非其良……深爲可惜。（孫壽齋《朱淑眞集》後序）〔註71〕朱淑眞詞作所涉及的人生面較窄，生活在風雨如晦、國勢飄搖的南宋，我們在其詞集中讀不到家國之恨、民生之痛和報國之志，情詞外別無它種解讀的可能性，抒情主人公人格形象單一，是蟠曲鬱結於一處的作者心性之對應。關於朱淑眞其人其文有一些仁智互見的看法，如明人杜瓊曰：「夫以朱氏乃宋世能文之女子，誠閨中之秀，女流之傑者也。惜乎持其才膽，擬古人閨怨數篇，難免哀傷嗟掉之意。不幸流落人間，遂爲好事者命其集曰《斷腸詩》，又謂其下嫁庸夫，非其佳配而然，不亦冤哉！嗚呼！（明・杜瓊《東原集・題朱淑眞梅竹圖》）〔註72〕、清代胡薇元說：「作傳乃因誤入歐陽永叔《生查子》一首『月上柳梢頭，人約黃昏後』云云，遂誣以桑濮之行，指爲白璧微瑕，此詞尙見《六一集》中，奈何以冤淑眞？」（胡薇元《歲寒居詞話》）〔註73〕今人鄧紅梅在《文學遺產》1994年第2期《朱淑眞事跡新考》考證出魏序時間不可信，內容與

〔註71〕轉引自張璋，黃畬校注《朱淑眞集》附錄三，上海：上海古籍出版社，1986年版，第304頁。
〔註72〕轉引自張璋，黃畬校注《朱淑眞集》附錄五，上海：上海古籍出版社，1986年版，第327頁。
〔註73〕轉引自張璋，黃畬校注《朱淑眞集》附錄四，上海：上海古籍出版社，1986年版，第320頁。

朱淑眞生平事跡亦多有背謬處，著者對朱淑眞的身世和情感世界進行了一番新探，如她並非市井民家妻，而是嫁於大官汪綱，兩人感情總體來說還是不錯的，只不過有些小小的不諧調而已。朱淑眞的生平資料很少，本文則主要依據詞的內證進行朱淑眞的情感世界剖解，眾家之說只做旁參。

　　李清照取別號爲「易安」，想必詞人要求自己能在任何情境中安居，從中可見李清照對自身的人格境界和才華的高自期許和高度自信，李清照的《詞論》一文即是李清照自視甚高之心靈特質的印證，在《詞論》中她對晚唐至北宋的男性著名詞人一一進行了苛嚴的品評，對這些詞壇公認的大家們其責詞明顯多於褒語。史料中對李清照迥出於凡庸流俗之輩的特異處記載很多，「易安居士李氏……才高學博，近代鮮倫。」（陶宗儀《說郛》卷四十六引《瑞桂堂暇錄》）論其才學罕有人可比肩也、「本朝婦人能文，只有李易安與魏夫人。李有詩，大略云：兩漢本繼紹，新室如贅疣。所以嵇中散，至死薄殷周。中散非湯武得國，引之以比王莽，如此等語，豈女子所能。」（朱熹《朱子語類》卷一百四十）議其卓越史識和超凡眼光也、「南渡衣冠少王導，北來消息欠劉琨」、「南來尙怯吳江冷，北狩應悲易水寒」、「生當作人傑，死亦爲鬼雄。至今思項羽，不肯過江東」，李清照所作的這些詩語自道其關心面之廣大也、「讀李易安題《金石錄》，引王涯、元載之事，以爲有聚有散，乃理之常；人亡人得又胡足道，未嘗不歎其言之達」。（顧炎武《日知錄集釋》卷六）歎其性情的放曠豁達也、趙挺之因攀附蔡京而迅速晉升爲丞相，作爲兒媳的她呈詩道：「炙手可熱心可寒」（《郡齋讀書志》卷四下），見其對世事洞若觀火的明慧也。天生此女，情深意摯，通透明秀，多才通識，格局宏大，不拘泥於瑣屑細事，時時處處皆可尋找到生命的著落點，撐燈照亮自己和他人，在世界的暗影中悠然微笑，易安之號恰如其份也。

　　令人嘉賞的是，李清照在溫婉的女性基質上結合進了男性中更

具文化品味的士大夫群體的人格質素，從而得以將精神止泊在生命更博大的層面上，獲取著更爲高尚深透的精神享受。法國女作家西蒙·波伏娃在其經典著作《第二姓》中認爲女人不是生爲女人，而是後天形成。依據她的觀點，人之初男嬰和女嬰在個性方面並沒有太大的性別差異，只是在約定俗成的培養習慣下、在社會和家庭的不同要求下、在周圍環境的反覆強化暗示下，人才變成了男性性格特徵或女性性格特徵占主流趨勢的男性和女性，法國作家西蒙·德·波伏瓦《女人是什麼》一書中說：「清楚地觀察事物畢竟不屬於她的職責，因爲她一直被教導的是接受男性的權威。所以，她放棄了批評、調查和判斷，並且把這些都留給高等性別——男性去做」「如果被需要所迫，她也會像男性一樣機敏地掌握推理的方法。」〔註74〕但在人類群體中仍有少數人能夠擺脫這種習見模式的制約，使其性格中的女性特徵和男性特徵皆得到發展，從而成長爲具有雙性人格的特別群體，這一群體往往會具有超出常人的才情和魅力。弗洛姆解釋道：「正像在生理上，每一男子和女子都具有相反的性激素一樣，它們在心理上也是兩性的。他們自身帶有接受和滲入的本性、肉體和精神的性能。男子女子也是如此，只有在他的女性和男性的兩極融合中才能找到其自身的融合。這種極性是一切創造力的基礎。」〔註75〕關於具雙性人格之超群出眾者古今中外都有不少例證，李清照就是生活於宋代的典型個案，與士大夫的交往和廣泛的閱讀面是她雙性人格形成的重要原因，周煇《清波雜誌》卷八云：「趙明誠待制易安李夫人，嘗和張文潛（耒）長篇二。」米友仁《米元章〈靈峰行記帖〉跋》云：「易安居士一日攜前人墨跡臨顧，中有先子留題。拜觀不勝感泣。」在與士大夫的交往過程中李清照潛移默化

〔註74〕〔法〕西蒙娜·德·波伏瓦著，王友琴，邱希淳等譯：《女人是什麼》第八章《婦女的處境和特性》，北京：中國文聯出版公司，1988年版。

〔註75〕〔美〕弗洛姆著，孫依依譯：《爲自己的人》，北京：三聯書店，1988年版。

地薰染並獲得了男性性別特質。《崇禎歷城縣志》卷十六載：「趙明誠守淄，清照積書卷數十萬卷。」自言與趙明誠「烹茶，指堆積書史，……以中否角勝負爲飲茶先後。」（《金石錄後序》）萬卷書在李清照積澱出神俊和婉約兼美的雙性人格過程中也起了重要作用。

　　李清照的雙性人格可以籍詞以觀之，「柳眼梅腮，已覺春心動。酒意詩情誰與共。」（《蝶戀花》）、「險韻詩成，扶頭酒醒，別是閒滋味」（《念奴嬌》）、「枕上詩書閒處好，門前風景雨來佳」（《攤破浣溪沙》）、「年年雪裏。常插梅花醉」（《清平樂》）、「曾勝賞，生香薰袖，活火分茶」（《轉調滿庭芳》）、「酒闌更喜團茶苦，夢斷偏宜瑞腦香」（《鷓鴣天》）、「東籬把酒黃昏後。有暗香盈袖」（《醉花陰》）、「酒美梅酸，恰稱人懷抱」（《蝶戀花》）……「詩」、「酒」、「茶」這些男性世界中的尋常物語在李清照的詞中頻頻出現，說明了它們已然成了易安居士生命中的不可或缺之物，買珠覓翠的尋常女子閨中生活重心在李清照那兒已然讓位給了烹茶猜書、把酒賞花、尋詩覓句，品書作詩等士大夫式的生活內容。周輝《清波雜誌》卷八向讀者描畫了一幅高華絕俗的易安雪中覓句圖：「易安每值天大雪，即頂笠披蓑，循城遠覽以尋詩，得句必邀其夫賡和，明誠每苦之也。」一派高人雅士的清趣逸韻，宜乎其詞脫去了鉛粉氣、世俗味而深具「騷情詩意」。（陳廷焯《雲韶集》卷十評易安詞）李清超照越了時代對女性的局囿，打破了社會對女性的慣常定義，格局狹小、患得患失、憂傷自憐等女性之小都被她成功地規避。「屈平陶令，風韻正相宜」（李清照《多麗》），李清照以女性本體的細膩溫婉爲基礎，以男性中更具文化含量的士大夫群體的人格質素爲結合體，構建了高華絕俗的審美人生，從而得以以具有充分美感的生命形態成功地高蹈在煩雜塵俗的煙火人生之上，陳廷焯在一則詞論中將李清照與姜夔相提並論，都以飛脫世網的仙姿相標舉，「李易安風神氣格，冠絕一時，直欲與白石老仙相鼓吹」（陳廷焯《雲韶集・詞壇叢話》），斯人如此，宜乎其詞獲得以下品賞：「有吞梅嚼雪，不食人間煙火氣象」（梁紹壬《兩般秋雨庵隨筆》卷三評李清照《一翦梅》

「紅藕香殘玉簟秋」)、「起七字秀絕，真不食人間煙火者。」(陳廷焯
《雲韶集》卷十評李清照《一翦梅》「紅藕香殘玉簟秋」)

　　雙性人格流貫於詞中，成就了其詞綜合兩性詞人各自優長的特異
風神，宋祖法等《崇禎歷城縣志》卷十六中云：「李家一女郎，猶能
駕秦軼黃，凌蘇轢柳，而況稼軒老子哉」、李調元《雨村詞話》卷三
中云：「易安在宋諸媛中，自卓然一家，不在秦七、黃九之下。詞無
一首不工。其煉處可奪夢窗之席，其麗處直參片玉之班。蓋不待俯視
巾幗，直欲壓倒鬚眉」、陸昶在《歷代名媛詩詞》中點評說：「玩其筆
力，本自矯拔，詞家所有，庶幾蘇、辛之亞」、楊慎《詞品》卷二道：
「宋人中填詞，李易安亦稱冠絕。使在衣冠，當與秦七、黃九爭雄，
不獨雄於閨閣也」、「易安倜儻，有丈夫氣，乃閨閣中之蘇辛，非秦柳
也」、卓人月《古今詞統》卷十二云：「易安跌宕昭彰，氣調極類少游，
刻摯且兼山谷。篇章惜少，不過窺豹一斑。閨房之秀，固文士之豪也，
才鋒大露，被謗殆亦因此。自明以來，墮情者醉其芳馨，飛想者賞其
神駿。亦是林下風，亦是閨中秀。」這些讚語都著眼於她在男性作品
風格和女性作品風格間的自如穿行和跨越，李清照打破了對女性作品
思維定勢的天花板，不僅口吐「閨閣妮妮語」，是「閨房之秀」的代
言人，亦具丈夫氣與林下風，同樣可作為「文士之豪」的傑出代表，
《漁家傲》一詞便是其倜儻神俊男性風格的顯著例證，「天接雲濤連
曉霧。星河欲轉千帆舞。彷彿夢魂歸帝所。聞天語。殷勤問我歸何處。

　　我報路長嗟日暮。學詩謾有驚人句。九萬里風鵬正舉。風休住。
蓬舟吹取三山去。」此詞流貫著一股勁直氣勢，完全以豪放取勝。「氣」
往往行於蘇東坡、辛棄疾等衣冠偉人和弓刀游俠式的男性作家筆下，
很少有女性作家筆挾風雷，語帶凌厲鋒芒，而李清照卻能如此，其詞
風詞心與人格風神互文也，也再次印證了詞如其人的古老命題。這位
兼容雙性人格的曠世才女鶴立於歷史通道的人物長廊中，千載之下，
令人回味無盡、歎賞無盡。

（2）離別傷懷永別魂斷　凝淚為詞詞心千古：喪夫失偶後的李清照以詞為哭籍藝文的渲瀉、超越功效自我救贖

有此殊異資質，又有著天賦之多情心性，她們渴慕著另一世界審美欣賞的目光，靈魂渴望與另一半之間的交流應答。李清照得之，幸也；朱淑眞不得，命也，遂斷腸也。「女子把全部精神生活和現實生活都集中在愛情裏和推廣成爲愛情」〔註76〕，女性的價值觀往往會使其苦心經營愛情園地並視其爲生命支點，宋詞人李清照和朱淑眞亦然，「愛情」是她們「才下眉頭，卻上心頭」的生命焦點。吳惠娟在《論<漱玉詞>的女性意識與情感特徵》一文中說：「李清照眞實地反映了作爲女性的自我，自然流露了自我的女性生命意識及其與此相適應的情感，從而形成了她作品的藝術魅力」，前期詞「流動著一種強烈的生命意識，那就是愛情至上。」〔註77〕兩位女詞人的現存作品中「情詞」佔據了絕對篇幅，對情感的表達亦殊爲眞切傳神，吳衡照《蓮子居詞話》卷二曰：「易安『眼波才動被人猜』，矜持得妙。淑眞『嬌癡不怕人猜』，放誕得妙。均善於言情。」詞人將歡愉、思念、傷痛、悲怨的愛情全體驗悉數載入詞中，兩位女詞人的詞文本成爲宋朝女性半邊天對自身情感歷程進行眞實言說的心靈文本。

郎瑛《七修類稿》卷十七中曰：「其妻李易安，又文婦中傑出者，亦能博古窮奇，文詞清婉，有《漱玉詞》行世。諸書皆曰與夫同志，故相親相愛之極。」既是夫婦，又是同志，身處兩性間處處橫亙著溝通沙漠的封建時代能得到一個在懂得基礎上的有情人斯爲易安居士之大幸也，也是易安居士易安之重要基礎。同志之同表現爲同是書墨人生的耽嗜者，夫婦二人在家中「歸來堂」建起書庫，

〔註76〕黑格爾：《美學》第二卷，北京：商務印書館，1979年版，第327頁。
〔註77〕吳惠娟：《論〈漱玉詞〉的女性意識與情感特徵》，《上海大學學報》，1990年，第2期，第92頁。

收藏書史百家，「每獲一書，即同共勘校，整集簽題。得書、畫、
彝、鼎，亦摩玩舒卷，指謫疵病」，兩人每當飯罷，即在歸來堂烹
茶猜書，以此為樂，「甘心老是鄉矣」（李清照《金石錄後序》）。趙
明誠四十三歲時為淄州知州，夏天，他曾在淄州「邢氏之村」的邢
有嘉家中見到白居易手書的《楞嚴經》，攜歸與李清照共賞，兩人
「相對展玩，狂喜不支」。（繆荃蓀《雲自在龕隨筆》卷二）共同志
趣成為李清照與趙明誠兩人愛情的穩定劑和催化劑，在共同領受文
人佳趣共享風流高格調的詩意人生中同時收穫著心意相得兩情相
悅的人間至愛。對於李清照與趙明誠的愛情，亦有不同見解：陳祖
美先生在講到《聲聲慢》時說：「李清照借古諷今地抱怨趙明誠像
衛莊公寵幸其妾、冷遇莊姜那樣，疏遠了她，致使她無有子嗣，無
依無靠。」〔註78〕、「以上以李、趙的家庭背景，圍繞著藏品的種
種矛盾，以及屏居青州的隔閡，說明了李、趙的愛情在經歷了短暫
的快樂驛站後，出現了不易察覺的裂痕。」〔註79〕「所以李清照的
愁情詞絕非都以愛情為內核，其中摻雜了比較多的非愛情因素，由
於趙明誠在愛情上或多或少或明或暗的冷漠甚至背叛，把李清照的
心理推向了病態甚至崩潰的邊緣。」〔註80〕這些說法因其缺乏足夠
的證據故本文不予以採納，仍依傳統觀點來解讀李清照的情詞。

　　但生命實難圓滿，命運厚予此卻吝予彼，「枕邊人即是心中人」，
斯為命運之厚賜，「聚少離多，終至天人永隔」，斯為命運之吝了。
女詞人情感體驗中離別之傷、相思之愁、永別之痛佔據了很大比重，
「生怕閒愁暗恨，多少事、欲說還休」（《鳳凰臺上憶吹簫》）、「一種
相思，兩處閒愁」（《一翦梅》）、「獨抱濃愁無好夢。夜闌猶剪燈花弄」

〔註78〕陳祖美：《李清照評傳》，南京：南京大學出版社，1995年版，第71
　　　頁。
〔註79〕彭玉平：《花自飄零水自流：李清照的詞境與心境臆說》，中山大學
　　　學報，1999年，第6期，第20頁。
〔註80〕彭玉平：《花自飄零水自流：李清照的詞境與心境臆說》，中山大學
　　　學報，1999年，第6期，第21頁。

（《蝶戀花》）、「薄霧濃雲愁永晝。瑞腦消金獸」（《醉花陰》）、「愁損北人，不慣起來聽」（李清照《添字醜奴兒》））……詞集中惆悵語嗚咽語甚多，悲情愁緒車載斗量，卓人月有云「才一斛，愁千斛。雖六斛明珠，何以易之。」「易安結縭未久，明誠即負笈遠遊。易安殊不忍別，覓錦帕書《一翦梅》詞以送之。」（伊世珍《瑯嬛記》卷中引《外傳》），正兩情綢繆繾綣不已，卻因公事官務相別離，情何以堪？難堪此情之際女詞人記錄下了深情纏綿的心靈曲線，在詞中渲瀉離別傷痛，「以悲傷慰解悲傷」，發揮藝文的救贖功效。「紅藕香殘玉簟秋。輕解羅裳，獨上蘭舟。雲中誰寄錦書來，雁字回時，月滿西樓。花自飄零水自流。一種相思，兩處閒愁。此情無計可消除，才下眉頭，卻上心頭。」（《一翦梅》）「薄霧濃雲愁永晝。瑞腦消金獸。佳節又重陽，玉枕紗廚，半夜涼初透。東籬把酒黃昏後。有暗香盈袖。莫道不消魂，簾卷西風，人似黃花瘦。」（《醉花陰》）清水文字明白如話、雕飾盡去，卻又「別是一家」，開口見人，既見其絕俗格調，又見其清雋筆墨，更見其縈懷真情，不容我在此贅詞，歷代好評已然紛紜，李廷機《草堂詩餘評林》卷二云：「此詞頗盡離別之情。語意飄逸，令人省目。」（評《一翦梅》「紅藕香殘玉簟秋」一詞）、許寶善《自怡軒詞選》卷二云：「幽細凄清，聲情雙絕」（評《醉花陰》「薄霧濃雲愁永晝」一詞）、陳廷焯《雲韶集》卷十云：「無一字不秀雅。深情苦調，元人詞曲往往宗之」（評《醉花陰》「薄霧濃雲愁永晝」一詞）、唐圭璋《唐宋詞簡釋》云：「此首情深詞苦，古今共賞。」（評《醉花陰》「薄霧濃雲愁永晝」一詞）評者皆品咀出詞中纏綿深厚之情，將之作為這兩首詞迥出於群調之上的關鑰，李清照將《醉花陰》「薄霧濃雲愁永晝」一詞寄給趙明誠後，趙明誠意欲勝之，苦思多日成數十首，雜入《醉花陰》中請友人品鑒，友人歡賞不已的仍是李清照真摯情感催發下的天工人巧之句：「莫道不消魂，簾卷西風，人比黃花瘦」，趙明誠自歎弗如也。

　　人間佳偶伉儷情深，然天實妒之，李清照四十六歲時趙明誠「取

筆作詩，絕筆而終」，丈夫駕鶴西歸，構築人生幸福大廈的城牆頓時癱塌了一半，痛乎哉！李清照在祭文中說：「白日正中，歎龐翁之機捷。堅城自墮，憐杞婦之悲深」。（李清照《祭趙湖州文》）一切皆水逝雲飛不復可尋了，曾經相愛相賞的嘉年華中曾經收穫了多少人間極樂：歸來堂烹茶猜書賭勝負，意氣風發；收集鑒賞金石書畫，沉潛神遊；你吟我和詩書往還，心意相得……在單棲獨宿反芻時就會因此增添多少人間至痛。自此「物是人非事事休」了，短暫離別時只是「兩處閒愁」，詞人尚可「輕解羅裳，獨上蘭舟」，或者於蒼然暮色中「東籬把酒」，自比瘦影搖曳的籬角黃花，咀嚼相思的攝人情味，此時卻是天人永隔，其悼念夫君之文字可謂字字血淚，「今日忽閱此書，如見故人。因憶侯在東萊靜治堂，裝卷初就，雲簽縹帶，束十卷作一帙……今手澤如新，而墓木已拱，悲夫！」（《金石錄》後序》）尋常言語中收攏了多少悲慟和懷念。

> 尋尋覓覓，冷冷清清，淒淒慘慘戚戚。乍暖還寒時候，最難將息。三杯兩盞淡酒，怎敵他、晚來風急。雁過也，正傷心，卻是舊時相識。　　滿地黃花堆積。憔悴損，如今有誰忺摘。守著窗兒，獨自怎生得黑。梧桐更兼細雨，到黃昏、點點滴滴。這次第，怎一個、愁字了得。（李清照《聲聲慢》）

很多詞評家皆注目於此詞在藝術上的絕妙表現，劉體仁《七頌堂詞繹》云：「惟易安居士『最難將息』、『怎一個、愁字了得』，深妙穩雅，不落蒜酪，亦不落絕句，真此道本色當行第一人也。」梁紹壬《兩般秋雨庵隨筆》道：「『尋尋覓覓，冷冷清清，淒淒慘慘戚戚。』連下十四疊句，則出奇制勝，匪夷所思矣。」陸鎣《問花樓詞話·疊字》云：「宋人中易安居士善用此法。其《聲聲慢》一詞，頓挫淒絕。詞曰：『尋尋覓覓，冷冷清清，淒淒慘慘戚戚。怎暖還寒時候，最難將息。』又云：『梧桐更兼細雨，到黃昏，點點滴滴』二闋共十餘個疊字，而氣機流動，前無古人，後無來者，可為詞家疊

字之法。」此詞雖以技巧勝但在寫詞的過程中詞人何曾慮及技巧，只是任由深情苦懷自然流瀉而出筆亦隨之罷了，卻成就了如此絕妙好詞。詞藝令人驚歎，詞心更令人動容，梁啓超道：「那種縈獨棲惶的景況，非本人不能領略，所以一字一淚，都是咬著牙根咽下。」（《中國韻文裏頭所表現的情感》）劉永濟說「一個愁字不能了，故有十四疊字，十四個疊字不能了，故有全首。總由生活痛苦，不得不吐而出之，絕非無此生活而憑空想寫作可比也。」（劉永濟《唐五代兩宋詞簡析》）生命的整一感被撕破，縈縈孑立於世守望空心家園，「首如飛蓬」「憔悴損」，世上的一切都在愛人離去的同時喪失了光華，籬角的「黃花」再也提不起詞人賞玩的興致了。對於將情感看成生命重心的女性來說，愛情的缺位必然會造成生命中無法填補的殘損，世界自此黯然失色，生命雞肋般淡乎寡味了。

如此出口見心、清新深摯的懷人之詞還有多首，如：

　　落日熔金，暮雲合璧，人在何處。染柳煙濃，吹梅笛怨，春意知幾許。元宵佳節，融和天氣，次第豈無風雨。來相召、香車寶馬，謝他酒朋詩侶。　　中州盛日，閨門多暇，記得偏重三五。鋪翠冠兒，撚金雪柳，簇帶爭濟楚。如今憔悴，風鬟霜鬢，怕見夜間出去。不如向、簾兒底下，聽人笑語。（《永遇樂》）

　　風住塵香花已盡，日晚倦梳頭。物是人非事事休。欲語淚先流。　　聞說雙溪春尚好，也擬泛輕舟。只恐雙溪舴艋舟。載不動、許多愁。（《武陵春》）

「人在何處」之問令人心魂欲斷，誰都不知道斯人何往，能否再續來生緣，唯一可知的只是此生再不能相聚，獨存之人只能以鮮血淋漓的缺損狀態走完生命全程，故不同於前期作品，李清照後期懷人詞中遍現著淒厲哀絕的色彩。愛人尚在短暫離別時詞人以詞發抒離別苦懷，以悲傷慰解悲傷，天人永隔時詞人亦重循舊轍，以詞渲瀉哀毀欲絕的情緒，以悲慟慰解悲慟，藝術充當了心理醫生的作用來幫助救贖

人生的苦難，這便是我們上文臚列的救贖方式之一種。此種方法的救贖並沒能完全將女詞人從天人永隔的痛楚中解救出來，正如劉越峰評析李清照《武陵春》「風住塵香花已盡」一詞所言「從整首詞來看，它也表現了一個與痛苦不斷抗爭，最終遭致失敗的心路歷程，從另一個角度看準確地表現了作者心中化解不開的愁緒，並讓她帶有了更濃重的悲劇色彩。」〔註81〕

李清照以生命為詞，自然詞心千古，李清照存詞雖僅四十三首〔註82〕，從四九年至今已發表的關於李清照及其作品的研究論文和研究專集已超過了關於蘇軾和辛棄疾的研究成果，而這兩位詞人的存詞數量遠過於李清照，於此亦可證明李清照其人其詞的千古魅力。

（3）所嫁非人肝腸寸斷　諦聽心聲行止從之：無愛婚姻中痛苦無歡的朱淑真無視禮教禁忌以婚外之愛補償婚內缺失

李清照畢竟曾擁有過琴瑟和諧的嘉年華，詞人那顆敏感多情的心畢竟曾在愛的蜜汁中深深地浸漬和陶醉過，斷腸詞人朱淑真的情感之路則淒黯得多，女詞人雖俱如花資質但大多數時候只能臨水照影自珍自賞，「輕圓絕勝雞頭肉，滑膩偏宜蟹眼湯。縱有風流無處說，已輸湯餅試何郎。」（朱淑真《圓子》）愛情付之闕如的婚姻徒具形式，倘若是心靈粗糙的平凡女子也許還能隱忍著過卻一生，但對於靈魂觸角敏感得如同春天帶露花苞的女詞人來說，婚姻中如沒有與異性世界呼應對答的欣悅則只如同命運導演的一齣惡作劇，生命沒有經過愛之洗禮則無法盡態極妍地盛開只會枯萎而死。魏仲恭在《朱淑真詩集序》中付以同情的歎息：「觀其詩，想其人。風韻如此而下配一庸夫，固負此生矣」、田汝成在《西湖遊覽志餘》卷

〔註81〕劉越峰：《一個在苦難中掙扎的靈魂——李清照《武陵春》詞賞析》，《名作欣賞》，2005 年，第 2 期，第 25 頁。

〔註82〕王學初：《李清照集校注》，北京：人民文學出版社，1979 年版。

十六《香奩豔語》中亦爲之感慨萬端：「其夫村惡，蓬除戚施，種種可厭，淑眞抑鬱不得志，作詩多憂愁怨恨之思。時牽情於才子，竟無知音，悒悒抱恚而死。」田藝衡《紀略》云：「匹偶非倫，弗遂素志」、陳霆《渚山堂詞話》卷二道：「聞之前輩，朱淑眞才色冠一時，然所適非偶，故形之篇章，往往多怨恨之句。」這是時代釀成的悲劇，是父母之命媒灼之言的封建禮教釀成的悲劇，「由婚姻爲牆基，族性爲磚石，而綱常名教則爲之泥土，黏合而成一森嚴牢固之大獄，家長其牢頭，多數可憐的青年男女其囚徒也……男子遂無一人非囚徒，亦無一人非牢頭，其女子則始終爲囚徒之囚徒。」〔註83〕綱常名教中的男女都殊爲可憫也，女性尤然。無愛婚姻中的青春年華徒然凋零，四季輪迴中春季的到來總是會觸動詞人的萬千思緒，「逢春觸處須縈恨，對景無時不斷腸」（朱淑眞《傷別》），「錢塘朱淑眞自以所適非偶，詞多幽怨。每到春時，下幃趺坐，人詢之，則云：『我不忍見春光也。』」（沉雄《古今詞話·詞評》卷上轉引自《女紅志餘》）《斷腸詞》中奏響了一曲由多聲部樂章合成的春天奏鳴曲：《江城子》賞春，春光爛漫，映像著詞人青春錦瑟年華的美好，賞春實自賞也；《減字木蘭花》春怨，春天尚有鶯歌燕舞、彩蝶紛飛相伴，而孤獨的詞人卻「獨行獨坐。獨倡獨酬還獨臥」（朱淑眞《減字木蘭花》），生命因無人知賞而空白；《謁金門》春半，桃花杏花飄紅飛雪，觸引起詞人青春花瓣凋零萎謝的聯想；《蝶戀花》送春，春天去了來年仍會如約而至，可生命的春天「青春」卻如委棄的花瓣，絕無重返生命枝頭的可能。《斷腸詞》中的春天鳴奏曲奏響的實是青春輓歌和愛情輓歌糾結著前行的雙聲複調樂曲，傷春實是傷青春年華中生命春色「愛情」的付之闕如。「哭損雙眸斷盡腸」（《秋夜有感》），生命元氣在情殤苦楚中耗損，女詞人以至被煎熬成「肌骨大都無一把」（《清瘦》）、「瘦不勝衣怯杜鵑」（《春霽》）、「覽鏡驚容卻自嫌」（《傷別》）之銷魂蝕骨的地步了。

〔註83〕劉師復：《師覆文存》，上海：上海書店，1991年版，第116頁。

面對著婚姻中愛情的缺失，詞人是如何行事的呢？她能否像絕大多數封建女性那樣選擇閨門內循份安守的安命做法？從《斷腸詞》中我們可以聽到響亮的否定聲。

> 惱煙撩露。留我須臾住。攜手藕花湖上路。一霎黃梅細雨。　　嬌癡不怕人猜。和衣睡倒人懷。最是分攜時候，歸來懶傍妝臺。（《清平樂》）

朱淑真生命中也曾出現過心儀之人，「門前春水碧如天，坐上詩人逸似仙」（《湖上小集》）、「待將滿抱中秋月，分付蕭郎萬首詩。」（《秋日偶成》），女詞人嬌俏嫵媚的一面在心儀者面前盡顯無遺，「嬌癡不怕人猜。和衣睡倒人懷」。詞人缺少情感滋潤的日常生活中，這樣的生命片斷成為灼灼生輝的華采瞬間，女詞人的生命因兩性間靈魂的交流應答煥發出了動人光彩。與情人幽會在封建社會已然是石破天驚的傷風敗俗之舉，作者不僅不去極力掩藏此類不見容於人的行跡，反倒無顧忌地寫入詞中，勇敢地向世人宣示著她的由衷歡樂，並借著對美妙情境的摹寫和回味間接延長生命中短暫的幸福時刻。女詞人以情感為生命的價值信念在詞中無所畏懼地表現出來，這種價值觀在「餓死事小，失節事大」的理學背景下尤為驚世駭俗，難怪衛道士們要對之搖杆痛罵，父母也深以為恥，「其死也，不能葬骨於地下，如青冢之可弔，交其詩為父母一火焚之，今所傳者，百不一存，是重不幸也。」（魏仲恭《朱淑真詩集序》）《斷腸詞》僅存詞 20 餘首，《斷腸詞》中或許還有一些更為大膽陳情的佳作我們因之無緣目睹，但憑籍著現存的這些愛情讚歌、這些控訴無愛婚姻的戰鬥檄文，我們已然由衷地產生了對這位為情吶喊的宋朝女傑的敬意了。

在上一章節分析男性情詞的時候曾討論過夢對內心世界的彰顯作用以及夢對人生的慰籍功能，朱淑真亦同樣「夢魂無拘檢」，在世間和華胥國間多次歸去來，「昨宵結得夢夤緣。水雲間。悄無言」（《江城子》），女詞人夢中沒有金玉滿堂、夫榮妻貴等關乎身外之物的場景，惟有與心靈知己片刻千金的歡聚。只是夢終究會醒，醒後更添悵

然，「爭奈醒來，愁恨又依然。展轉衾裯空懊惱，天易見，見伊難」
（《江城子》）。愛情原本是一顆靈魂與另一顆靈魂間不離不棄的永恒
契約，相愛之人卻不能在現實生活中長相守，愛情不能在婚姻中盡情
舒展開，面臨著這樣的情殤之痛，詞人日不能安息，夜不能安寢，備
受煎熬的心靈發出了悲愴的呼喊：「天易見，見伊難」（《江城子》）、「鷗
鷺鴛鴦作一池，須知羽翼不相宜。東君不與花爲主，何似休生連理枝。」
（《愁懷》）「土花能白又能紅，晚節由能愛此工。寧可抱香枝上老，
不隨黃葉舞秋風。」（《黃花》）

　　所嫁非人在封建社會是最習焉不察的人生悲劇，朱淑眞不願意成
爲沉默的大多數，而是賦《斷腸詞》以自解，在其中大膽渲瀉情感無
處著落的苦悶與哀怨，憤怒地控訴不合理的婚姻制度，揭露禮教對生
命的扼殺，勇敢地表達對愛的渴望和追求，縱然是爲封建社會視爲洪
水猛獸的婚外之愛，因此說它是一紙替女性呼喚生命權利的檄文恐不
爲過。「沒有愛情的婚姻是不道德的」，這句話被國人理解並接受已然
是多少年後的現代社會，朱淑眞卻在情爲禮所扼殺的理學觀念盛行的
時代就做出如此驚人之舉，發出如此驚世之聲，以心靈的眞實自白爲
無數虛度青春的姐妹們代言，其詞集《斷腸詞》成爲了封建社會女性
婚姻中「愛情至上」意識的初露啼聲之作，對女性文學具開疆闢土的
拓新價值，因此，《斷腸詞》既具有詩學意義，又具有人類文化學意
義。

三、「歸去來兮，吾歸何處」
——以蘇軾爲例觀照宋詞人的空漠情懷和自贖路徑

　　兩宋詞壇上，蘇軾詞作中「歸」字出現頻率很高，據《全宋詞》
統計，蘇軾 360 首詞中歸字出現了 102 次，這在兩宋詞人群體中無人
可比，故我們可將「歸」看作蘇軾詞作的關鍵詞。詞人作品中的「歸」
字只有極少數是用來指稱現實時空中的物理位移，如「夜飲東坡醒復

醉，歸來彷彿三更」（蘇軾《臨江仙》），絕大多數都是指稱精神安泊之意，如「我應歸去耽泉石」（蘇軾《滿江紅》）……「歸」成爲蘇軾詞作的關鍵詞說明了詞人精神家園穩固性曾有的喪失和隨之而來的對精神歸所的反覆思慮，因爲處境順遂、所得與所求相符之人是已「歸」之人，斷不會在作品中反覆抒寫「歸」主題。托馬斯·卡萊爾曾說過：「作品有這麼多的窗口，透過這些窗口我們可以瞥見他心中的世界。」〔註84〕本節將以蘇軾詞作的關鍵詞「歸」爲窗口，來復現詞人心靈之旅的軌跡。

1. 才命相妨報國無成　雪泥鴻爪此生如夢：蘇軾仕途路滑以夢視眞的空漠情懷滿溢心胸

　　「歸去來兮，吾歸何處」（蘇軾《滿庭芳》），根據馬斯洛的生存需要層次理論，歸屬感是最高層次的需求，尤爲知識分子階層所需要，他們期待著擁有一個可以棲息的精神家園，期待著被一個宏大目標收容後的心靈平靜。中國封建社會發展史上，「修身、齊家、治國、平天下」是歷來士子們的光榮與夢想，也是他們最甘之如飴的歸依之所，是他們永恆的精神鄉愁，蘇軾也不例外。蘇軾自幼便立下了「致君堯舜」的雄心壯志，「不有益於今，必有爲於後，決不碌碌與草木同腐」（《答李方叔書》），大約十歲時其母程氏讀《後漢書》至《范滂傳》慨然歎息，蘇軾見之，對母親說：「軾若爲滂，夫人不許之乎？」程夫人曰：「汝能爲滂，吾顧不能爲滂母耶！」並喜曰：「吾有子矣！」范滂是東漢黨錮的重要人物，「登車攬轡，慨然有澄清天下之志。」他「見惡如探湯」，被誣入獄後最終被殺（《後漢書·范滂傳論》），《後漢書·范滂傳論》認爲：范滂等人「激素行以恥威權，立廉尚以振貴勢」、「幽深牢破室族而不顧，至於子伏其死而母觀其義」。蘇軾早年亦如同范滂「奮厲有當世志」（蘇轍《東坡先生墓誌銘》），蘇軾在詞

〔註84〕轉引自吳瓊：《西方美學史》，上海：上海人民出版社，2000 年版，第 357 頁。

中回憶其少年偉抱：「當時共客長安。似二陸初來俱少年。有筆頭千字，胸中萬卷，致君堯舜，此事何難。」(《沁園春》) 雄心勃勃，意欲在世間站立成壁立千仞的姿勢，輔佐君王成就千秋大業。

蘇軾既有壯志偉抱，亦有實現壯志偉抱的奇才絕識，仁宗嘉祐二年（1056 年），蘇軾榜列進士第二名，嘉祐六年（1060 年），應制科考試，入第三等，進士與制科的兩篇策論反映了蘇軾的政治理念和革新思想，尤其是制科策，連對蘇軾素有成見的南宋理學家朱熹亦譽揚道：「均戶口、較賦役、教戰守、定軍制、倡勇敢之類，是煞要出來整理弊壞處。」(朱熹《朱子語類》卷一百三十四) 蘇軾文章器識之美令主考官歐陽修大爲驚歎，自言「當放他出一頭地」(歐陽修《與梅聖俞書》)。神宗也大爲激賞，親自召對「面賜獎掖」。中制科後，蘇軾覺得這是報效國家的新起點，他在《謝制科啓二首》其一中說：「歷觀前輩，由此爲致君之資；敢以微軀，自今爲許國之始。」〔註 85〕蘇軾傾慕歷史上頂天立地的人格大廈並內摹之，蘇軾《留侯論》中有言：「古之所謂豪傑之士，必有過人之節。人情有所不能忍者，匹夫之辱，拔劍而起，挺身而鬥，此不足爲勇也。天下有大勇者，卒然臨之而不驚，無故加之而不怒。此其所挾持者甚大，而其志甚遠也。」「昔者子思、孟軻之徒，不見諸侯而耕於野，比閻小吏一呼於其門，則攝衣而從之。」(蘇軾《應制舉上兩制書》) 歎賞之、內摹之，也最終獲得之，從而以「衣冠偉人」的形象立於天地間 (譚獻：《復堂詞話》)〔註 86〕，《宋史·蘇軾傳》總結其人格風神道：「以愛君爲本，忠規讜論，挺挺大節，郡臣無出其右……器識之閎偉，議論之卓犖，文章之雄雋，政事之精明，四者皆能以特立之志爲之主，而以邁往之氣輔之。」

蘇軾外任密州時以一首壯懷激烈的豪放詞《江神子》「老夫聊發少年狂」掀開了詞史新的篇章。

〔註 85〕蘇軾：《蘇軾文集》，北京：中華書局，1986 年版，第 1324 頁。
〔註 86〕唐圭璋：《詞話叢編》，北京：中華書局，1986 年版，第 3994 頁。

　　老夫聊發少年狂。左牽黃。右擎蒼。錦帽貂裘，千騎
卷平岡。爲報傾城隨太守，親射虎，看孫郎。　　酒酣胸
膽尚開張。鬢微霜。又何妨。持節雲中，何日遣馮唐。會
挽雕弓如滿月，西北望，射天狼。《江神子》

　　這首詞實爲有感而發，宋與遼、西夏的兩次戰爭都以失敗告終，
人員傷亡很大，面對邊境的這種態勢，蘇軾雖身爲「衣冠偉人」，並
非辛棄疾那樣的弓刀游俠，卻依然渴望放下紙筆「挽雕弓」、「射天
狼」。詞人將個人的生死安危完全置之度外，「鐵面帶霜惟憂國，機穽
當前不爲身」（蘇軾《次韻陳履常雪中》《蘇軾詩集》卷三十四）。蘇
軾曾推許杜甫道：「古今詩人眾矣，而杜子美爲首，豈非以其流落飢
寒，終身不用，而一飯未嘗忘君也歟。」（蘇軾《王定國詩集敘》《東
坡集》卷二十四），「一飯未嘗忘君」，他自己又何嘗不是如此呢？蘇
軾對後世一些學杜詩者頗爲不滿，「天下幾人學杜甫，誰得其皮與其
骨？」「名章俊語紛交衡，無人巧會當時情」（《次韻孔毅父集古人句
見贈》）〔註87〕，認爲這些摹仿者買櫝還珠，殊無可觀也。

　　如此高才偉識忠肝義膽之人能得到施展政治抱負的舞臺嗎？歷
史的回答讓人扼腕。蘇軾一生仕途蹭蹬，既不見容於元豐，也不爲紹
聖當權者所喜，屢遭貶斥外放，甚至遭逢百日「縲絏之苦」，神宗元
豐二年蘇軾被捕，史乘中記載道：「其始彈劾之峻，追取之暴，人皆
爲軾危」「二獄卒繫縶之，即時登舟。郡人送者雨泣。頃刻之間，拉
一太守如驅犬雞。」（孔平仲《孔氏談苑》）在從湖州任上被押解入京
途中，蘇軾作《吳江岸》一詩，中有「壯懷銷鑠盡，回首尙心驚」之
句。〔註88〕他在獄中自繪心態和身世道：「夢繞雲山心似鹿，魂驚湯
火命如雞。」〔註89〕這次牢獄之災讓蘇軾受驚不止，蘇軾暮年被貶斥
海外，生活亦極爲艱辛，「老人住海外如昨，但近來多病，瘦悴不復

〔註87〕蘇軾：《蘇軾詩集》，北京：中華書局，1987 年版，第 1157 頁。
〔註88〕蘇軾：《蘇軾詩集》，北京：中華書局，1987 年版，第 998 頁。
〔註89〕蘇軾：《蘇軾詩集》，北京：中華書局，1987 年版，第 999 頁。

往日，不知餘年復得相見否？循、惠不得書久矣，旅況牢落，不言可知。又海南經歲不熟，飲食百物艱難，及泉廣海泊絕不至，藥物醬酢等皆無，厄窮至此，委命而已。」（蘇軾《與元老姪孫書》《蘇文忠公海外集》卷四）志與時違、才命相妨之才士常見之不幸在蘇軾身上得以應驗，千載之下令人爲之歎息。

蘇軾之官途多棘一定程度上源於他在政壇上正道直行絕不苟合取容的做法，蘇軾曾言「直者，剛者之長也。千夫諾諾，不如一士之諤諤」（蘇軾《講田友直字序》），「我本麋鹿性，諒非伏轅姿」（蘇軾《次韻孔文促推官見贈》），作爲林中自由奔跑的麋鹿怎肯被拘縛，蘇軾怎肯放棄天性中對思想自由的渴望去攀附權貴，故蘇軾雖明知「吾少加附會，進用可必」（《杭州召還乞郡狀》《蘇軾文集》卷三十二），亦不爲所動。蘇軾曾上表自陳：「臣危言危行，獨立不回」、「若貪得患失，隨世俛仰，改其常度，則陛下亦安所用。」（蘇軾《杭州召還乞郡狀》《蘇軾文集》卷三十二）他人亦有此類譽詞：「直道謀身少，孤忠爲國多」（徐積《節孝集補鈔》）。寧堅守立身原則以歷險蹈禍，也不願阿世取容以加官進爵，在黨爭混亂的北宋後期如此毫不妥協的做法不能不顯得「一肚皮不合時宜」，宋人費袞《梁溪漫志》卷四記載有一則軼事，云：「東坡一日退朝，捫腹徐行，顧謂侍兒曰：汝輩且道是中有何物？……朝雲乃曰：學士一肚皮不入時宜」。如此秉性，不能不導致「東坡何事不違時」（蘇軾：《次韻子由三首》蘇軾：《蘇軾詩集》卷四十一）的結果，因此後來的烏臺詩案在偶然中其實有著必然。東坡之歿，李方叔在祭文中悲歎道：「道大不容，才高爲累。皇天后土，鑒平生忠義之心；名山大川，還千古英靈之氣。識與不識，誰不盡傷？聞所未聞，吾將安放！」

蘇軾《寓居定惠院之東，雜花滿山，有海棠一株，士人不知貴也》一詩歌詠海棠花道：「……只有名花苦幽獨嫣然一笑竹籬間，桃李漫山總粗俗……」，桃李雖說粗俗，可漫山遍野都是他們的生存空間，幽獨空林色的海棠雖說如陽春白雪般昭示著美的向度、淨的向度，可

這個世界並不屬於它，但它完全無視之，而是在幽獨中自發清芬、嫣然微笑。詞人多次在作品中飽含深情地塑造過幽獨高潔的形象，如「羅浮山下梅花村，玉雪爲肌冰爲魂，紛紛初疑月桂樹，耿耿獨與參橫昏，先生索居江海上，悄如病鶴棲荒園，天香國豔肯相顧，知我酒熱詩清溫，蓬萊宮中花鳥使，綠衣倒掛扶桑暾」（《松風亭下梅花盛開，又韻》《蘇軾詩集》卷三十八）、「化工未議蘇群槁，先向寒梅一傾倒。江南無雪春瘴生，爲散冰花除熱腦。風清月落無人見，洗妝自趁霜鐘早。惟有飛來雙白鷺，玉羽瓊枝鬥清好」（《再和潛師》蘇軾：《蘇軾詩集》卷二十二）、「怕愁貪睡獨開遲，自恐冰容不入時。故作小紅桃李色，尚餘孤瘦雪霜姿。寒心未肯隨春態，酒暈無端上玉肌。詩老不知梅格在，更看綠葉與青枝」（《紅梅三首》其一《蘇軾詩集》卷二十一）、「缺月掛疏桐，漏斷人初靜。誰見幽人獨往來，縹緲孤鴻影。驚起卻回頭，有恨無人省。揀盡寒枝不肯棲，寂寞沙洲冷。」（蘇軾《卜算子》）……這些散發著潔淨清芬的異質同構物在很大程度上可看作是詞人對自我人格的生動摹寫，「古代名家填詞，其中的寄託，大都是流露於不自知，觸發於弗克自己，身世之感，通於性靈」（況周頤《惠風詞話》卷五），諸多意象群的背後站立著獨立不遷的詞人主體自我。「揀盡寒枝不肯棲，寂寞沙洲冷」，曲高和寡，難免在世間運途多舛。清冷孤高的意象群既說明了詞人堅守著美好本性、堅拒著塵世污染的生命原則，也說明了經世理想屢屢遭挫後，儒家所提供的心靈居所已無法給予詞人生命足夠的熱力，於是不得不走至以夢視真的地步了。蘇軾的詩詞文中開始夢字疊現，「人生悲樂，過眼如夢幻，不足追，惟以時自娛爲上策也」（《蘇軾文集》卷五十九）、「回頭自笑風波地，閉眼聊觀夢幻身」（《次韻王延老退居見寄》）……蘇軾作品中的夢不是「天與多情，不與長相守——以晏幾道、吳文英、姜夔、李清照、朱淑眞爲例發顯宋詞人的情殤煎熬和自贖路徑」之章中作爲願望代替性滿足的日有所思夜有所魘之夢，而是意味著所有願望取消的「人生如夢」之夢，佛家的四大皆空之夢。李澤厚《美的歷程》一書中分析道：「蘇一生並未退隱，也

從未眞正『歸田』，但他通過詩文所表達出來的那種人生空漠之感，即比前人任何口頭上或事實上的』退隱』『歸田』『遁世』要更深刻更沉重……這種整個人生空漠之感，這種對整個存在、宇宙、人生、社會的懷疑、厭倦、無所希冀、無所寄託的深沉喟歎，儘管不是那麼非常自覺，卻是蘇軾最早在文藝領域中把它透露出來的。」〔註90〕「人生到處知何似，應似飛鴻踏雪泥，泥上偶然留鴻爪，鴻飛哪復計東西」（蘇軾《和子由澠池懷舊》），這首詩與無衣義懷禪師之語「雁過長空，影沉寒水。雁無遺蹤之意，水無留影之心」（《傳燈錄》）意核相似，以夢視眞，生命留痕的渴念頓然消歇，「老病逢春只思睡，獨求僧榻寄須臾」（蘇軾《瑞鷓鴣》），萬事皆夢，萬事皆空，不如睡過這一場夢，「人生如夢」的空漠感彌漫於斯時蘇軾心胸。

2. 孤鴻徘徊何枝可棲　歸去來兮吾歸何處：蘇軾從先在的思想資源中汲取養分建構精神家園

以夢視眞終非蘇軾心路歷程的終點，東坡遠謫海南時有詩云：「莫從老君言，亦莫用佛語。仙山與佛國，終恐無是處。」（《和陶詩・神釋》）夢觀可以作爲一劑解藥，但它並不能給實際人生提供光亮和足夠的助力，而蘇東坡終究是「一個不可救藥的樂天派」（林語堂《蘇東坡傳》），又是一個善於剪下方方面面思想資源的組塊合成自己生命之圓的智者，他的生命境界定然不會止步於此。

東晉陶淵明是蘇東坡合成生命之圓時的重要取資對象，蘇軾是在文化意義和文學意義上發現陶淵明重要價值的第一人。「吾於詩人，無所甚好，獨好淵明之詩。」（蘇轍《子瞻和陶淵明詩集引》《欒城後集》卷二十一）元祐三年（1088 年），蘇軾任翰林學士知制誥兼侍讀學士，作《送曹輔赴閩漕》詩曰：「我亦江海人，市朝非所安。常恐青霞志，坐隨白日闌。淵明賦歸去，談笑便解官。我今何爲者，索身

〔註90〕李澤厚：《美的歷程》，桂林：廣西師範大學出版社，2000 年版，第161～162 頁。

良獨難。憑君問清淮，秋水今幾竿？」〔註91〕《東坡題跋》中記載：「蘇軾在黃州得到一部江州東林寺本《陶淵明集》，『字大紙厚，甚可喜也。每體中不佳，輒取讀，不過一篇，惟恐讀盡後，無以自遣耳。』」蘇軾黃州期間寫有一百多首和陶詩，開創了生者和死者作品數量之最，其弟蘇轍曰「公詩本似李杜，晚喜陶淵明，追和之者幾遍，凡四卷。」（蘇轍《東坡先生墓誌銘》）遭貶期間蘇軾深入到「轉悲苦為歡愉，化矛盾為圓融」的陶淵明思想深處〔註92〕，對陶的人格之美、文章之美發抉之、理解之並推崇之。「靖節以無事自適為得此生，遇凡役於物者，非失此生耶？」（蘇軾《題淵明詩二首》《蘇東坡文集》卷六十七）推崇之，內摹之，復實踐之，蘇軾在《與王定國書》一文中云：「日夜墾闢，欲種麥，雖勞苦卻亦有味。鄰曲相逢欣欣，欲自號鏊糟陂裏陶靖節，如何？」元豐三（1080年），故人馬正卿為蘇軾請得黃州廢棄的營地數十畝，使他得以躬耕其中，解決全家乏食之虞，地為黃州的一片坡地，故蘇軾名之為東坡，寫有《東坡八首》詠其事，這八首詩值得後人重視之處，乃如王十朋注引趙次公之評時指出的：「八篇皆田中樂易之語，如陶淵明。」〔註93〕汲取了陶淵明生命智慧的詩人在被貶黃州時不以貶謫為苦，而是築雪堂於東坡之上，並擬之為陶淵明的「斜川之遊」而自得其樂。

《江神子》

> 陶淵明以正月五日遊斜川，臨流班坐，顧瞻南阜，愛曾城之獨秀，另作斜川詩，至今使人想見其處。元豐壬戌之春，余躬耕於東坡，築雪堂居之。南挹四望亭之後丘，西控北山之微泉，慨然而歎，此亦斜川之遊也。

> 夢中了了醉中醒。只淵明，是前生。走遍人間，依舊卻躬耕。昨夜東坡春雨足，烏鵲喜，報新晴。

〔註91〕蘇軾：《蘇軾詩集》，北京：中華書局，1987年版，第1592～1594頁。
〔註92〕葉嘉瑩：《迦陵論詩叢稿》，北京：中華書局，1984年版，第47頁。
〔註93〕蘇軾：《蘇軾詩集》，北京：中華書局，1987年版，第1084頁。

　　雪堂西畔暗泉鳴。北山傾。小溪橫。南望亭丘，孤秀
聳曾城。都是斜川當日境，吾老矣，寄餘齡。

　　在人格榜樣中詞人看到了「歸耕於三徑，高臥於北窗，彈無弦
琴」之另一種生活境界的可取性和可實踐性，蘇軾心靈終至馮友蘭
所稱的天人境界，陶淵明與有大力其間。蘇軾和陶淵明之詩，始於
元祐七年（1092）知揚州軍州事時，後來謫嶺海，遍和陶詩，計 109
首，詩成，囑其弟蘇轍序之，蘇轍《東坡先生和陶淵明詩引》曰：「東
坡先生謫居儋耳，置家羅浮山下，獨與幼子過負擔度海，葺茆竹而
居之。……是時，轍亦遷海康，書來告曰：『古之詩人，有擬古之作
矣，未有追和古人者也。追和古人，則始於東坡。吾於詩人，無所
甚好，獨好淵明之詩。淵明作詩不多，然其詩質而實綺，臞而實腴，
自曹、劉、鮑、謝、李、杜諸人，皆莫及也。吾前後和其詩，凡一
百有九篇，至其得意，自謂不甚愧淵明。今將集而並錄之，遺後之
君子，其爲我志之。」〔註94〕清紀昀《蘇文忠公詩集》評東坡的和
陶詩稱其「收得和平滿足」，文境如心境也，蘇軾抉發並在最大程度
上受容了陶淵明的生命智慧。

　　「自六朝以來，儒、釋、道三教合流成爲了中國思想文化發展的
主導趨勢，到宋代這種文化發展已進入完全成熟的階段。」〔註95〕
這種合流趨勢在蘇軾身上得到了最好的體現，「嗚呼！孔老異門，儒
釋分宮，又於其間，禪肆相攻。我見大海，有北南東。江河雖殊，
其至則同。」（蘇軾《祭龍井辨才文》《蘇軾文集》卷六十三）「若世
之君子，所謂超然玄悟者，僕不識也。往時陳述古好論禪，自以爲
至矣。而鄙僕所言爲淺陋。僕嘗語述古，公之所談，譬之飲食龍肉
也，而僕之所學，豬肉也，豬之與龍，則有間矣，然公終日說龍肉，
不如僕之食豬肉實美而眞飽也。不知君所得於佛書果何耶？爲出生

〔註94〕蘇軾：《蘇軾詩集》，北京：中華書局，1987 年版，第 1182 頁。
〔註95〕張毅：《宋代文學思想史》，北京：中華書局，1995 年版，第 329〜
　　　　330 頁。

死、超三乘，遂作佛乎？抑尚與僕輩俯仰也？學佛老者，本期於靜而達，靜似懶，達似放，學者或未至其所期，而先得其所似，不爲無害。」（《答畢仲舉書》《蘇軾文集》卷五十六）盡取用對其生命境界有助力之資源的方法論昭然。蘇軾從儒家思想中擇取了優遊人生以道自樂的生命態度，蘇軾《上梅直講書》中云：「軾每讀《詩》至《鴟鴞》，讀《書》至《君奭》常竊悲周公之不遇。及觀史，見孔子厄於陳、蔡之間，而絃歌之聲不絕，顏淵、仲由之徒相與問答。夫子曰：『匪兕匪虎，率彼曠野，吾道非耶，吾何爲於此？』顏淵曰：『夫子之道至大，故天下莫能容。雖然，不容何病，不容然後見君子。』夫子油然而笑……夫天下雖不能容，而其徒自足以相樂如此。……（軾）始知讀書，聞今天下有歐陽公者——而又有梅公者從之遊，其後益壯，始能讀其文詞，想見其爲人，意其飄然脫去世俗之樂而自樂其樂也。……《傳》曰：『不怨天，不尤人』。蓋憂哉遊哉，可以卒歲。執事名滿天下，而位不過五品。其容色溫然而不怒，其文章寬厚敦樸而無怨言，此必有所樂乎斯道也。」（《蘇軾文集》卷四十八）蘇軾對佛教禪宗亦有取焉，蘇軾在黃州天慶觀「齋居四十九日，息命歸根，似有所得」（蘇軾：《答秦太虛七首》之四），《與參寥子書》一文中道：「僕罪大責輕，謫居以來，杜門念咎而已。平生親識，亦斷往還，理故宜爾。而釋、老數公，乃復千里致問，情義之厚，有加於平日。以此知道德高風，果在世外也。」在人生低潮期蘇軾感受到了佛門中人的溫暖心援，更加強了他對佛門三寶的親近願望，黃州時自號「東坡居士」時常「焚香默坐，深自省察，則物我兩忘，身心皆空，求罪垢所從生而不可得。一念清淨，染污自落，表裏翛然，無所附麗，私竊樂之。」（蘇軾《黃州安國寺記》《蘇軾文集》卷十二）蘇軾詩詞文中漸染佛禪底色，清代劉熙載《藝概》卷二《詩概》云：「東坡詩善於空諸所有，又善於無中生有，機括實自禪悟中來。」蘇軾《水調歌頭》中「人有悲歡離合，月有陰晴圓缺，此事古難全」被清人王闓運視爲「三語掾」。佛教禪宗有助

於蘇軾清火滌煩、遠離熱惱。中國本土化的老莊哲學蘇軾亦多有取用，謝枋得《文章軌範》卷七指出蘇軾《前赤壁賦》一文深得莊、騷之妙，劉熙載謂東坡「出於莊者十之八九」（《藝概》卷二），蘇軾詞中老莊思想的相關詞彙「赤城居士」「清淨無爲」「雲駕」「風馭」「忘機」「如夢」等俯拾皆是，老莊思想給了蘇軾超臨於世俗之上的又一重助力。《三蘇文範》卷十四引呂雅山評《超然臺記》一文道：「子因其城北之廢臺而增葺之，以告轍曰：『將何以名之？』轍曰：『天下之士，奔走於是非之場，浮沉於榮辱之海，囂然盡力而忘反，亦莫自知也，而遊者戀之，非以其超然不累於物耶？』老子曰：『雖有榮觀，燕處超然。』誠以『超然』名之」，這段文字將蘇軾以老莊「燕處超然」理路化解生命情累的思想坦陳而出。元祐年間，蘇軾與朝中舊黨論政不合，想要請求外放時寫給楊元素的一封信中道：「昔之君子，惟荊是師，今之君子，惟溫是隨，所隨不同，其隨一也。老弟與溫相知至深，始終無間，然多不隨耳。致此煩言，蓋始於此。然進退得喪，齊之久矣，皆不足道。」（蘇軾《與楊元素》）擇取莊學消泯一切二元對立思想以消除進退得喪之差別境所致的喜樂哀怨之差別情緒的觀點昭然可見。

3. 自由超舉己心已安　靜美秋葉返歸大化：蘇軾心靈苦旅終至內外洞澈、和諧自由的天地境界之終點

如此生命終於走至馮友蘭先生所言「以天地胸懷來處理人間事務」「以道家精神來從事儒家業績」的「天地境界」（參馮友蘭《新原人》）〔註96〕，趙偉東說「這一個從肩負爲天地立心、爲生民立命、爲往聖繼絕學，爲萬世開太平的傳統士人而成爲集揚棄的儒釋道三思想於一身的新的士人。其思想體系中既有儒家的「達則兼濟天下，窮則獨善其身」，可仕可隱的人生態度，又有道家的道法自然、棄物累的處世哲學，還有佛家隨緣自適，身心皆空的生活心境，

〔註96〕馮友蘭：《新原人》，北京：三聯書店，2007年版。

從而形成他的獨具特色的東坡哲學。使他不僅超越了自我，而且超越了士人實現了自身人格的超越。」〔註97〕從而成就了中國文化史上的一個奇跡，成就了中國人學發展史上的一個突起的高峰。蘇軾弟子秦觀對其師評說道：「蘇氏之道，最深於性命自得之際。……至粗者也。閣下論蘇氏而其說止於文章，意欲尊蘇氏，適卑之耳。」（《淮海集》卷三十《答傅彬老簡》）斯爲體會有得之言也。

　　晚年的蘇東坡似已對命運之謎默會神通，對生命的責任、安頓、歸依等各方面有了更深層的體會悟解，並能很好地平衡之，「兄雖懷坎壈於時，遇事有可尊主澤民者，便忘軀爲之，禍福得喪，付與造物。」（《蘇軾文集》卷五十一）「人皆趨世，出世者誰？人皆遺世，世誰爲之？爰有大士，處此兩間。」（《蘇軾文集》卷二十二）「閱世走人間，觀身臥雲嶺」（蘇軾《送參寥師》），「一念失污垢，身心洞清淨　浩然天地間，惟我獨也正」（《和陶雜詩十一首》其三《蘇軾詩集》卷三十八），「眞人有妙觀　俗子多妄念」（蘇軾《與李公擇十七首》其一）、「平生傲憂患，久矣恬百怪」（蘇軾《送參寥詩》），一顆心漸漸地放平了，終至恬然、安然，他一點點地找回了人世奔波中散失了的生命碎片，並在遠離政壇的天之涯地之角進行拼合，然後在越來越完整的自己中生命徹底安靜了。貶謫後的蘇軾人格氣象更見佳妙了，此時的他如秋霜冬雪後掛果的冬青樹一樣蒼翠得令人出神，如大提琴般溫暖厚重。「參橫斗轉欲三理，苦雨終風也解晴，雲散月明誰點綴，天容海色本澄清，空餘魯叟乘桴，粗識軒轅奏樂聲，九死南荒吾不恨，茲遊奇絕冠平生」（蘇軾《六月二十日夜渡海》《蘇軾詩集》卷四十三），被放逐到天涯海角卻將之視爲難得的壯遊機會加以享受，這樣的人世間無論什麼樣的懲罰還能成其爲懲罰嗎？世間還有什麼可以阻礙他自我期許的心靈境界的實現呢？一個風流高格調的文化天才就此誕生了。

〔註97〕趙偉東：《從超越自我到超越士人——論黃州時期蘇軾人格的超越》，《學習與探索》，2003年，第2期，第111頁。

　　蔡絛《鐵圍山叢談》）云：「歌者袁絢，乃天寶之李龜年也。宣
和間，供奉九重。嘗爲吾言：『東坡公昔與客遊金山，適中秋夕，
天宇四垂，一碧無際。加江流澒湧。俄月色如畫，遂共登金山山頂
之妙高臺，命絢歌其《水調歌頭》曰：明月幾時有？把酒問青天。
歌罷，坡爲起舞而顧問曰：『此便是神仙矣！』」〔註98〕蘇東坡自許
的神仙並非道教的長生神仙，而是具有從俗常世界中超昇上去的心
理勢能和生命智慧的明慧非常之人。正如馮友蘭《中國哲學簡史》
所言「這種超越感是風流品格的本質的東西，具有這種超越感……
必然對快樂有妙賞能力，要求更高雅的快樂，不要求純肉感的快
樂。」（馮友蘭《中國哲學簡史》第二十章）〔註99〕海德格爾將超
越的生命視爲本眞存在之生命，「存在與存在的結構超出一切存在
者之外，超出存在者的一切可能的具有存在者方式的規定性之外。
存在地地道道是超越。此在存在的超越性是一種與眾不同的超越
性，因爲最激進的個體化的可能性與必然性就在此在存在的超越性
之中。存在這種超越的一切開展都是超越的認識。現象學的眞理乃
是超越的眞理。」〔註100〕蘇軾這一時期筆下所盛讚的歌妓如柔奴
等，亦是同具風流超越精神者，「常羨人間琢玉朗，天教分付點酥
娘。自做清歌傳皓齒，風起，雪飛炎海變清涼。萬里歸來年愈少，
微笑，笑時猶帶嶺梅香。試問：嶺南應不好？卻道：此心安處是吾
鄉。」（蘇軾《定風波》）柔奴因有「此心安處是吾鄉」之生命悟解
力而受到蘇軾的激賞。黃州貶謫時期，蘇軾生命和創作境界都走至
巔峰狀態，蘇轍在《亡兄子瞻端明墓專銘》中寫道：「（子瞻）嘗謂
轍曰：『吾視今世學者，獨子可與我上下耳。』而謫居於黃，杜門
深居，馳騁翰墨，其文一變，如川之方至，而轍瞠然不能及矣。」

〔註98〕丁傳靖：《宋人軼事彙編》，北京：中華書局，1981年版。
〔註99〕馮友蘭：《中國哲學簡史》，北京：北京大學出版社，1996年版，第
　　　　201頁。
〔註100〕〔德〕海德格爾著，陳嘉映，王慶節譯：《存在與時間》，北京：三
　　　　聯書店，1987年版，第47頁。

〔註 101〕張毅《蘇東坡小品》前言中說:「現存的東坡詞,約有四分之一寫於貶謫黃州期間,且多為後世廣為傳誦之作。」〔註 102〕斯時的超邁精神凝就了蘇軾斯時清曠超邁的絕妙好詞,「東坡之詞曠」(王國維《人間詞話》)〔註 103〕、「東坡小令,清麗舒徐,雅人深致,另闢一境,設非胸襟高曠,焉能有此吐屬」〔註 104〕、「然面就在這一部分餘力為之的數量不多的小詞中,卻非常有代表性地表現了他的用世之志意與曠觀之襟抱相結合而形成的一種極可注意的特有的品質和風貌,為小詞之寫作,開拓出了一片廣闊而高遠的新天地」,〔註 105〕詞之主流風格與蘇軾籍各種文化資源和生命智慧抵達的人格境界互文也。

蘇軾黃州時期詞作的主流格調表明了蘇軾心靈苦旅的終局,他臨終前的表現亦對此予以了驗證,因為死亡會剝落下所有人的人格面具,坦露出生命個體最是真實無偽的心境。「東坡初入荊溪,有樂死之語,蓋喜其風土也。繼抱疾稍革,徑山老惟琳來問候。坡曰:『萬里嶺海不死,而歸宿田裏,有不起之憂,非命也耶?然死生亦細故耳』。後二日將屬行,聞根先離,琳叩耳大聲曰:『端明勿忘西方』!曰:『西方不無,但個裏著力不得』。語畢而終。」(周輝《清波雜誌》《東坡事類》卷九)經過了仕路坎坷的漫漫歷程後在迎接死亡時詞人胸襟透脫、了無掛礙,「如秋葉之靜美」,其對悲劇情境的自贖能力後人實難望其項背,對於蘇軾來說,貶謫是其大不幸也,對於中國文化史來說,卻是不幸中的大幸。遭貶處窮成為蘇軾完善生命境界的一個良好契機,他以天才的智慧設計並達成了助其渡過人生劫難的文化性格,王水照先生《蘇軾的人生思考與文化性

〔註 101〕蘇轍:《欒城後集》,上海:上海古籍出版社,1987 年,第 1411 頁。

〔註 102〕張毅:《蘇東坡小品》,文化藝術出版社,1997 年版,第 5 頁。

〔註 103〕唐圭璋:《詞話叢編》,北京:中華書局,1986 年版,第 4250 頁。

〔註 104〕唐圭璋:《詞話叢編》,北京:中華書局,1986 年版,第 4910～4911 頁。

〔註 105〕繆鉞、葉嘉瑩:《靈谿詞說》,上海:上海古籍出版社,1987 年版,第 192 頁。

格》一文中認為，「蘇軾以個人特有的敏銳直覺加深了他對人生的體驗，他的過人睿智使他對人生的思考獲得新的視角和高度，在封建社會影響了一代又一代後繼者的人生模式的選擇和文化性格的自我設計」〔註106〕，「他既嚴正又平和，既堅持了士大夫積極入世，剛正不阿、恪守信念的人格理想，又保持了士大夫追求超越世俗、追求藝術化人生的人生境界與心靈境界的人格理想，把兩者融為一體，巧妙地解決了進取與退隱、入世與出世，社會與個人那一類在士大夫心靈上歷來相互糾結纏繞的矛盾，並在其文學作品中加以充分的表現。蘇軾為後來在類似社會條件下生存的文人提供了一種典範，因而獲得他們的普遍的尊敬。」〔註107〕蘇軾在風雨人生路上為自己撐起了一片晴空，使自己擁有了庇護得以從容地緩吟徐行安度生命，亦讓後世被世間風雨澆淋得滿身青苔者有以避之。

四、「未慣羈遊況味，征鞍上、滿目淒涼」
——以柳永、周邦彥為例體味宋詞人的浮萍意識和自贖路徑

關於柳永和周邦彥的詞作，詞史中有不同的評價，中國社會科學院文學研究所所編《中國文學史》（1979 年版）說周邦彥「許多豔詞都不過是把一些尋花問柳的生活用華麗辭藻裝潢起來，加以美化，而且，有時總不免要透露出些色情底子來。」陳模《論稼軒詞》指斥周邦彥詞「徒狃於風情婉孌」，清人劉熙載在《藝概》中批評周詞「信富豔精工，只是當不得個貞字」，南宋王灼在《碧雞漫志》中稱周詞「能得騷人之旨」，周濟《介存齋論詞雜著》云：「美成思力，獨絕千古」。但倘就他們詞作中的一個重要類別羈旅行役詞來說，論者往往持有共識，稱二人於此處詞筆甚為高妙，「柳制樂章，

〔註106〕王水照：《蘇軾的人生思考與文化性格》，《文學遺產》，1989 年，第5 期。
〔註107〕章培恒，駱玉明：《中國文學史》中卷，上海：復旦大學出版社，1996 年版，第 371 頁。

音調諧婉，尤工於羈旅悲怨之辭，閨幃淫媟之語」（毛晉《樂章集跋》）〔註108〕、「耆卿詞，善於鋪敘，羈旅行役，尤屬擅長」（陳廷焯《白雨齋詞話》卷一）〔註109〕、「後人以周邦彥與柳耆卿並稱，蓋二人皆長於抒寫別離之情，羈旅之感。」（劉永濟《微睇室說詞》）〔註110〕柳永和周邦彥的詞作中「羈旅、羈思、遊宦、倦客、行役」之類的字眼觸目皆是，「吾家舊有簪纓，甚頓作天涯，經歲羈旅」（周邦彥《南浦》）、「倦客最蕭索……歎故友難逢，羈思空亂」（周邦彥《繞佛閣》）、「遊宦成羈旅。短檣吟倚閒凝佇」（柳永《安公子》）、「展轉翻成無寐，因此傷行役」*（柳永《六么令》），這些詞句向讀者和論者發顯了二人詞作的中心主題之一：羈旅行役。從兩位詞人的羈旅行役詞中我們可以梳理出相近的心靈發展軌跡線：年少氣銳熱望滿懷盛世華章心如朝日——羈旅行役天涯飄泊　官冷心冷意緒淒黯——溫柔鄉暖紅袖可人和平靜穆漆園誘人。

1. 年少氣銳熱望滿懷　盛世華章心如朝曰：身逢北宋盛世美譽少年柳永、周邦彥壯志滿懷

「穿官袍、蹬朝靴、腰金紆紫」之官宦生涯一直被封建社會主流人士視爲證明生命價值的最佳途徑，認爲是讀書人應走的正道，周邦彥和柳永也都曾對仕途抱有高昂的熱情，周邦彥青少年時期「以布衣西上，過天長」（《西平樂》詞序），入京師「獻《汴都賦》」以求取聖上眷遇，柳永在《勸學文》中有言：「學則庶人之子爲公卿，不學則公卿之子爲庶人」（《建寧府志》卷三三），也流露出了對達官顯宦地位的垂涎之意，「好風憑藉力，送我上青雲」是封建社會大多數文人畢生的心願，柳永周邦彥亦然。他們求取入仕的強烈志願與

〔註108〕 吳熊和編：《唐宋詞彙評》，杭州：浙江教育出版社，2004 年版，第 45 頁。

〔註109〕 吳熊和：《唐宋詞彙評》，杭州：浙江教育出版社，2004 年版，第 53 頁。

〔註110〕 吳熊和：《唐宋詞彙評》，杭州：浙江教育出版社，2004 年版，第 883 頁。

當時的社會環境和他們成長的小環境有著重要關係,「蒙古人的入侵
形成了對於偉大的中華帝國的沉重打擊,這個帝國在當時是全世界
最富有和最先進的國家。在蒙古人入侵的前夜,中華文明在許多方
面都處於它的輝煌頂峰,而由於此次入侵,它卻在其歷史中經受著
徹底的毀壞。」〔註111〕宋代是中國傳統文化「全面繁榮和高度成熟
的新的質變點」〔註112〕,很多方面已發展至達登峰造極之勢,城市
人口大量增加,商業、手工業、娛樂業、服務業等行業大量興起,
市坊界限被打破,金銀銅鐵貨幣及「交子」開始通行。經濟的騰飛
使市面漸呈烈火烹油式的繁榮,「東去乃潘樓街,街南日『鷹店』,
只下販鷹鶻客,餘皆真珠匹帛香藥鋪席。南通一巷,謂之『界身』,
並是金銀綵帛交易之所,屋宇雄壯,門面廣闊,望之森然,每一交
易,動即千萬,駭人聞見。」(孟元老《東京夢華錄》卷二,「東角
樓街巷」)「凡京師酒店,門首皆縛綵樓歡門,唯任店入其門,一直
主廊約百餘步,南北天井兩廊皆小閣子,向晚燈燭熒煌,上下相照,
濃妝妓女數百,聚於主廊槏面上,以待酒客呼喚,望之宛若神仙。」
(孟元老《東京夢華錄》卷二,「神仙」)宋真宗時「京城資產百萬
者至多,十萬而上比比皆是」,這些積聚了鉅額財產的坊廓上戶,「梁
肉有餘,乘堅策肥,履絲曳綵,羞具,居室過於王侯。」(《樂全集》
卷十四)「士庶之間,奢靡成風,雕文纂組之日新,金珠奇巧之相勝,
富者既以自誇,貧者恥其不若」(《宋會要》刑法　二之五)柳永生
活的北宋仁宗時期社會的一切隱患都還沒有充分暴露,經濟上的繁
榮更是將其遮蓋在難為人察覺的底部運行,除了少數政治嗅覺銳敏
者能夠隱約感知外,如少年柳永、周邦彥類的大多數人都在安享著
富足逸樂的現世生活。一切都在蓬蓬勃勃地開展著,日子過得精細
有味,臉上洋溢著盛世的快樂自豪和欲望滿足後的自得,各種節日

〔註111〕〔法〕謝和耐:《蒙元入侵前夜的中國日常生活》,南京:江蘇人民
　　　　出版社,1995年版,第3～4頁。
〔註112〕黃霖、吳健民、吳兆路:《原人論》,上海:復旦大學出版社,2000
　　　　年版,第3頁。

成爲他們享受生活的最佳時節，「燈宵月夕，雪際花時，乞巧登高，教池遊苑。」（孟元老《東京夢華錄·自序》）民眾們不僅在節慶時縱情享樂，他們的日常生活也染上了狂歡化色彩，《東京夢華錄》記載道：「僅市直至三更，五更又復開張；如要鬧處去，通宵不絕。」東京城的山子茶坊，「內有仙洞、仙橋，仕女往往夜遊吃茶於彼」，「大抵諸酒肆瓦市，不以風雨寒」，汴京的馬行街則更是「夜市酒樓極繁盛處」「燈火照天。」（宋·蔡絛：《鐵圍山叢談》卷四）自「咸平、景德以後，粉飾太平，服用浸侈，不唯士大夫家崇尚不已，市井閭里以華靡相勝。」（宋·王栐《燕翼治謀錄》卷二〇）加藤繁在《宋代都市的發展》一文中指出：「當時都市制度上的種種限制已經除掉，居民的生活已經頗爲自由，放縱，過著享樂的生活。」「二紀以來，（指宋仁宗慶曆 皇祐年間）不聞街鼓之聲，金吾之職廢矣。」〔註113〕956 年，宋太祖詔令開封府三鼓以後夜市不禁，「要鬧去處，通曉不絕」，從此宋朝廢除了隋唐時期「六街朝暮鼓咚咚」（張籍《洛陽行》《張司業集》卷九）、「六街鼓絕塵埃怠」（姚合《同諸公令太府韓卿宅》《姚合詩集校考》卷八）的宵禁制度，在制度層面上保證和促進了國民們的宴安佚樂。這樣的盛世氣象反映在了柳永筆下的都市歌詠類詞篇中，如「太平時，朝野多歡民康阜。隨聲良聚。勘對此景，怎忍獨醒歸去」（《迎新春》）、「向曉色，都人未散」（《傾杯樂》）、「畫鼓喧街，蘭燈滿市。」（《長相思》）、「想帝里看看，名園芳樹，爛漫鶯花好」（《古傾杯》）、「帝里風光好，當年少日，暮宴朝歡，況有狂朋怪侶，遇當歌、對酒竟留連」（《戚氏》）、「戀帝里，金谷園林，平康巷陌，觸處繁華。」（《鳳歸雲》）、「金吾不禁六街遊，狂殺雲蹤並雨跡。」（《玉樓春》）如此盛世氣象自然充分激起了如柳永類的年輕士子們的生命熱情和求進欲望。

　　柳永心中勃發的政治熱情不僅與時代氣象有關，與柳永的成長

〔註113〕〔日〕加藤繁著，吳傑譯：《中國經濟史考證》，北京：商務印書館，1959 年版，第 284 頁。

環境亦有著重要關係，柳永是崇安人，北宋初年，崇安屬建州管轄，《嘉靖建寧府志》卷四說：「建州至宋而諸儒繼出，蔚爲文獻名邦。……家有詩書，戶藏法律，其民之秀者狎於文。」「柳永家族代代奉儒，科舉合格者輩出不窮」（參見《福建通志》《福建建寧府志》《福建崇安縣志》等地方志），柳永少小時就才華出眾，迴出群俗，和他的兩個哥哥一起被人稱爲「柳氏三絕」。他的同鄉、朱熹的老師劉子翬在《崇安縣志》中贊道：「屯田詞，考功詩，白水之白鍾此奇。鈎章棘句淩萬象，逸興高情俱一時。」葉夢得《避暑錄話》卷下記載，「永亦善他文辭」。柳永入京趕考時就已籍出眾之詞在京城名聞遐邇，「柳耆卿爲舉子時，多遊狹邪，善爲歌辭。教坊樂工，每得新腔，必求永爲辭，始行於世，於是聲傳一時」（葉夢得《避暑錄話》卷三）、「仁宗頗好其詞。每對宴，必使侍從歌之再三」（陳師道《後山詩話》）。村上哲見先生所著《唐五代北宋詞研究》一書中，也談到了柳永曾被推薦參加科舉考試而到過都城汴梁，斯時柳永深爲自負：「便是有，舉聲消息。待這回，好好憐伊，更不輕離拆」（《徵部樂》）、「便是仙禁春深，御爐香嫋，臨軒親試。對天顏咫尺，定然魁甲登高第。待恁時，等著回來賀喜」（《長壽樂》）、「富貴豈由人，時會高志須酬」（《如魚水》其二），詞人深心以爲「黃金榜上龍頭望」的際遇自是垂手可得。

　　北宋時的盛世氣象不僅反映在柳永的都市歌詠詞中，亦呈顯在周邦彥青少年時期的作品《汴都賦》中，「元豐七年三月壬戌，（周29 歲），詔太學外舍生周邦彥爲試太學正，寄理縣主簿尉。邦彥獻《汴都賦》，上以太學生獻賦頌者以百數，獨邦彥文采可取，故擢之。」（李燾《續資長編》卷三四四）這篇長達 7 千言的《汴都賦》「多奇文古字」，神宗當時「命左丞李清臣讀於邇英閣，多以邊旁言之，不盡悉也。」（《咸淳臨安志》）周邦彥因之「聲名一時震耀海內」（樓鑰《清眞先生文集序》）。王國維先生雖於文多有苛求，對此文亦不吝讚語：「《汴都賦》變《二京》、《三都》之形貌而得其意，無十年、

一紀之研練而有其工。壯采飛騰，奇文綺錯。二劉博奧，乏其波瀾；兩蘇汪洋，遜其典則。」（《清眞先生遺事》）周邦彥後又上《重進汴都賦表》，王國維亦盛讚之：「高華古質，語重味深，極似荆公制誥表君之文。末段仿退之《潮州謝上表》，在宋四六中頗爲罕覯」，文爲人所難及，詩亦獨步一時，「自經史中流出，當時以詩名家如晁、張，皆自歎以爲不及。」（陳郁《藏一話腴》）生於太平盛世，又是「遊太學，有雋聲」（《咸淳臨安志・人物》）的名聲赫赫之青年才俊，怎能不壯志滿懷？

2. 官冷職卑天涯飄蕩　行役心苦疑慮叢生：微官卑職轉徙各地柳永、周邦彥頓生仕途倦意

「以一賦而得三朝之眷，儒者之榮莫加焉」，但「考歲月仕宦，殊爲流落」（樓鑰《清眞先生文集序》），元祐三年至紹聖四年，邦彥「出教授廬州，知溧水縣」，最後「還爲國子主簿」，經歷了整整十年「浮沉州縣」（王明清《揮麈餘話》卷一）、「漂零不偶」（《重進汴都賦表》）的生活。入京不久旋即又被外放，最後竟死於旅途中，「三縮州麾，僅登松班，而旅死矣」（樓鑰《清眞先生文集序》）。在《重進汴都賦表》一文中周邦彥自陳其斷梗飄萍生涯中的幽情淒緒：「臣命薄數奇，旋遭時變，不能俯仰取容，自觸罷廢，漂零不偶，積年於茲。臣孤憤莫伸，大恩未報，每抱舊稿，涕泗橫流。」周邦彥官溧水令時寫有《滿庭芳》一詞，將斯時內心衷曲盡訴無遺：

> 風老鶯雛，雨肥梅子，午陰嘉樹清圓。地卑山近，衣潤費爐煙。人靜烏鳶自樂，小橋外、新綠濺濺。憑欄久，黃蘆苦竹，擬泛九江船。　年年。如社燕，飄流瀚海，來寄修椽。且莫思身外，長近尊前。憔悴江南倦客，不堪聽、急管繁絃。歌筵畔，先安簟枕，容我醉時眠。（《滿庭芳》）

處於官冷心寒苦況中的詞人自比爲寄人籬下的的社燕，與自得其樂的烏鳶相對比，尤覺難以爲情，「尊前」、「急管繁絃」、「簟枕之眠」都無法幫助詞人消釋鬱鬱不得志的悵惘，陳匪石之解析頗爲切近周邦

彥的內心衷曲：「『年年，如社燕』十三字，直入自身，言今年適然在此，過去未來，行蹤靡定，勞悴之情，遷流之感，『社燕』一比，形容畢肖……『身外』雖欲不思，身內則難忍置，十三字急淚迸流。」〔註114〕秉持不凡才具，如有供其發展的合適舞臺，原可以大有作為，最終卻落得個為五斗米到處折腰奔走的結局，心中憾恨何如哉！宜乎其人日漸消磨掉了少年銳氣，詞亦漸漸沉鬱了下去，「然其妙處，亦不外沉鬱頓挫。頓挫則有姿態，沉鬱則極深厚。」（陳廷焯《白雨齋詞話》卷一）周邦彥的很多詞中深蘊著志向受摧折的痛苦，尤其是一些集中佳作，如一向被作為清真詞開篇或壓卷的《瑞龍吟》就是此類絕妙好詞，李攀龍點評道：「此詞負才抱志，不得於君，流落無聊，故託以自況」（李攀龍《草堂詩餘雋》）。哲宗元符初年（1098），詞人四十歲被召還京，至徽宗政和二年（1112年）五十七歲，其間15年基本在京任職，「除秘書省正字。歷校書即，考功員外郎，衛尉、宗正少卿，兼儀禮局檢討。以直龍圖閣知河中府，徽宗欲使畢禮書，復留之。」（《宋史·周邦彥傳》）這些官職多為無關大局的散官閒職，如衛尉卿一職，據《宋史·職官志》中所言不過是兵部下設立的掌管各類兵器、甲冑、儀仗等武備雜物的微官卑職，所掌管事務極其繁瑣，不武書生經營此職，用非所學，可見縱是入京仍是志不得伸。《下帷篇》一文由其文中所蘊情緒便可推測可能寫於這幾年：「官事如拔毛，小稀復還稠。一鼠未易盡，況欲禿九牛？……書生本不武，誰言負薪憂？」

　柳永於仕途上也同樣行走得步履維艱，柳永四舉進士而不第，「耆卿蹉跎於仁宗朝，及第已老。」（清·宋翔鳳《樂府餘論》）他中進士時已然五六十歲了，對於「人生七十古來稀」的古人來說，已是精力大為衰退的晚年了，若再想有所作為必難乎其難了，對比他少年應舉時立取功名的自負之語真是一大諷刺。柳永及第後與周邦彥一樣也只是歷任位卑權輕的小官，雖也曾受一些知己賞識，可總難遂陞遷之

〔註114〕吳熊和：《唐宋詞彙評》，杭州：浙江教育出版社，2004年版，第934頁。

願,「永任睦州團練推官才月餘,州守呂蔚慕其名,曾多次薦舉他,但遭到侍御史郭銓的反對。」(陳壽祺等《福建通志》卷一八九)後來亦有了接近皇帝的機會,據柳永侄兒所作墓誌記載,柳永入京後曾被仁宗召見,「寵進於庭,授西京靈臺令,爲太常博士」,但不久就因作《醉蓬萊》詞忤旨,黃昇《花庵詞選》對此事有著詳細記載:「永爲屯田員外郎,會太史奏老人星見。時秋霽,宴禁中。仁宗命左右詞臣爲樂章。內侍屬柳應制,柳方冀進用,作此詞奏呈。上見首有『漸』字,色若不懌。讀至『宸遊鳳輦何處』,乃與御製眞宗挽詞暗合,上慘然。又讀至『太液波翻』,曰:『何不言太液波澄?』投之於地,自此不復擢用。」葉夢得《避暑錄話》卷下道:「永亦善他文辭,而偶先以是得名,始悔爲己累。後改名三變,而終不能救。擇術不可不愼。」可謂社會獲名也歌詞,官場失敗也歌詞矣,葉嘉瑩先生便說「在歷代詞人裏邊,把自己的一生與歌詞結合了如此密切關係的,只有柳永。」〔註115〕(葉嘉瑩:《不減唐人高處 瀟瀟暮雨灑江天》)吳在慶和李箐分析道:「柳永的悲劇並不只在於『擇術之不愼』,更在於他的浪漫天性及與此相關的詞風與其賴以生存的社會環境之間的矛盾。尤其是與其本人的用世之意,對功名的迫切追求之間的矛盾。好作「淫冶謳歌之曲」貽誤了柳永的前程。於是在承受著悲劇命運的同時,他又肩負起大量創作表現市井歌伎生活的慢詞的重任,這二者之間隱含的偶然與必然令人在讚歎柳永對宋詞巨大貢獻的同時,不禁深深地感喟封建時期的文人,尤其是有著藝術天性的文人其生命際遇的無常」。〔註116〕」柳永很不得意地走完了人生全程,葉夢得《避暑錄話》卷三對他的淒涼晚景介紹道:「(柳永)死,旅殯潤州僧寺,求其後不得,乃出錢葬之。」歌詞成爲了柳永仕宦人生中最大的一塊絆腳石。

〔註115〕葉嘉瑩:《詩馨篇》,北京:中國青年出版社,1991年版
〔註116〕吳在慶、李箐:《淺析柳永思想中的矛盾情結》,《福建論壇》,1995年,第2期,第34頁。

　　「黃金榜上。偶失龍頭望。明代暫遺賢，如何向。未遂風雲便，爭不恣狂蕩。何須論得喪。才子詞人，自是白衣卿相。　　煙花巷陌，依約丹青屏障。幸有意中人，堪尋訪。且恁偎紅翠，風流事、平生暢。青春都一餉。忍把浮名，換了淺斟低唱。」（柳永《鶴衝天》）詞中抒情主人公似以「恁偎紅翠」、「淺斟低唱」的風流人生自傲，似欲以此消解名落孫山的痛苦，其實不過是過度憂憤後的反激之語，反倒愈加襯托出其希求科舉及第的強烈渴望，只要看柳永多次謁見達官貴人以求舉薦的現實行止，便可了然其汲汲於仕進的真實心聲了。劉永濟對此詞評析道：「此詞乃永初試不及第所作，詞皆狂放。……然如柳之市民階級狂放性格與統治者仁宗僞崇理道之心理，究竟矛盾。今就此事觀之，仁宗之怒，即柳永之不善阿諛。柳之不善阿諛，即柳狂放之才不善作制官樣之文也。然則，即使擢用，亦未必終合統治者之要求。此其所以畢生落拓也。」（《唐五代兩宋詞簡析》評）〔註 117〕劉永濟的評析點明了導致柳永仕途坎坷難行的一個重要緣由「狂放」，這是柳永人生之路中的另一塊致命絆腳石，因爲「狂」之性格特質實難符合統治者的用人標準和官場的種種潛規則。宋士林群體的主流人格風神是內斂沉潛、細膩溫雅，柳永之「狂」完全悖離了主流圈的審美趣味，宜乎既遭皇帝排斥，也得不到士大夫階層的認同，「柳三變既以詞忤仁廟，吏部不放改官，三變不能堪，詣相府。晏公曰：『賢俊作曲子麼？』三變曰：『只如相公亦作曲子。』公曰：『殊雖作曲子，不曾道『彩線慵拈伴伊坐』。柳遂退。（宋舜民《畫墁錄》）。柳永詞作中「狂」字出現頻率之高宋詞全部作者中無人能及，且幾乎貫穿他一生的所有詞篇。這些「狂」字除少數用來描摹客觀事物外，基本都是用來指稱抒情主人公的情緒狀態，這說明了雖歷經生命的重重困厄，柳永的狂放性格終其一生都未曾有所收斂。「無限狂心乘酒興。這歡娛、

〔註117〕吳熊和：《唐宋詞彙評》，杭州：浙江教育出版社，2004 年版，第99～100 頁。

漸入嘉景」(《晝夜樂》)、「恨少年、枉費疏狂，不早與伊相識」(《惜春郎》)、「雅歡幽會，良辰可惜虛拋擲。每追念、狂蹤舊跡」(《徵部樂》)、「擬把疏狂圖一醉。對酒當歌，強樂還無味」、「小樓深巷狂遊遍，羅綺成叢」(《集賢賓》)、「帝里疏散，數載酒縈花縈，九陌狂遊」(《河傳》)、「楚峽雲歸，高陽人散，寂寞狂蹤跡」……「狂」遊於煙花叢中恣歡縱樂；「狂」醉於酒國忘世、忘我、忘科舉之不得意；「狂」戀於京城的無限奢華盡享盛世太平……「狂」使渴慕功名的柳永付出了高昂的代價：「終身微官卑職」，但「狂」也成就了其詞作的特異風神，狂放之人少有顧忌，寫作時多直陳心境，故作品風格多半疏快、明朗、爽直，狂放之人多有特立獨行之奇舉、奇言，故作品多異於流俗而呈奇異之姿，兩者之綜合，合成了柳永詞作「奇爽疏快」之特有風調。

柳永雖常被視爲流連狎狹的狂蕩浪子，其實他同樣有著使「一物不失所」(《煮海歌》)的儒者情懷，「周而復始無休息，官租未了私租逼；驅妻逐子課工程，雖作人形俱菜色。」(《煮海歌》載於元·馮福京《大德昌國州圖志》卷六)，詩中對沿海一帶鹽民勞動和生活的苦況持同情態度，其關懷民瘼、體恤百姓的心聲於詩中坦露無遺。才人浪子亦是百姓口中稱道的好官，《餘杭縣令》卷廿一《名宦傳》中記載道：「柳永字耆卿，仁宗景祐間餘杭令，長於詞賦，爲人風雅不羈，而撫民清靜，安於無事，百姓愛之。」可憾的是柳永終其一生一直因人格中的一個側面被強調而其餘側面被忽略而遭誤讀厄運，導致終生官冷。輾轉奔波於無所建樹的邊陲小邑，厭倦情緒在心裏愈積愈厚，「當此好天好景，自覺多愁多病，行役心情厭」(柳永《安公子》)、「遣行客、當此念回程，傷漂泊……遊宦區區成底事，平生況有雲泉約」(柳永《滿江紅》)、「奈何客裏，光陰虛費」(周邦彥《還京樂》)、「故鄉遙，何日去。家住吳門，久作長安旅」(周邦彥《蘇幕遮》)、「倦客最蕭索，醉倚斜橋穿柳線」(周邦彥《一寸金》)……作爲中國文化始基的農耕文化一向美化穩定醜化不穩定，輾轉於邊邑小城的宦遊途中

詞人體驗著生命的三重喪失，「從而，由遊而產生的這組悲劇意識具有三層意義；一是家的意義，表現爲對失去了的家的溫暖的無限嚮往；二是國的意義，表現爲對自我實現的受阻、功名不得的人生失意；三是愛情的意義，溫暖的家的失落，功名的失落同時也是愛情的失落。」〔註118〕如此「席不暇暖」地東奔西走，「滿面塵土煙火黑」，與少年宏願漸行漸遠。「遊宦區區成底事」，行役途中的詞人對顛波流離的遊宦生涯產生了懷疑，價值觀漸漸發生了逆轉，往日汲汲以求的功名漸被視爲了「蠅頭」「蝸角」：「此際爭可，便恁奔名競利去。九衢塵裏，衣冠冒炎暑」（柳永《過澗歇近・淮楚》）、「驅驅行役，苒苒光陰，蠅頭利祿，蝸角功名，畢竟成何事」（柳永《鳳歸雲》）、「這浮世、甚驅馳利祿，奔競塵土」、「自歎勞生，經年何事，京華信漂泊……流連處、利名易薄。」（周邦彥《繞佛閣》）……厭倦情緒一發而不可收拾，悔意、恨意日漸濃重不可解，詞之內蘊凄黯酸楚，「觀『豐陽客』句，用馬融去京事，知爲待制出知順昌後作。寫得凄清落漠，令人惻惻」（黃蓼園《蓼園詞選》評《大酺》）、「詞旨凄清，情懷闇淡，其境地可於筆墨外思之」（黃蓼園《蓼園詞選》評周邦彥《氐州第一》）、「周、柳詞高健處，惟在寫景，而景中人自有無限凄異之致，令人歌笑出地。」（鄭文焯《大鶴山人詞話》附錄《鄭大鶴先生論詞手簡》）這些詞評皆以一「凄」字概括兩位詞人羈旅行役詞的情感基調。

3. 紅袖可人心魂返歸　漆園中人和平靜穆：柳永和周邦彥官冷心灰時女性溫柔鄉和道家哲學邃成救贖之具

可心靈不能一直淹留於旅途的凄風苦雨中，詞人該何以自解，精神該止歸何處獲取慰藉呢？柳永和周邦彥的羈旅行役詞中亦發露了兩位詞人心靈的最終歸依：「浪萍風梗誠何益。歸去來，玉樓深處，有個人相憶」（柳永《歸朝歡》）、「恁驅驅、何時是了。又爭似、卻返瑤京，

〔註118〕張法：《中國文化與悲劇意識》，北京：中國人民大學出版社，1989年版，第53頁。

重買千金笑」（柳永《輪臺子》）、「因此傷行役。思念多媚多嬌」（柳永《六幺令》）、「倦遊厭旅，但夢繞、阿嬌金屋」（周邦彥《蕙蘭芳引》）、「傍葦岸、征帆卸。⋯⋯追念綺窗人」（周邦彥《塞垣春》）、「景物關情，川途換目，頓來催老。漸解狂朋歡意少。奈猶被、思牽情繞。座上琴心，機中錦字，覺最縈懷抱」（周邦彥《氏州第一景》）⋯⋯仕途備受飄零和挫辱之苦的詞人最終發覺功名之路只是一條不歸路，無法給生命提供恆久支點，只有情才是人由之來往之歸的可靠居所，詞人對於情與本體的密合關係隱約似有所悟。柳永入京趕考時也曾牽繫於佳人紅袖，彼時的女性溫柔鄉更多地散發出肉的氣息，科場失利時他更是一頭栽進了煙花叢中，斯時的女性溫柔鄉更多地顯現出自棄的色彩，這兩個時段的柳永如弗洛姆在《佔有與生存》中所言，從興奮中獲得了充分的享受，但是人卻沒有力量，內在的力量沒有增加。而政治理想失敗後的羈旅行役途中女性世界則以別一種面目出現了，詞人重新發現了男女歡好綢繆之溫柔鄉的意義，詞人將之視作了精神的最終安泊歸所。「屯田不羈人，冶春恣遊屐⋯⋯有情天亦醉，伊川為心慴。」（全祖望《句餘土音》卷中《江浦訪柳屯田永冶遊巷》）〔註119〕「清真與屯田不惟詞同，而人亦為一流，皆多於情者」（張伯駒《叢碧詞話》）〔註120〕，對兩性情感意義重新發現後詞人的情語語語動人，「『天便教人，霎時廝見何妨』；『花前月下，見了不教歸去』，卞急迂妄，各極其妙，美成真深於情者。」（沈謙《填詞雜說》）〔註121〕當自我駕駛著生命小舟在大海中茫然無措失去依託感時，兩性真情便會向困境中的漂流者顯現出岸的面目，也即張琦所言「俾飄搖者返其居」（張琦《情癡寱言》），故詞人傷行役時會「深念凌波微步」（周邦彥《解蹀躞》）、「夢

〔註119〕 吳熊和：《唐宋詞彙評》，杭州：浙江教育出版社，2004 年版，第80 頁。
〔註120〕 吳熊和：《唐宋詞彙評》，杭州：浙江教育出版社，2004 年版，第892 頁。
〔註121〕 吳熊和：《唐宋詞彙評》，杭州：浙江教育出版社，2004 年版，第891 頁。

繞、阿嬌金屋」（周邦彥《蕙蘭芳引》）。人尚不得已仍在宦途奔波，心已踏上了歸向佳人溫暖懷抱的回歸之旅，擬在溫柔鄉中化解羈旅行役途中累積的悲劇情愫。亦有學者認為柳永周邦彥心靈視線的轉向並不能將他們從羈旅行役之悲劇情氛中解救出來，「然而，在本質意義上講，『歌樓楚館』這種商業運作中的『追歡買笑』之地，僅是一個娛樂性的提供欲望、享樂滿足的商業市場，它本身並不具備社會所認可的正面倫理價值與為國為民的社會價值，所以，它為正統社會倫理道德所拒斥、唾棄而被排斥在倫常、秩序之外。因此，柳永向娼樓妓館的投向與歸屬，並不能向他提供正面價值的支撐與擺脫心中仕宦情結的永久引力與信念。」〔註122〕而本文作者的觀點是遊宦之前與遊宦途中的男女歡愛在柳永和周邦彥生命中的意義並不相同，之前正如作者所說其「向娼樓妓館的投向與歸屬，並不能向他提供正面價值的支撐與擺脫心中仕宦情結的永久引力與信念」，但經過以卑職小官的身份在各地輾轉漂泊後，兩性間的歡好綢繆被洗刷掉肉欲色彩和金錢況味，呈露出停泊之岸和精神歸所的面目。

　　除女性溫柔鄉的解救外，周邦彥還將莊子漆園作為生命的棲息地，周邦彥轉徙為官之地溧水與道教勝地茅山相鄰，周邦彥不免受此處盛行的老莊思想的影響，「本非民土宰官身，欲斷人間煙火谷。行尋幽洞覓丹砂，倘見矓仙騎白鹿。便應執常洗仙壇，不用纖纖掃塵竹」（周邦彥《仙杏山》），「雖歸班於朝，坐視捷徑，不一趨焉。三縮州麾，僅登松班，而旅死矣。蓋其學道退然，委順知命，人望之如木雞，自以為喜，此尤世所未知者。……見續秋興賦後序，然後知平生之所安。磐鏡鳥幾之銘，可與鄭圃漆園相周旋」（樓鑰《攻媿集》卷五十一《清真先生文集序》）、「有亭曰『姑射』，有堂曰『蕭閒』，皆取神仙中事，揭而名之，可以想像其襟抱之不凡。」（強煥《題周美成詞》）於以上文字中可見出周邦彥對老莊思想的認同和受用，老莊哲學不求

─────────────────────

〔註122〕宓瑞新：《論柳永的文化人格》，《山西師大學報》，2002 年，第 2 期，第 118 頁。

外王努力，而是致力於內求以自安，推崇人與自然的和諧、人自我的身心和諧，當心靈在和諧中停止了所有衝突時，靜穆安恬的生命氣象便能夠蘊出了。劉永濟在《微睇室說詞》中道：「後人以周與柳耆並稱，蓋二人皆長於抒寫別離之情，羈旅之感。而周之深靜和雅，與柳之奇爽疏快則異趣」〔註123〕、「詞境靜穆，想見襟度，柳七所不能爲也。」（陳洵《海綃說詞》評《滿庭芳》風老鶯雛）〔註124〕「氣恬韻穆，色雅音和，萃眾美於一篇，會聲辭而兩得，在本集固無第二乎，求之兩宋亦罕見其儔。」（俞平伯《清眞詞釋》）〔註125〕、「清眞之詞，其意淡遠，其氣渾厚，其音節又復清妍和雅，最爲詞家之正宗。」（周濟《介存齋論詞雜著》）周邦彥詞中的「淡」、「穆」、「恬」、「靜」之味在一定程度上便是源於老莊思想之薰染，與之前苦楚淒黯的詞風已有了很大的不同。反觀周邦彥以布衣身份初入京師時的表現，斯時抱志少年鋒芒畢露，充滿了求進之心和淩厲銳氣，何料最終卻將心靈視線轉向了老莊，擬向老莊求取思想武器來平息內心的憤懣和憂懼，這恐怕亦是無奈於外王之不得而不得已的選擇吧，陳匪石對周邦彥的內心隱衷有所透發：「『自樂』『洞天』，引爲欣幸。解脫語，亦無可奈何語。」（《宋詞舉》）提舉大晟府期間，他似已全然消泯了求進之心，在周邦彥的詞集中讀者很少能找到大晟府其它成員常有的頌聖應制之作，周密《浩然齋雅談》卷下中記載有這樣一則軼事，徽宗「以近者祥瑞沓至，將使播之樂府」，特遣蔡京示意周邦彥，要他來充當這個歌功頌德的腳色。可是周邦彥卻簡捷地回答說「某老矣，頗悔少作。」若是他人，定會將之作爲得寵求榮的機會阿諛奉承一番，而已無意於功名的周邦彥再不願充當朝廷粉飾太平的工具了。

〔註123〕吳熊和：《唐宋詞彙評》，杭州：浙江教育出版社，2004年版，第883頁。

〔註124〕吳熊和：《唐宋詞彙評》，杭州：浙江教育出版社，2004年版，第934頁。

〔註125〕吳熊和：《唐宋詞彙評》，杭州：浙江教育出版社，2004年版，第935頁。

　　「若夫悲歡離合，羈旅行役之感，常人皆能感之，而惟詩人能寫之，故其入於人者至深，而行於世者尤廣。先生之詞，屬於第二種爲多。故宋時別本之多，他無與匹，又和者三家，注者二家，自士大夫以至婦人女子，莫不知有清眞。」（（王國維《人間詞話》）〔註126〕羈旅行役之感，柳永和周邦彥既能如常人一樣深感之，又能以精妙之筆抒寫之，供常人以觀之，此類詞中表達了詞人行役途中心靈的眞實衍變軌跡：求進之心漸至淡泊、輾轉漂泊傷感厭倦、渴念歸依精神家園。「有眞情，寫眞景，乃有眞詞。」（劉永濟《微睇室說詞》）〔註127〕封建社會官員因頻繁的遷調奔波往返於各地是極尋常的現象，所以羈旅行役詞常能令封建社會這一龐大的群體產生心靈共鳴，故柳永和周邦彥能擁有在宋朝罕有人可比肩的龐大受眾群體。周邦彥「以樂府獨步，貴人、學士、市儈、妓女，皆知其詞爲可愛，非溢美也」（陳郁《藏一話腴》）、「歡筵歌席，率知崇愛。」（劉肅《片玉集序》）《避暑錄話》卷三引一西夏歸朝官之語道：「凡有井水飲處，即能歌柳詞。」（葉夢得《避暑錄話》）柳永詞甚至漂洋過海，遠渡東洋，《高麗史・樂志》中也載有柳詞，寫出了人人心中的情感共相是兩位詞人羈旅行役詞的致勝法寶。

五、「回首天涯歸夢，幾魂飛西浦，淚灑東州」
——以多位心靈標本爲例傾聽宋詞人的國殤靈歌和自贖和聲

　　靖康之難終結了宋人的盲目享樂，將他們驅趕上了蒼茫悽惶的逃難路途，即便是如此劫難也未能讓趙宋王朝就此奮起，南宋小朝廷還是在庸懦昏黑的慣性之路上滑行，最終滑向了歷史的斷頭臺。

〔註126〕吳熊和編：《唐宋詞彙評》，杭州：浙江教育出版社，2004年版，第880頁。
〔註127〕吳熊和編：《唐宋詞彙評》，杭州：浙江教育出版社，2004年版，第883頁。

面對著「地被他人奪去」的黍離之痛，面對著這一顛覆生存基礎的致命喪失，面對著時代提出的嚴峻課題，宋人各自交上了答卷。有人幡然悔悟，從此結束了北宋時期的荒唐逸樂、疏狂高蹈，悲歌慷慨立志奉身救國；有人在知其不可爲而爲之的情況下，雖九死其猶不悔地將鬥爭進行到底，以自己的生命爲趙宋王朝殉葬；有人從此淹沒在遺民滔滔不盡的淚海中，用淚水祭奠趙宋亡魂；有人初始站立成壁立千仞的姿勢自振振人，繼而在叫閽無路、匏瓜徒懸時心灰意冷，轉而籍文化資源強取閒逸、強自熄滅心火……宋詞對亡國者的心路歷程進行了詳實的詩學呈現，相關詞篇可看作是趙宋王朝「國殤」者們的靈魂自白書。

1. 「天難問，何妨袖手，且作閒人」
——以朱敦儒、張元幹、張孝祥爲例聆聽宋國殤者靈魂樂章的第一聲部

首先讓我們來翻閱這本靈魂自白書的第一章：始之以「我欲剩風去，擊楫誓中流」（張孝祥《水調歌頭》）的銳身自任精神，繼之以「事大謬，轉頭流落」（張元幹《隴頭泉》）的悲苦憤懣，終之以「已是人間不繫舟。此心元自不驚鷗」（張孝祥《六州歌頭》）的強作悠閒，南渡詞人朱敦儒、張元乾和後南渡詞人張孝祥姑可作爲此章的典型性心靈標本。

（1）金甌碎裂悲風吹淚　壯懷激烈立志奮起：朱敦儒、張元幹、張孝祥轉黍離之悲爲抗金雪恥光復神州的壯志

> 我是清都山水郎，天教懶漫帶疏狂。曾批給露支風敕，累奏留雲借月章。　詩萬首，酒千觴，幾曾著眼看侯王。玉樓金闕慵歸去，且插梅花醉洛陽。（朱敦儒《鷓鴣天》）

北宋時期詞人自命爲逍遙終日的「山水郎」，自認爲天賦予「疏狂」之性，天准予詩酒歌舞之浪漫人生。「幾曾著眼看侯王」，這一自得自樂的精神貴族「不爲科舉之文，放浪江湖間」（章定《名賢氏族

言行類稿》卷五），對蹀躞以進的王公貴族充滿了不屑之情。黃昇在
《絕妙詞選》中將此篇題為「自述」，可從其詞中拈出「疏狂」二字
作為詞人洛陽時期心態和詞風的夫子自道，薛礪若在《宋詞通論》中
說：「這種狂逸的心懷與風調，不獨在詞中為絕無僅有，即在中國全
部詩歌中，只有太白能有此境界。」〔註128〕讀者應對詞人作品中的
「梅」意象予以特別關注，譚瑩在《論詞絕句》中稱朱敦儒「三卷《樵
歌》名士語，此才端合賦梅花」，詞人善寫梅，「無一習見語擾其筆端，
清雋處可奪梅魂」（黃氏撰《蓼園詞評》）〔註129〕、「語意奇絕，如不
食煙火者」（張端義《貴耳集》）、「得此花之神矣」。（朱彝尊《靜志居
詩話》）詞人亦愛寫梅，「希真作梅詞最多，以其性之所近也。」（黃
氏撰《蓼園詞評》）〔註130〕性之所近，物我一體，詠物實自寓也，朱
敦儒不同時期的「梅」意象往往喻示著詞人斯時的心靈狀態，所以本
節將把「梅」作為透視詞人心境的重要符號。「玉樓金闕慵歸去，且
插梅花醉洛陽」（《鷓鴣天》）、「曾為梅花醉不歸。佳人挽袖乞新詞」
（《鷓鴣天》），南渡前詞人詞中之梅多為作者風流狂逸生活的表徵和
點綴。

　　金人的鐵蹄無情地踏碎了詞人脆薄的亂世清夢，「靖康之難」後
國人倉惶出逃，「文變染乎世情」（《文心雕龍‧時序》），逃難途中朱
敦儒另取迥異於前期的筆調：「旅雁向南飛，風雨群初失。饑渴辛勤
兩翅垂，獨下寒汀立。　　鷗鷺苦難親，矰繳憂相逼。雲海茫茫無處
歸，誰聽哀鳴急。」（《卜算子》）孤零淒涼、流宕無止的旅雁與流離
失所的詞人異質同構，都陷溺於兇險的處境中難覓安身之所。詞人自
洛陽經淮西、金陵、江西，輾轉逃入兩廣，暫居於「蠻樹繞，瘴雲浮」
（《沙塞子》）、「慘黯蠻溪鬼峒寒」（《卜算子》）的粵西瀧州。「自中原
遭胡虜之禍，民人死於兵革水火疾饑墜壓寒暑力役者，蓋已不可勝
計；而避地二廣者，幸獲安居，連年瘴癘，至有滅門」「自古兵亂，

〔註128〕薛礪若：《宋詞通論》，上海：上海書店，1989年版，第215頁。
〔註129〕唐圭璋編：《詞話叢編》，北京：中華書局，1986年版，第3074頁。
〔註130〕唐圭璋編：《詞話叢編》，北京：中華書局，1986年版，第3078頁。

郡邑被焚毀者有之，雖盜賊殘暴，必賴室廬以處，故須有存者。靖康之後，金虜侵凌中國，露居異俗，凡所經過，盡皆焚爇。……中原之禍，自書契以來未之有也。」（莊綽《雞肋編》）「城北殺人聲徹天，城南放火夜燒船。江湖夢斷不得往，問君此住何因緣？竄身窮巷米如玉，翁尋濕薪媼爨粥。明日開門雪到簷，隔牆更聽鄰家哭。」（呂本中《兵亂寓小巷中作》）「晚逢戎馬際，處處聚兵時，後死翻爲累，偷生未有期。積憂全少睡，經劫抱長饑。」（呂本中《兵亂後雜詩》）逃難過程中詞人生活之艱辛、心境之惶怖亦可從上述情景中參知消息。「南走炎荒，曳裾強學應劉」（《雨中花》），對於曾被譽爲「世外希眞」的詞人來說「曳裾強學應劉」倚人門牆式的生活該是如何痛楚難擋。且看此期詠梅詞中的心境吐露：「霜風急，江南路上梅花白。梅花白，寒溪殘月，冷村深雪。」（《憶秦娥》）冷月映照下的梅花慘白無歡，似如同詞人一樣在爲兵罹後的荒蕪凋敝驚異失色，「自江南至湖南，無問郡縣與村落，極目灰燼，所至殘破，十室九空。」（畢沅《續資治通鑒》卷一百九）梅被陰惻霜風吹落於寒冷溪水中，已然失去了與雪花鬥白爭香的雅興清致，「詞俊」朱敦儒亦被時代的森寒剝奪了踏月尋梅、倚花醉酒的清迥生活和狂逸心懷。

朱敦儒飽嘗了七年「旅雁孤雲」「回首中原淚滿巾」的亂離之苦，逃難途中，死神張開了翅膀在頭頂上猙獰飛舞，不時地擇人而食，「亡國之音哀以思」，朱敦儒在性命難保的逃難過程中滿紙嗚咽，「愁」和「淚」於詞中頻頻閃現：「北客相逢彈淚坐，合恨分愁」（《浪淘沙》）、「萬里飄零南越，山引淚，酒添愁」（《沙塞子》）、「西風挹淚分攜後，十夜長亭九夢君」（《鷓鴣天》）、「有淚看芳草，無路認西州」（《水調歌頭》）……詞人從中原寫到兩淮、江南直至嶺南，有詞約 30 首，成爲建炎時期最出色的詞人之一，前人有雲朱敦儒「南渡以詞得名」（《貴耳集》），可貴的是朱敦儒的南渡詞並非一味地飲入悲涼往而不返，而是從悲涼的情緒出發，在其中融入壯闊之氣，使悲涼轉化爲可「驚頑立懦」的悲壯，以期激起國人驅散

遍地狼犬的決心，以期振起詞人濟世救國的自奮精神。《相見歡》
就是這樣悲而有力的作品：「金陵城上西樓，倚清秋。萬里夕陽垂
地，大江流。中原亂，簪纓散，幾時收。試倩悲風吹淚，過揚州。」
陳廷焯對這首詞有評語如下：「二帝蒙塵，偷安南渡，苟有人心者，
未有不拔劍斫地也。南渡諸詞，……如朱敦儒《相見歡》云：中原
亂，簪纓散……此類皆慷慨激烈，髮欲上指，詞境雖不高，然足以
使儒夫有立志」。（陳廷焯《白雨齋詞話》）〔註131〕此論對詞旨的發
明頗為允當，「使儒夫有立志」確是作者創作此類具悲壯詞風作品
的真實目的。全詞貫以奇橫之氣，哀而不傷，悲而不頹，其中的警
策之句「萬里夕陽垂地，大江流」，意境生新，氣勢非凡。詞人欲
有所作為的心音亦在此期詞中流露：「西山東去，總是傷時淚。北
陸日初長，對芳尊，多悲少喜。美人去後，花落幾春風。杯漫洗，
人難醉，愁見飛灰細。梅邊雪外，風味猶相似。迤邐暖乾坤，仗君
王，雄風英氣。吾曹老矣，端是有心人。追劍履，辭黃綺，珍重蕭
生意。」（《驀山溪》）「傷時淚」、「愁見」，上闋似乎仍浸染著悲涼
情緒，下闋已替之以壯闊之風，「仗君王，雄風英氣」，相信皇帝能
憑藉王者之風一舉收復中原，解民於倒懸的慘境。「追劍履」、「蕭
生意」、「辭黃綺」，這幾個典故的使用說明了詞人在「已失了春風
一半」（南唐潘祐語）的國難背景下內心經世致用意識的蘇醒，詞
人意欲奉身而出為災難深重的國家盡匹夫之力。

　　與朱敦儒不同，「爾形侏儒，而行容與。」（《歸來集》卷一○《自
贊》）的張元幹少小立志「整頓乾坤，廓清宇宙」《隴頭泉》，「少年時，
壯懷誰與重論？視文章真成小技」（《隴頭泉》）。其人格氣象迥異於疏
狂高蹈的朱敦儒，《苕谿漁隱叢話後集》卷二六引《詩說雋永》云：「李
伯紀為行營使時，王仲時、張仲宗俱為屬。王頎長，張短小，曰事相
隨。一館職同在幕下，戲云：『啓行營：大雞昂然來，小雞竦而侍。』」

〔註131〕唐圭璋編：《詞話叢編》，北京：中華書局，1986年版，第3913頁。

張元幹的文風與人格氣象互文，蔡戡稱張元幹「博覽群書，猶好韓集、杜詩，手之不釋，故文詞雅健，氣格豪邁，有唐人風」（《蘆川居士詞序》），李綱評論張元乾道：「聽其言鯁亮而可喜，誦其文清新而不群，予灑然異之。」（《蘆川歸來集》卷九）如此生命格調和少小壯志源於張元幹的家學影響和朋輩交遊。

　　張元幹的先輩數歷仕宦，多爲骨幹近蒼者，張元幹深受其感染，亦陶溶出相似的人格氣象，元幹的祖父張肩孟（字醇叟）官終朝散郎通判歙州，「所至有善政，勇於及物，嗇於營己」（《永泰縣志》卷九），「歷宦方面，皆有奇跡」（《永泰張氏宗譜·少師文靖公傳》），元幹的父親張動（字安道）官至龍圖閣直學士；伯父張勵（深道），官終大夫；伯父張勸（宏道），官至工部尚書，元幹的這些父輩們或能文或能詩，或「遇事剛果，不避權貴」。元幹四十六歲時，在詞中自述道：「吾道尊洙泗」（《水調歌頭·送呂居仁召赴行在所》），洙、泗爲當年孔子講學處，可見得張元幹傳承了其詩禮簪纓、經世濟民的家學傳統。先輩前人如是，交遊者亦如是，如張元幹的交遊者陳瓘，字瑩中，號了堂、了翁，諡忠肅，其「平生剛烈，論姦邪於交結之初；先見著明，力排擊於變更之際……尊君而獨奮孤忠，始終盡瘁。」（張元幹《蘆川歸來集·賀陳都瓵徐刑部侍郎啓》）張元幹記載他們的交遊活動道：「少時有志從前輩長者遊，擔簦竭蹶，不捨晝夜。宣和庚子春，拜忠肅公於蘆山之南，陪侍杖履，幽尋雲煙水石間累月，與聞前言往行，商榷古今治亂成敗，夜分乃就寐。」（《跋了堂先生文集》《蘆川歸來集》卷九）丞相李綱更是對張元幹影響甚深，張元幹在《張致政》祭李綱一文中回憶與李綱的初次會面：「後數年，始克見公梁溪之濱。歷論古今成敗，數至夜分。語稍洽，爰定交焉。」〔註 132〕抗金雪恥的共同志向奠定了他們交遊的基礎，並成爲了他們友誼的催化劑。

　　北宋末期的時局發展讓張元幹失望至極，敵兵壓境時皇帝拱手出

〔註132〕曹濟平校注《蘆川詞》，上海：上海古籍出版社，1991 年版

讓太原、中山、河間三鎮以乞憐金人解除圍困，金人退兵之際有大臣建議道：「縱其北歸，半渡而擊之」（李綱之語《宋史・李綱傳》）、「請薄諸河而擊之」（种師道之語《建炎以來繫年要錄》卷一）。嚇破了膽的宋欽宗哪裏能聽得進去，只一味求和以得暫時苟安，金人退兵後臥於積薪之上的宋王朝依然不知警醒，「上下恬然，置邊事於不問」（《資治通鑒》卷九十六），金人的欲望何止於此，退兵只不過是暫時的緩兵之計罷了，如李綱、張元幹等目光明敏者憂心如焚，「李綱獨以為憂。四月，吳敏乞置詳議司，銓詳法制，以革弊政」（《宋史》卷四百四十五《宋史・李綱傳》），這些「忠愛根於血性，勃不可遏」（陳廷焯《詞則・放歌集》卷一）的忠臣們的救亡心志和實際舉措與投降派的陰謀相違逆，故被藉故驅逐之。投降派藉口西路金兵久圍太原，揚言「欲援太原，非綱不可」，實際上是「欲緣此以去公，則都人無辭耳」（《宋史・李綱傳》）。六月欽宗命李綱為河東北宣撫使，往救太原，九月，召綱赴闕，尋除觀文殿學士知揚州，不久，又以「專主戰議，喪師費財」的罪名，落職提舉亳州明道宮，十月，責授保靜軍節度副使，建昌軍安置，再謫寧江。「罪放丙午末，歸來辛亥初。」（張元幹《上張丞相》）李綱既已謫去，張元幹作為他的僚屬也隨之「罪放」出京了，國主昏庸，滿朝無人，終至二宮北擄，中原大地披髮北衽，如張元幹之類的忠臣眼中溢滿了遷客的慟楚淚水：「往在東都日，傷心丙午年。不從三鎮割，安得兩宮遷？抗議行營上，排奸御榻前。英風成昨夢，遺恨落窮邊。」（張元幹《挽少師相國李公五首》）「國步何多難，天驕踞孟津。焦勞唯聖主，遊說盡姦臣。再造今誰力？重圍忌太頻！風吹遷客淚，為灑屬車塵。」（張元幹組詩《感事四首丙午冬淮上作》）

　　與朱敦儒和張元幹不同，張孝祥應屬於後南渡詞人，他雖未遭逢金人鐵騎驅趕下蒼惶出逃的流離之苦，但「我以我血薦軒轅」的壯志同樣沸騰在心中，《宋史・張孝祥傳》稱孝祥「讀書一過目不忘，下筆頃刻數千言」、「年十六領鄉書，再舉冠里選，紹興二十四年廷試第

一」，二十三歲時便成為眾所豔稱的三元及第，在不到五年的時間裏屢屢陞遷，從一個八品的散官，遽然擢升為中書舍人權工部侍郎兼權給事中這樣一個正四品的朝中大員，他的臨安仕宦可謂平步青雲，這也奠定了他為國效力的基礎。對於張孝祥譽者美之為天才，「於湖先生天人也，其文章如大海之起濤瀾，泰山之騰雲氣，倏散倏聚，倏明倏暗，雖千變萬化，未易詰其端，而尋其所窮，然從其大者目之，是亦以天才勝者也。故觀先生之文者，亦但當取其繆轇斡旋之大用，而不在於苛責於纖末瑣碎之微。」（謝堯仁《張于湖先生集序》）天才之人無施不可，張孝祥雖無意為詞，其詞之傑特仍為他人難及，「至於託物寄情，弄翰戲墨，融取樂府之遺意，鑄為毫端之妙詞，前無故人，後無來者，散落人間，今不知其幾也。比遊荊湖間，得公《于湖集》，所作長短句凡數百篇，讀之泠然灑然，真非煙火食人辭語，予雖不及識荊，然其瀟散出塵之姿，自在如神之筆，邁往凌雲之氣，猶可以想見也。」〔註133〕風雨如晦之世，張孝祥並不以此為傲世資本，因為其胸中自有經綸天下光復神州的壯志在，《於湖居士文集》孝伯序云：「每見於詩、於文、於四六，未嘗屬稿。和鉛舒紙，一筆寫就，心手相得，勢若風雨。孝伯從旁抄寫，輒笑謂曰，『錄此何為！』間從手掣去。良由天才超絕，得之遊戲，意若不欲專以文字為事業者。自渡江以來，將近百年，唯先生文章翰墨為當代獨步，而此猶先生之餘事也。蓋先生之雄略遠志，其欲掃開河洛之氛祲蕩洙泗之膻腥者，未嘗一日而忘胸中，使其得在經綸之地，驅馳之役，則周公瑾、謝幼安之風流，其尚可挹於千百載之上也，而門下之鮆生何足容議論之喙哉！」〔註134〕

　　　雪洗虜塵靜，風約楚雲留。何人為寫悲壯？吹角古城

〔註133〕吳熊和編：《唐宋詞彙評》，杭州：浙江教育出版社，2004年版，第
　　　　2180頁。
〔註134〕吳熊和：《唐宋詞彙評》，杭州：浙江教育出版社，2004年版，第
　　　　2177～2178頁。

樓。湖海平生豪氣，關塞如今風景，剪燭看吳鈎。剩喜燃
犀處，駭浪與天浮。　　憶當年，周與謝，富春秋。小喬
初嫁，香囊未解，勳業故優遊。赤壁磯頭落照，淝水橋邊
衰草，渺渺喚人愁。我欲乘風去，擊楫誓中流。(張孝祥《水
調歌頭‧和龐祐父》)

　　馮煦《蒿庵論詞》云：「於湖在建康留守席上賦《六州歌頭》，
感憤淋漓，主人爲之罷席。他若《水調歌頭》之『雪洗虜塵靜』一
首……率皆眷懷君國之作。」〔註 135〕詞人轉黍離之悲爲抗金救國
壯志，在朝爲官期間張孝祥始終堅持救亡圖存的政治信念，始終站
在抗戰派的隊列中。「張孝祥早負才雋，蒞政揚聲，迨其兩持和戰，
君子每歎息焉。」(《宋史‧張孝祥傳》)《宋史‧張孝祥傳》中又曰：
「渡江初，大議惟和戰，張浚主復讎，湯思退主秦檜之說，力主和，
孝祥出入二人之門而兩持其說，議者惜之」，亦有學者據此得出張
孝祥曾持有走第三條道路的迂闊之想，「透露出張孝祥對和戰兩派
無休止論爭的惶惑、困擾和不安，因此萌生出企圖超脫於兩派之
外，走第三條道路的不切實際的迂闊之想。」〔註 136〕但從其人生
軌跡和作品來看，張孝祥其實是堅定地站在了抗戰派這一邊的，他
曾寫有很多如上引《水調歌頭》之類愛國抗戰的詩、詞、文。張孝
祥創作的詞篇甚至被軍士們拿去當作了勵志書，「於湖在建康留守
席上賦《六州歌頭》，感憤淋漓，主人爲之罷席。他若《水調歌頭》
之『雪洗虜塵靜『一首，《木蘭花慢》之『擁貔貅萬騎』一首，《浣
溪沙》之『霜日明霄』一首，率皆眷懷君國之作。右紫微舍人張伯
和父所書。其父子詩詞以見屬者，讀之使人奮然有禽滅仇虜、掃清
中原之意。淳熙庚子，刻置南康軍之武觀，以示文武吏士。」(馮
煦《蒿庵論詞》)

〔註 135〕吳熊和：《唐宋詞彙評》，杭州：浙江教育出版社，2004 年版，第
　　　　2193 頁。
〔註 136〕羅敏中：《論張孝祥的愛國詩文》，《中國文學研究》，2002 年，第 2
　　　　期，第 45～46 頁。

（2）奸主佞臣嬉遊晏安　深自痛憤無力迴天：報國夢難圓、國人荒嬉無度之雙重煎逼使三人憤慨心火燃燒不休

　　靖康之難後退避於江南的小朝廷有何舉措？本章主人公朱敦儒、張元幹、張孝祥在南宋時期又走過了怎樣的心路歷程？

　　朱敦儒從宦時期，紹興三年，朝廷「訪求山林不仕賢者」（周必大《二老堂詩話》）〔註137〕朱敦儒亦因此被起用，《宋史·朱敦儒傳》記載：「紹興二年，宣諭使明言：『敦儒深達治體，有經世才。』廷臣亦多稱其靖退。詔以爲右迪功郎。下肇慶府，敦儒詣行在，敦儒不肯受詔，其故人勸之曰：『今天子側席幽士，翼宣中興；譙定召於蜀，蘇庠召於浙，張自牧召於長蘆，莫不聲流天京，風動郡國，君何爲棲芋茹藿，白首岩谷乎？』敦儒始幡然而起」。南逃路上的見聞和士階層集體潛意識中家國天下責任意識的蘇醒使朱敦儒走上了曾經避之唯恐不及的仕途。「命對便殿，議論明暢，賜進士出身，任秘書省正字」（《宋史·朱敦儒傳》）。朱敦儒紹興四年至紹興十九年「志在中興」，用世 10 餘年，他在朝中多與李光等抗戰派交往，爲「趙鼎之心友」（熊克《中興小紀》），其政治立場應屬于堅定的抗戰派。而此時朝廷的主流話語仍是苟且偷安、妥協投降，北宋時期君昏臣庸的態勢並沒有得到扭轉，反倒變本加厲，國勢愈危急，君益昏臣益庸了。高宗皇帝趙構本人就是最大的投降派，暗地裏打著卑劣的小算盤，「念徽、欽既返，此身何屬」（文徵明《滿江紅》）。他曾派杜時亮爲「奉使大金軍前使」向金人求和，在給金人的表文中恥言道：「今以守則無人，以奔則無地，此所以懇懇然惟冀閣下之見哀而赦已也。」「願削去舊號，是天地之間，皆大金之國而尊無二上，亦何勞師遠涉而後爲快哉！」（李燾《續資治通鑒長編》卷一百十五）「既蒙恩造，許備藩方，世世子孫，謹守臣節。」（《宋史紀事本末》

〔註137〕〔清〕何煥文輯：《歷代詩話》，北京：中華書局，1981 年版。

卷七十二）有良知的國人皆以偏安國主的此番行止爲奇恥大辱，文士何宋英憤憤然道：「自曠古來，未有受辱如朝廷也！未有忍辱如陛下也！」（宋・徐夢莘：《三朝北盟會編》卷二二七）其實高宗皇帝趙構並非胸無點墨手無縛雞之力的愚鈍無能之輩，史載他「資性朗悟，博學強記，讀書日誦千餘言，挽弓至一石五斗」（《宋史・高宗本紀》），可他卻因個人私心將國家民族推向了萬劫不復的不歸路。國主利令智昏，所親信的大臣亦多是貪鄙自私、嚅懦姦邪之人，宰相秦檜更是被永遠釘在歷史恥辱柱上的權奸，秦檜倒行逆施的斑斑劣跡史載甚多，「大臣專權，以峻刑箝天下口，非曲意阿附，鮮有免者」（汪應辰《文定集》卷二一《向公墓專銘》）、「紹興講解既成，然自執政大臣，下至臺諫侍從，以爲非是者，稍稍引去。於是登顯位、據要途者皆阿附時宰以爲悅，外之監司郡守或傾陷正人以希進，流入逐客之落南者，其跡益危。」（曾敏行《獨醒雜誌》）精忠報國的岳飛被冠以「莫須有」的罪名含冤九泉，驍勇善戰的韓世忠無奈地退隱林泉，大臣胡銓上書請斬秦檜被遠貶⋯⋯

　　如此昏暗政局，何談光復神州，偏安江南一隅的小朝廷已搖搖欲墜自身難保了，殘山剩水中觸處皆是「山雨欲來風滿樓」的末世氣息，可此時的南宋人又過著怎樣的生活呢？「紅爐圍錦，翠幄盤雕，樓前萬里同雲。青雀窺窗，來報瑞雪紛紛。開簾放教飄灑，度華筵、飛入金尊。斗迎面，看美人呵手，旋浥羅巾。莫說梁園往事，休更羨、越溪訪戴幽人。此日西湖眞境，聖治中興。直須聽歌按舞，任留香、滿酌杯深。最好是，賀豐年、天下太平。」（《聲聲慢》）杭州這一「銷金窩兒」（周密《武林紀事》）的醉生夢死之輩大多「流連於歌舞嬉遊之樂，遂忘中原」（羅大經《鶴林玉露》）。「此日西湖眞境，聖治中興。直須聽歌按舞」（朱敦儒《聲聲慢》），如同肥皂泡般的表面虛假繁榮還被昏庸的臣民們稱爲「聖治中興」，詞人寓於其中的諷刺和憤慨讀者當會心以得，南宋有一首詩傳唱一時，「山外青山樓外樓，西湖歌舞幾時休。暖風薰得遊人醉，直把杭州作汴州。」（林升《題臨安邸》）

詩詞噓息相通，反映了當日現狀：文恬武嬉、晏安鴆毒、民眾昏聵。上上下下無數人已將家恥國恥拋諸腦後，「雖西北流寓皆抱孫長息於東南，而君父之大仇，一切不復關念，自非逆亮送死淮南，亦不知兵戈之爲何事也」（陳亮《上孝宗皇帝第一書》）。從張鎡舉辦的牡丹花會中即可以管窺豹地瞭解當時官員生活之奢侈華靡，「簡卿侍郎嘗赴其牡丹會云：「眾賓既集，坐一虛堂，寂無所有。俄問左右云：香已發未？答云：已發。命捲簾，則異香自內出，鬱然滿坐。群妓以酒肴絲竹，次第而至別有名姬十輩皆衣白，凡首飾衣領皆牡丹，首帶照殿紅一枝，執板奏歌侑觴，歌罷樂作乃退。復垂簾談論自如，良久，香起，捲簾如前。別十姬，易服與花而出。大抵簪白花則衣紫，紫花則衣鵝黃，黃花則衣紅，如是十杯，衣與花凡十易。所謳者皆前輩牡丹名詞。酒竟，歌者、樂者，無慮數百十人，列行送客。燭光香霧，歌吹雜作，客皆恍然如仙遊也。」〔註138〕周密筆記中還載有張鎡家一年的休閒活動安排，「正月：歲節家宴，玉照堂賞梅，諸館賞燈；二月：現樂堂瑞香，玉照堂西緗梅，杏花莊杏花；三月：生朝家宴，閬春堂牡丹芍藥，蒼寒堂西緋桃，群仙繪幅樓芍藥；四月：初八日亦庵早齋，芳草亭鬥草，餐霞軒櫻桃；五月：清夏堂觀魚，聽鶯亭摘瓜，安閒堂解粽；六月：現樂堂嘗白酒，樓下避暑，芙蓉池賞荷花」（周密：《武林舊事》卷十）〔註139〕，這張節目安排表一點都看不出是生活於殘山剩水中人的生活記錄，儼然盛世歡樂圖景也，如若在和平年代，或許會有人讚賞張大將軍脫俗的雅美風韻和詩意情懷，但在國勢如危卵的時代大環境背景下如此行止顯然有違時代課題，故難逃後人的道德歸罪。

「秦檜當國，有攜希眞畫山水謁檜，檜薦於上，頗被眷遇，與米

〔註138〕周密撰，張茂鵬點校：《齊東野語》卷二十「張功甫豪侈」條，北京：中華書局，1983 年版，第 374 頁。

〔註139〕清四庫館纂輯：《四庫全書》，上海：上海古籍出版社，1989 年影印版，第 590 頁。

遠暉對御輒畫，而希眞恥以畫名，輒退避不居也。故常告親友曰：『吾非善畫者，所畫多出錢端回之手。其實非也。』」（鄧椿《畫繼》卷三）在國將不國的艱難時世，被譽爲負「驚世之才」（李心傳《建炎以來繫年要錄》卷六十八）的朱敦儒「和羮心在」（《念奴嬌》）、「獨抱深心一點酸」（《減字木蘭花》），卻以畫名「被眷遇」，所得非所望也，瓠瓜徒懸、抱志長歎的詞人內心對朝政失望至極，「人間難佳，擲下酒杯何處走」（《減字木蘭花》）。詞人藉詞傾吐，詞中滿溢著大量的諷語、憤語，「憂時念亂，忠憤之致，觸感而生，擬之於詩，前似白樂天，後似陸務觀。」（王鵬運《樵歌跋》）〔註140〕朱庸齋也說：「《相見歡》調，字句忽長忽短，宜於表達蘊藉之情，而難於表達憤慨、悲涼、豪邁、淋漓痛快之感。然亦有例外，朱敦儒《相見歡》……朱詞以賦體一發忠憤之氣，實乃獨一無二」。（朱庸齋《分春館詞話》）詞人在詠梅詞中直陳心緒：「見梅驚笑，問經年何處，收香藏白。似語如愁，卻問我何苦紅塵久客，觀裏栽桃，仙家種杏，到處成疏隔。千林無伴，淡然獨傲霜雪。且與管領春回，孤標爭肯接，雄蜂雌蝶。豈是無情，知受了多少淒涼風月。寄隴程遙，和羮心在，忍使芳塵歇。東風寂寞，可憐誰爲攀折。」（《念奴嬌》）詞評家黃蓼園從中含咀出了詞人憤挹難平的心音：「希眞急流勇退，人品自爾清高，觀『受了多少淒涼風月』句，或有不能見用，不得已而託於求退者乎。且讀至『和羮心在』，可以知其志矣。」（黃氏撰《蓼園詞評》）〔註141〕詞中之「梅」屢遭風雨摧殘，正如作者政治理想屢屢受挫，「梅」開在寂寞的風中無人愛賞，詞人也空有「和羮心在」，無人知用，詞人的淑世情懷漸有所動搖，「何苦紅塵久客」的歸隱之念漸漸浮出水面。抗金名將李光稱讚此作「詞語不凡」，並步原韻賦一首，理學大師朱熹也有和詞。這首詞被眾人另眼相看，是因爲其中傳達了南宋愛國志士在當時政治環境下的怨憤心理和出處進退的共同困惑。詞人另一首詞

〔註140〕王鵬運：《四印齋所刻詞》，上海：上海古籍出版社，1989年版
〔註141〕唐圭璋編：《詞話叢編》，北京：中華書局，1986年版，第3078頁。

中則明言詞人的內心矛盾：「有奇才，無用處，壯節飄零，受盡人間苦。欲指虛無問征路。回首風雲，未忍辭明主。」（朱敦儒《蘇幕遮》）身負奇才壯節滿懷熱望走上仕途卻「報國欲死無戰場」（陸游《隴頭水》），遂萌生歸隱之念，可鐵蹄下的百姓尚在呻吟掙扎，怎忍就此歸去？葛兆光先生論及朱敦儒之內心掙扎道：「他的思想就像他的名和字，敦儒……敦厚堅實的儒家濟世理想；希眞……冀圖作一個跳出紅塵，獨得全眞的神仙，彼此矛盾著。」〔註142〕思想鬥爭的最終結果還是用世志意佔了上風，「除奉天威，整頓乾坤都了。共赤松攜手，重期明月，再遊蓬島」（朱敦儒《蘇武慢》），詞人給自己規劃了一條理想的人生路線：國難時入世、經世，助王室「掃平狂虜」，金殿重圓之日即爲出世、遠世之日，返歸無塵染之「蓬島」享受清風明月。可奉行投降主義的小朝廷使詞人預感到國運將會因整個朝廷不思振作而萬劫不復，少數人的努力純屬杯水車薪實無力迴天，詞人悲憤塡膺，於詞中傾瀉胸中塊磊，「悲憤」詞風幾遍及朱敦儒從政爲宦期間的作品始終。

　　悲憤之氣也同樣流貫於張元幹的詞中，毛晉認爲張元幹詞的特點是「長於悲憤」（《蘆川詞》跋），《四庫總目》總結道：「其詞慷慨悲涼，數百年後尚想其抑塞磊落之氣」、蔡戡道「又喜作長短句，其憂國愛君之心，憤世嫉邪之氣，間寓於歌詠。」（蔡戡《蘆川居士詞序》）「醉來橫吹，數聲悲憤誰測」（張元幹《題徐明叔海月吟笛圖》），「欲挽天河，一洗中原膏血」（張元幹《石州慢己酉秋》）、「要斬樓蘭三尺劍」（張元幹《賀新郎》）的詞人悲「群盜縱橫，逆胡猖獗」（張元幹《石州慢己酉秋》），悲「河洛尚腥膻。萬里兩宮無路。」（張元幹《水調歌頭・送呂居仁召赴行在所》）；憤「正人間、鼻息鳴鼉鼓。誰伴我，醉中舞」（張元幹《賀新郎》）、憤「天意從來高難問」（張元幹《賀新郎》）、憤「猶有壯心在，付與百川流。」（張元幹《水調歌頭》）……

〔註142〕葛兆光：《論朱敦儒及其詞》，《文學遺產》，1983 年，第 3 期，第 54 頁。

張元幹目睹了南宋時期握國軸者的荒殆行徑，抗戰派大臣李綱雖然在
南宋立國初被任命爲宰相，皇帝此舉只是籠絡民心並非欲眞正倚重
之，其眞面目很快就顯露無遺，他多次罵李綱爲「朋黨」，並說：「（靖
康）伏闕事倘再有，朕當用五軍收捕盡誅之」（《建炎以來繫年要錄》
卷五八）。七十五天後李綱即被罷，李綱被罷時，作爲李綱行營幕僚
的張元幹也遭貶逐，罷相後李綱的所有抗金措施都被廢除，一腔心血
付之東流，張元幹憤然道：「德威雖敵畏，忠藎只天知」、「中流曾砥
柱，袖手且深衣」（張元幹《李相國生朝三首》）。建炎三年二月，金
軍陷天長軍，高宗倉皇渡江，逃奔杭州，金人破揚州，焚城而去，「中
原鞠茂草，萬里盡豺虎。天王巡江潰，對壘眺淮楚。未聞誅叛亡，快
憤斷腰臏。上復九廟仇。下寬四民苦。胸中有成奏，無路不容吐。天
高雲霧深，灑泣逃罪罟。」（張元幹《和韻奉酬王原父集福山之什》）
「平生王霸術，袖手有微吟」（張元幹《過宿趙次張郊居二首》），詞
人胸懷救國方略，「欲挽天河，一洗中原膏血」（張元幹《石州慢己酉
秋》），卻無奈于忠良被棄姦佞滿前的現實，作爲臣子要想去撼動包括
皇帝在內的盤根錯節的投降派勢力的大樹豈不是無異於砒蜉撼樹，張
元幹於是憤然離棄廟堂，「不屑於與姦佞同朝，飄然掛冠」（《蘆川詞》
跋）。「少有意於功名，壯適丁於離亂，去國門者過一紀，脫班簿者將
十年。非不貪厚祿以利妻孥，私憂四海之橫潰；非不好美官以起門戶，
痛憤兩宮之播遷。忍恥偷生，甘貪削跡。」（《歸來集》所載紹興八年
四十八歲時詞人之語）、「顧功名之會難逢，在出處之間加審。嫉邪憤
世，徒有剛腸；憂國愛君，寧無雅志？」（張元幹《本命日》）「我輩
避讒過避賊，此行能飽即須歸。山川久有眞消息，世上從渠閒是非。」
（張元幹《次韻奉和平叔亭林至日之什》）靖康之亂到飄然掛冠，張
元幹在政壇時間不過五年許，依然壯年卻放棄了政治舞臺棄官而去，
這些詩詞道盡了張元幹掛冠時內心的複雜意緒，可眼看著國將不國，
眞能完全離棄世事嗎？身不在朝廷，心也可以隨之遠離朝廷嗎？

　　曳杖樓去。斗垂天、滄波萬頃，月流煙渚。掃盡浮雲

風不定，未放扁舟夜渡。宿雁落、寒蘆深處。悵望關河空
弔影，正人間、鼻息鳴鼉鼓。誰伴我，醉中舞。

年一夢揚州路。倚高寒、愁生故國，氣吞驕虜。要斬
樓蘭三尺劍，遺恨琵琶舊語。譚暗澀銅華塵土。喚取謫仙
平章看，過苕溪、尚許垂綸否。風浩蕩，欲飛舉。（張元幹
《賀新郎》）

夢繞神州路。悵秋風、連營畫角，故宮離黍。底事崑崙
傾砥柱。九地黃流亂注。聚萬落、千村狐兔。天意從來高難
問，況人情、老易悲如許。更南浦，送君去。　　涼生岸柳
催殘暑。耿斜河、疏星淡月，斷雲微度。萬里江山知何處。
回首對床夜語。雁不到、書成誰與。目盡青天懷今古，肯兒
曹、恩怨相爾汝。舉大白，聽金縷。（張元幹《賀新郎》）

　　詞集中的兩首壓卷之作給予了對上述問題的回答，兩詞讚語紛
紜：「張仲宗，三山人，以送胡澹庵及寄李綱詞得罪，忠義流也。」（楊
慎《詞品》卷三評《賀新郎》曳杖危樓去）《四庫全書簡明目錄》卷下
評《蘆川詞》道：「元幹以作詞送胡銓除名，此集即冠以是篇，而次以
寄李綱一篇，並慷慨悲歌，聲動簡外。」葉申薌《本事詞》卷下云：「張
元幹仲宗，善詞翰。以送胡邦衡、贈李伯紀兩詞除名，其剛風勁節，
人所共仰。」〔註143〕劉熙載《藝概》卷四《詞曲概》云：「張元幹仲
宗因胡邦衡謫新州，作《賀新郎》送之，坐是除名，然身雖黜而義不
可沒也。」〔註144〕張德瀛《詞徵》卷五：「張仲宗《賀新郎》「天意」
二句，皆所謂拔地欲天，句句欲活者。」〔註145〕陳廷焯評張元幹兩首
《賀新郎》云：「筆力高絕，起勢銷魂，情見於詞，流連感慨，字字是
血。」（陳廷焯《白雨齋詞話》）這兩首《賀新郎》是張元幹的代表作，

〔註143〕吳熊和編：《唐宋詞彙評》，杭州：浙江教育出版社，2004年版，第
　　　　1625頁。
〔註144〕吳熊和編：《唐宋詞彙評》，杭州：浙江教育出版社，2004年版，第
　　　　1628頁。
〔註145〕吳熊和編：《唐宋詞彙評》，杭州：浙江教育出版社，2004年版，第
　　　　1628頁。

張元幹自訂詞集時，將之編在卷首，而把他早年所寫的肩隨秦觀、周邦彥的婉麗之作放在後面，說明了張元幹對這兩首詞的看重。元幹四十八歲時，宋高宗在姦臣秦檜慫恿下，欲遣王倫與金議和，朝野上下，群情激憤，當時謫在福州的李綱即上疏反對議和，張元幹寫下了《賀新郎·寄李伯紀丞相》一首，過了四年，「秦會之（檜）再入相，遣王正道（倫）爲計議使，以修和盟。」（王明清《揮麈錄·後錄》卷十）冬，時任樞密院編修的胡銓（邦衡）上書反對議和，請斬秦檜、王倫、孫近三人以謝天下，「書既上，檜以銓狂妄凶悖、鼓眾劫持，詔除名，編管昭州（今廣西平陸縣），仍降詔播告中外。給、舍、臺諫及朝臣多救之者。檜迫於公論，及以銓監廣州鹽倉。明年，改簽書咸武軍（今福州）判官。十二年，諫官羅汝輯劾銓飾非橫議，詔除名，編管新州。」（《宋史·胡銓傳》）此際，胡銓「得罪權臣，竄謫領海，平生親黨，避嫌畏禍，唯恐去之不速」（蔡戡《蘆川居士詞序》《定齋集》卷十二），但張元幹卻作《賀新郎·送胡邦衡謫新州》一詞爲胡銓送行。到了元幹六十一歲時，看到了這首詞的秦檜，找了個藉口把他捕入牢中，還削去了他的官籍，貶爲平民。這就是這兩首詞的寫作背景，斯時詞人雖早已掛冠而去，可在愛國人士遭迫害眾人喏喏不敢言之際，詞人明知以詞相援會罹禍獲罪，但正道直行的素有心性和英雄惺惺相惜之意使他無法保持沉默，於是詞人將個人利害置之度外，無所顧忌地道出了對被貶謫的抗戰愛國同志的同情和讚賞及對誤國害民者的憤怒斥罵，偉大人格與偉大詞篇一同光耀千古。如此爲正義張目、「忠愛根於血性」的激情豪邁之聲在南宋時期因罕能聽聞故彌足珍貴，當時就在民眾中廣泛流傳，楊冠卿《客亭類稿》卷一四有《賀新郎》一首，題云：「秋日乘風過垂虹時，……旁有溪童，具能歌張仲宗『目盡青天』等句，音韻洪暢，聽之慨然。」〔註146〕《宣城張氏信譜傳》說張孝祥「公內修外攘，百廢俱興。雖羽檄旁午，民得休息。」《宋史·張孝祥

〔註146〕唐圭璋編：《全宋詞》，北京：中華書局，1965年版，第1866頁。

傳》稱他在靜江府「治有聲績，復以言者罷」，黑暗時勢，張孝祥也根本不可能擺脫才不得其用的宿命，「嗟乎！惟公起布衣，被簡遇，入司帝制，出典藩翰，議論風采，文章政事，卓然絕人。歷事中外，士師其道，吏畏其威，民懷其德，所至有聲。奈何筮仕之初，見忘於檜，既而不悅於湯，旅進旅退，向使得召。行道天錫，永年斯世，斯道之寄，經天緯之才，當必有大過人者。卒不能究共所施，齎志以沒，惜哉！」濁世不可為，救國之路步履維艱，張孝祥被汪徹以「輕躁縱橫，挾數任術，年少氣銳，浸無忌憚」等數條理由彈劾後，張孝祥主動乞宮觀，獲提舉江州太平興國宮，有才有志之人眼睜睜地看著國家一步步滑向歷史的斷頭臺，憤慨心火怎能不燃燒不休。

> 長淮望斷，關塞莽然平。征塵暗，霜風勁，悄邊聲，黯銷凝。追想當年事，殆天數，非人力，洙泗上，絃歌地，亦膻腥。隔水氈鄉，落日牛羊下，區脫縱橫。看名王宵獵，騎火一川明，笳鼓悲鳴，遣人驚。　念腰間箭，匣中劍，空埃蠹，竟何成！時易失，心徒壯，歲將零，渺神京。千羽方懷遠，靜烽燧，且休兵。冠蓋使，紛馳騖，若為情。聞道中原遺老，常難望、翠葆霓旌。使行人到此，忠憤氣填膺，有淚如傾。（張孝祥《六州歌頭》）

其愛國詞的代表作《六州歌頭》在宴席上即使主人張浚慨然罷席，陳霆《渚山堂詞話》卷一云：「張安國在沿江帥幕。一日預宴，賦《六州歌頭》云（略）。歌罷，魏公流涕而起，掩袂而入」、張德瀛贊道：「張安國《六州歌頭》：『長淮望斷，關塞莽然平。……皆所謂拔地倚天，句句欲活者。」（《詞徵》卷五）〔註147〕陳廷焯云：「張孝祥《六州歌頭》一闋，淋漓痛快，筆飽墨酣，讀之令人起舞。」（《白雨齋詞話》卷六）〔註148〕這首詞中貫穿著作者與投降派勢不兩立的

〔註147〕吳熊和編：《唐宋詞彙評》，杭州：浙江教育出版社，2004 年版，第2186 頁。

〔註148〕吳熊和編：《唐宋詞彙評》，杭州：浙江教育出版社，2004 年版，第2187 頁。

忠憤之氣，跳躍著詞人鮮活如初的憂念家國蒼生的心魂。一旦政治形
勢好轉，張孝祥又積極投入到抗金籌備中，隆興二年 1164 二月，孝
祥以張浚薦召赴行在，入對，除中書舍人直學士院兼都督府參贊軍
事，又兼領建康留守，孝祥奉命後，在《赴建康畫一利害》一文中云：
「臣今來起發，欲先往鎮江府措置事宜訖，即至建康交割職事，就令
本府以次官時暫權管，卻往兩淮。將來若有邊事，亦許臣往來措置。」
孝宗乾道四年，張孝祥爲荊南湖北路安撫使，八月到任後便積極準備
抗敵，據《宣城張氏信譜傳》中記載：「荊州當虜騎之沖，自建炎以
來，歲無寧日。公內修外攘，百廢俱興。雖羽檄旁午，民得休息。築
寸金隄以防水患，置萬盈倉以儲漕運，爲國爲民計也。」即便被罷免
時張孝祥仍夙志未改，罷靜江府時張孝祥寫道，「伏櫪壯心猶未已，
須君爲我請長纓」（《於湖居士文集》卷七），忠憤心火燃燒不息之時
仍在希求獲得理想實現的空間，可憐天下忠臣心！

（3）渴慕踐履閒逸淡泊　琉璃世界自釋自解：三人擬籍傳統文化資源強自優閒，張孝祥復益之以純白心性的自我寬解

　　「猶有壯心在，付與百川流」之後三位詞人人生之路走向如何？
詞人是否進行了自我救贖？自贖方略又是如何？

　　紹興十六年朱敦儒被言官彈劾，以「專立異論，與李光交通」的
罪名被罷。（《宋史·朱敦儒傳》）對於這次官職喪失，朱敦儒似乎並
沒有太過激烈的情緒反應，既然復國大業難成，失去官職又何足惜。
我們可以從朱敦儒第一次致仕後作品中所凸顯的「閒」字來蠡測詞人
此時的主體心態，「身退心閒，剩向人間活幾年」（《減字木蘭花》）、「閒
人行李，羽扇芒鞋塵世外」（《減字木蘭花》）、「清平世，閒人自在，
乘興訪溪山」（《滿庭芳》）、「添老大，轉癡頑，謝天教我老來閒。」
（《鷓鴣天》）世事不可爲，詞人索性把致仕作爲「紅塵回步舊煙霞」
（《木蘭花》）的契機，此後朱敦儒隱於浙江嘉禾，「惟先生以此客寓

是邦，脫履軒冕，蕭然如遺世獨立。」（李曾伯《識岩壑舊隱》《可齋續稿後》卷十二）在氤氲著淋漓元氣的山巔水涯間優遊度日，下面這則軼事展現了詞人安閒自適的灑落風態：「朱希眞居嘉禾，嘗有朋儕詣之。聞笛聲從煙波間起，問之，曰：此先生吹笛聲也。頃之掉小舟至，則與俱歸。室內懸琴、築、阮咸之類，平時所留意者，簷間蓄珍禽，皆目所未覩，室中籃缶貯果實脯醢，客至挑取奉客。其詩云：『青羅包髻白行纏，不是凡人不是仙。家在洛陽城裏住，臥吹鐵笛過伊川』。可想見其風致也。」〔註149〕歸隱嘉禾十年所作，主要爲隱逸詞，約百首之多。隨著詞人心境的流轉變遷，「梅」意象的寓意也隨之而變，「古澗一枝梅，免被園林鎖。路遠山深不怕寒，似共春相躲。　　幽思有誰知，托契都難可。獨自風流獨自香，明月來尋我。」（《卜算子》）「梅」遠離桃花紅、杏花白的春之舞臺，置身於寂靜的「古澗」中，安守「神清骨冷」的絕俗風標，詞人以此象徵自己遠離「你方唱罷我登臺」但都無補於時代大課題的黑暗官場，在幽獨中守望高潔人格，自足自賞於無物擾心的閒淡生涯。這樣的情懷還可見於幾首膾炙人口的漁父詞中：

> 搖首出紅塵，醒醉更無時節。活計綠蓑青笠，慣披霜沖雪。　　晚來風定釣絲閒，上下是新月。千里水天一色，看孤鴻明滅。（《好事近》）

> 漁父長身來，只共釣竿相識。隨意轉船回棹，似飛空無跡。　　蘆花開落任浮生，長醉是良策。昨夜一江風雨，都不曾聽得。（《好事近》）

梁啓超感歎道：「五詞飄飄有出塵想，讀之令人意境愈遠。」〔註150〕「水天一色」的澄澈世界中翻飛的「孤鴻」在類的意義上等同於「醉醒更無時節」的漁父，等同於依從大自然節序「開落任浮生」的蘆花，也等同於致仕後以「閒」爲生活主調的詞人自我。陳廷焯云：

〔註149〕丁傳靖：《宋人軼事彙編》，北京：中華書局1981年版，第895頁。
〔註150〕唐圭璋編：《詞話叢編》，北京：中華書局，1986年版，第4307頁。

「余最愛其次章結句云：『昨夜一江風雨，都不曾聽得。』此中有眞
樂，未許俗人問津。」（陳廷焯《白雨齋詞話》）〔註151〕充耳不聞自
然界的風雨，置之不理人世風雨，以獲取息肩的輕鬆感和閒逸心境，
這一方面說明了朱敦儒善於調節心境，另一方面也說明了朱敦儒生性
軟弱，一旦遇挫就收回了伸展出去的社會觸角。「吾曹一醉，卻笑新
亭人有淚。」（《減字木蘭花》），後人在其其醉笑聲中既理解其回歸閒
逸生活的隱衷，又扼腕歎息其缺乏抗爭到底的韌性戰鬥精神。

　　但閒逸心境並非朱敦儒心靈苦旅的終點，屈服於宰相秦檜的淫
威，朱敦儒垂老之年再入仕途，「老愛其子，而畏避竄逐，不敢不起。」
（周必大《二老堂詩話》）十八天的短暫從仕經歷成爲朱敦儒人格上
抹不去的重大污點，遭致許多物議，「未幾，秦丞相薨，希眞亦遭臺
評。」（周必大《二老堂詩話》）皇帝也以言語諷之：「高宗曰：此人
朕用橐薦，以隱逸命官，置在館閣，豈有始恬退而晚奔競耶？」（周
必大《二老堂詩話》）〔註152〕中國文學批評歷來人品文品並重，所以
朱敦儒在詞學界長期得不到評論家的關注，且爲數不多的評論中還包
含著不滿之言：「朱希眞詞品高潔，妍思幽眘，殆類儲光曦詩體，讀
其詞，可想見其人。然希眞守節不終，首鼠兩端，貽譏國史，視魏了
翁、徐伸車諸人，相距遠矣。」（張德瀛《詞徵》）〔註153〕晚節之累
給朱敦儒帶來了極大的心理衝擊，他因之喪失了一向自認爲的立身之
本：高潔的獨立人格，自此朱敦儒對人生的看法染上了濃重的虛無色
彩，且看他在詠梅詞中傾吐心愫：「人生虛假，昨日梅花今日謝。」
（《減字木蘭花》）梅花原本並不像曇花一樣只擁有瞬開即落的生命，
可是以詞人此時的悲觀之眼觀物，物皆呈悲劇色彩，零落成泥的梅花
其存在變得極爲短暫且毫無價值。物象乃心象也，說明詞人此時已心

〔註151〕唐圭璋編：《詞話叢編》，北京：中華書局，1986 年版，第 3790 頁。
〔註152〕〔清〕何煥文輯：《歷代詩話》，北京：中華書局，1981 年版，第
　　　　662 頁。
〔註153〕唐圭璋：《詞話叢編》，北京：中華書局，1986 年版，第 4163 頁。

無所主，人生對於他頓失意義，頓顯虛幻不實之姿。

　　張元幹又是如何消解悲慨平衡內心的呢？「天難問，何妨袖手，且作閒人」（張元幹《隴頭泉》）、「浮家泛宅忘昏曉。醉眼冷看城市鬧。煙波老。誰能惹得閒煩惱」（張元幹《漁家傲》）、「歌舞筵中人易老。閉門打坐安閒好」（張元幹《蝶戀花》）、「長夏啖丹荔，兩紀傲閒居」（張元幹《水調歌頭》）、「要識世間閒處，自有尊前深趣。」（張元幹《水調歌頭》）從其掛冠致仕後詞中的相同關鍵詞「閒」及斯時蘆川老隱、眞隱山人之別號已可明瞭答案了，詞人年未強仕即飄然掛冠，之後大部分時間張元幹都閒處江湖，詞人意欲在閒處江湖的過程中消解復國志願難酬的國殤之痛。詞人不僅要身在江湖，亦要心在江湖，希求能眞正獲得安處江湖的悠閒心境。

　　　　少年時，壯懷誰與重論。視文章、眞成小技，要知吾道稱尊。奏公車、治安秘計，樂油幕、談笑從軍。百鎰黃金，一雙白璧，坐看同輩上青雲。事大謬，轉頭流落，徒走出修門。三十載，黃梁未熟，滄海揚塵。　念向來、浩歌獨往，故園松菊猶存。送飛鴻、五弦寓目，望爽氣、西山忘言。整頓乾坤，廓清宇宙，男兒此志會須伸。更有幾、渭川垂釣，投老策奇勳。天難問，何妨袖手，且作閒人。（張元幹《隴頭泉》）

　　《隴頭泉》一詞可謂張元幹一生的心跡自白，「天難問，何妨袖手，且作閒人」，封建士子心中的天不就是當朝最高統治者帝王嗎？「普天之下，莫非王土，率土之濱，莫非王臣」，可連帝王都不把江山社稷放在心上，臣民又奈何之，張元幹充分領受了以皇帝為首的小朝廷對愛國人士精神和肉體上的雙重虐殺。國事無成，內心空贏得悲憤若許，歸依渴望油然而生，歸向何處呢？「念向來、浩歌獨往，故園松菊猶存。」（張元幹《隴頭泉》）「何妨袖手，且作閒人。」歸於無心之境，歸入閒逸之境。詞人心靈視線從廟堂下移，從黑暗世道轉移，「釣笠披雲青障繞。橛頭細雨春江渺。白鳥飛來風滿棹。

收綸了。漁童拍手樵青笑。明月太虛同一照。浮家泛宅忘昏曉。醉眼冷看城市鬧。煙波老。誰能惹得閒煩惱。」（張元幹《漁家傲・題玄眞子圖》）移向了松菊猶存的故園，移向了淸風明月中的浩淼煙波，移向了柴門小扉中的漁夫樵青。斯時斯世，「城市鬧」哪裏堪與乘「五湖煙艇」結「白鷗盟」的人間「飛仙」比肩，晚唐五代的「煙波釣徒」張志和成爲此時詞人認同和摹仿的對象，羅大經解析此詞道：「山谷題玄眞子圖詩，所謂『人間底事無波處，一日風波十二時』者，固已妙矣。張仲宗詞云云，語意飄逸。仲宗年逾四十即掛冠，後因作詞送胡澹庵貶新州忤秦檜亦得罪，其標致如此，宜其能道玄眞子心事。」（《鶴林玉露》卷九）「陵遷谷變總成空，回首十年秋思、吹臺東」（張元幹《虞美人》），佛道思想成爲其求取閒逸心境的重要助力，張元幹致仕後的生活中到處是晨鐘暮鼓、黃卷青燈、芒鞋竹杖、藥竈酒壺、僧人道徒，有學人言道：「作爲宋代由盛轉衰時期一位最重要的詞人，張元幹在詞作中，表現了他思想傾向方面的多重性：愛國思想是其堅實的精神基礎，而對佛道思想的汲取，則是張元幹在特定的社會生活環境裏，爲他心中那種無可奈何的情緒所找到的兩大發泄渠道。」〔註154〕「塞垣只隔長江，唾壺空擊悲歌缺」（張元幹《石州慢・乙酉吳興舟中作》），「猶有壯心在，付與百川流」（張元幹《水調歌頭・追和》）、「別離久，今古恨，大刀頭，老來常是淸夢，宛在舊神州。」張元幹《水調歌頭》「夢中原，揮老淚，遍南州」（張元幹《水調歌頭》），「逸想寄塵寰外」（張元幹《永遇樂・宿鷗盟軒》）的詞人並未眞正獲得閒處江湖的閒逸心境，只不過是強作悠閒罷了，否則歸隱後的詞作中怎麼會還有那麼多的激憤不平之聲、報國雪恥之音呢？

　　與張元幹、朱敦儒一樣，張孝祥也有以閒爲歸的生命救贖思路，「笑我歸來晚。我老只思歸」（張孝祥《菩薩蠻》），「已是人閒不繫舟」

〔註154〕羅方龍：《論張元幹對佛道思想的汲取》，《柳專師專學報》，1995年，第3期，第46頁。

「不藥身輕，高談心會。匆匆我又成歸計。它時江海肯相尋，綠蓑青蒻看清貴。」（張孝祥《踏沙行》）「道人隨處成幽興。一杯不惜小淹留，歸期已理滄浪艇」（張孝祥《踏沙行》），國賊擋道的官場舉步維艱，國殤之痛令其心慟思苦，何如獨徘徊於家鄉的小園香徑，將人間是非全然放下，以此換取一顆如同「不繫舟」的閒逸之心，若能如此，便可以不再受人間法則的羈絆而「到處悠然」了。

　　碧雲風月無多。莫被名繮利鎖。白玉爲車，黃金作印，
不戀休呵。　　　爭如對酒當歌。人是人非恁麼。年少甘羅，
老成呂望，必竟如何。（張孝祥《柳梢青》）

　　徙知荊州之初，孝祥即曾請免，對於「上游重鎮」，希望「別選名臣，使當一面；遂臣之私，賦以祠祿」（張孝祥《辭免知荊南奏狀》），到職之後，仍繼續請求，在給朱編修的信裏寫得比較清楚：「自來荊州，老者病甚思歸，舟楫往來江上，不復定處。僕亦心志忽忽，百事盡廢。」復國志願無償，遂使仕進之心漠然灰冷矣，到後來去意愈堅愈急，「某自到官即請去，凡六七。最後乞致仕，乞尋醫，且欲不俟報棄官而歸。諸公乃亦相察，今復得祠祿矣。近制不必俟代者，已治舟楫，載衣囊，五七日便可離此。」〔註155〕乾道五年 1169 三月三日，進顯謨閣直學士致仕，歸志得遂，孝祥寫了很多詩詞來表達遠離官場的歡悅，如《請說歸休好》《喜歸作》（《文集》卷九）等多首詩歌及《醉蓬萊》等若干首詞，宛敏灝考證其中幾首詞道：「此詞下片盛稱歸休生活之樂，當係乾道五年（1164）自荊州致仕侍父歸蕪湖後所作。」（評《醉蓬萊》問人間榮事）〔註156〕「似乾道五年（1169）春作於荊州，其時思歸心切。」（評《菩薩蠻》胭脂淺染雙珠樹）〔註157〕「簾幕垂垂燕子風，宮花春盡翠陰濃；日長禁直文

〔註155〕吳熊和：《唐宋詞彙評》，杭州：浙江教育出版社，2004 年版，第頁。
〔註156〕吳熊和：《唐宋詞彙評》，杭州：浙江教育出版社，2004 年版，第
　　　　2202 頁。
〔註157〕吳熊和：《唐宋詞彙評》，杭州：浙江教育出版社，2004 年版，第
　　　　2224 頁。

書靜，寶篆時時一拆封。」（《文集》卷十《殿廬偶成》）「我欲剩風去，擊楫誓中流」（張孝祥《水調歌頭》），三元及第的壯元曾經意氣飛揚，曾經豪情萬丈，如今卻於仕途漠然滅冷，棄之唯恐不能，棄之唯恐不速，內心該有多少難爲人言的苦衷。張孝祥致仕歸途中經江州偕王阮遊廬山，作有《萬杉寺》詩二章，「阮得詩獨憮然不滿，曰：先生氣吐虹霓，今獨稍卑之何也？」當年的氣吐虹霓自是斯時斯境張孝祥勢所必至的人格氣象，如今的閒逸冷淡亦是此時此境張孝祥意緒情懷之眞實發露。

張孝祥膾炙人口的名篇除了上引那首令主人罷席的《六州歌頭》外，另一篇也許千古知音更多，那就是令讀者塵襟爲之一爽的《念奴嬌‧過洞庭》，從這首詞中我們可以品讀出張孝祥的別一種心靈自贖思路。

念奴嬌

過洞庭

　　洞庭青草，近中秋、更無一點風色。玉鑒瓊田三萬頃，著我扁舟一葉。素月分輝，明河共影，表裏俱澄澈。悠然心會，妙處難與君說。

　　應念嶺海經年，孤光自照，肝肺皆冰雪。短髮蕭騷襟袖冷，穩泛滄浪空闊。盡吸西江，細斟北斗，萬象爲賓客。

　　扣舷獨笑，不知今夕何夕

周密編選《絕妙詞選》時即以這首《念奴嬌》爲開篇，可見此詞在宋人眼中已被視爲佳篇傑構了，歷代而下美譽紛紜：

「張于湖有英姿奇氣，著之湖湘間，未爲不遇，洞庭所賦，在集中最爲傑特。方其吸江酌斗，賓客萬象時，詎知世間有紫微青瑣哉！」〔註158〕查禮《銅鼓書堂詞話》：「集內《念奴嬌‧過洞庭》一解，最爲世所稱頌。其中如「玉界瓊田三萬頃，著我扁舟一葉。

〔註158〕吳熊和：《唐宋詞通論》，杭州：浙江古籍出版社，1989 年版，第2181 頁。

素月分輝，明河共影，表裏俱澄澈。」又云：「短鬢蕭疏襟袖冷，穩泛滄溟空闊。盡吸西江，細斟北斗，萬象為賓客。叩舷獨嘯，不知今夕何夕。」此皆神來之句，著之湖湘間，未為不遇。〔註159〕黃蘇《蓼園詞選》：「從舟中人心跡與湖光映帶寫，隱現離合，不可端倪，鏡花水月，是二是一。自爾神采高騫，興會洋溢。」〔註160〕王闓運《湘綺樓評詞》：「飄飄有凌雲之氣，覺東坡《水調》有塵心。」〔註161〕救國之路阻厄難行，神州光復遙遙無期，情緒難免抑鬱苦悶，但當詞人眼前突然出現了一個皓白月光與空明湖水交相輝映的琉璃世界時，詞人內觀到無愧於這一個琉璃世界的純淨無瑕的自我人格，以之自我寬釋自我慰解。外界如何一己之力難以左右，可自己終究守住了晶瑩無污的內心世界，生命已然可以由此感覺欣慰無愧了。

卜算子

雪月最相宜，梅雪都清絕。去歲江南見雪時，月底梅花發。

今歲早梅開，依舊年時月。冷豔孤光照眼明，只欠些兒雪。

宛敏灝在《張孝祥詞箋校》卷五中解釋道：「『冷豔孤光』句似有『孤光自照，肝膽皆冰雪』意。」〔註162〕梅、雪、月，詞人又一次與這些冰清玉潔的異質同構物相逢，斯物與斯人彼此間肝膽相照，互為塵世的知音和慰藉，內外洞澈、冰清玉潔之琉璃世界在中

〔註159〕吳熊和：《唐宋詞通論》，杭州：浙江古籍出版社，1989年版，第2183頁。

〔註160〕吳熊和：《唐宋詞通論》，杭州：浙江古籍出版社，1989年版，第2198～2199頁。

〔註161〕吳熊和：《唐宋詞通論》，杭州：浙江古籍出版社，1989年版，第2199頁。

〔註162〕吳熊和編：《唐宋詞彙評》，杭州：浙江教育出版社，2004，第2228頁。

國古典美學中被標揚爲至高至美，與此相對應的純白無污的心性和冰雪人格在中國文化中也備受推崇，平生志願百無一償時詞人以此純白無污的心性自我滿足，以之作爲精神的永恒救贖。

2.「念壯士，到死心如鐵」
——以辛棄疾、陸游爲例聆聽宋國殤者靈魂樂章的第二聲部

翻開國殤樂章中詞人靈魂自白書的第二章，「念壯士，到死心如鐵」（辛棄疾《賀新郎》）一語庶幾可以概括之，這一部分我們擬選取辛棄疾和陸游作爲典型性心靈標本，他們的心靈發展軌跡線始之以「驅散遍地狼犬、復我中華版圖」的雄圖壯志，可那是一個以毀滅英才爲能事的黑暗王朝，是一個將有價值的東西撕碎給人看的悲劇時代，有爲之人縛手空望國家一步一步走向死亡滅絕之路，心痛何如哉！政治理想屢屢受挫時他們心靈視線有過轉向，渴求籍一些文化清涼劑來消散憂國的情熾心火，尋得心靈的平靜，可一個人的靈魂底色決定了其心靈軌跡線的最終走向，無論如何這兩位以國運爲心情風向標、愛國情懷隨生命一同成長起來的志士終究無法在危如累卵的時局中獲得平和心境，情繫社稷民瘼無以脫解是他們的人生宿命，生命的最後時刻他們仍在渴望著跨戰馬殺向前線，以「念壯士，到死心如鐵」一語摹其心魂恰如其份也。

（1）君心難倚關河夢斷　鬱勃情至恨血成碧：艱難時世辛棄疾陸游抗金殺敵志願百無一償

「詩界千年靡靡風，兵魂消盡國魂空。集中什九從軍樂，亘古男兒一放翁」（清·梁啓超《讀陸放翁集》），陸游終身情牽家國天下，陸游曾說「學者當以經綸天下自期。」（《渭川文集》卷二六《跋文武兩朝獻替記》）這便是他生命的至高矢的了，生活中的一切都成了其人生目的的觸引，近人錢鍾書先生說：「愛國情緒飽和在陸游的整個生命裏，洋溢在他的全部作品裏；他看到一幅畫馬，碰見幾朵鮮花，

聽了一聲雁唳，喝幾杯酒，寫幾行草書，都會惹起報國仇、雪國恥的心事，血液沸騰起來，而且這股熱潮衝出了他的白天清醒生活的邊界，還泛濫到他的夢境裏去。」這便在感情的強度上與其它一些人區別了開來，「不過，陳與義、呂本中、汪藻、楊萬里等人在這方面跟陸游顯然不同，他們只表達了對國事的憂憤東希望，並沒有投身在災難裏，把生命和力量都交給國家去支配的壯志和宏願。」〔註163〕詩詞文中觸處皆是其復國滅金的心聲流露，「天資慷慨，喜任俠，常以踞鞍草檄自任。且好結中原豪傑以滅敵，自商賈仙釋詩人劍客，無不遍交。遊宦劍南，作爲歌詩，皆寄意恢復。（葉紹翁《四朝聞見錄》）陸游編年詞集的第一首便是其愛國心聲的自白：

水調歌頭
多景樓

　　江左占形勝，最數占徐州。連山如畫，佳處縹渺著危樓。鼓角臨風悲壯，烽火連空明滅，往事憶孫劉。千里曜戈甲，萬竈宿貔貅。

　　露沾草，風落木，歲方秋。使君宏放，談笑洗盡古今愁。不見襄陽登覽，磨滅遊人無數，遺恨黯難收。叔子獨千載，名與漢江流。

　　對古英雄憑弔的背後其實是對指點江山、談笑間收復失地的孫劉式英雄的渴望，同時亦是希望自己能得帝王垂青重用，有機會身臨前線提兵殺敵。此詞當時就產生了很大的轟動效應，張孝祥爲之題寫了《題陸務觀多景樓長句》一文刻於崖石，英雄惺惺相惜也。

　　辛棄疾少年時即心懷壯志，「忠義之心與事功之志對辛棄疾而言，實在可以說是青春少年時代便與他的生命一同成長起來的。」（葉嘉瑩《論辛棄疾詞》）「霸才青兒兵家子，讀破書千紙」（柳亞子《虞美人·題稼軒詞》）、「詩書萬卷，致身須到古伊周」（辛棄疾《水調歌

〔註163〕錢鍾書：《宋詩選注》，北京：人民文學出版社，1958年版，第172頁。

頭・落日古城角》），本是一頭勇猛無畏的青兕，在沙場上為種族存活奮力搏殺是其內心最深切的渴望，抗金復國是「有股肱王室之心」（朱熹《答辛幼安啟》《朱文公大全集》卷八十五）「以氣節自負，以功業自許」（范開《稼軒集序》鄧廣銘箋注《稼軒詞編年箋注・附錄二》）的這頭青兕唯一的生命宗旨，是他讀破書千紙的根本目的。如此壯志來源於辛棄疾泛愛天下的情聖之心，胡適《詞選》道：「（辛棄疾）是詞中第一大家。他的才氣縱橫，見解超脫，情感濃摯……他那濃厚的情感和奔放的才氣，往往使人不覺得他在那裏掉書袋。」〔註164〕周濟《介存齋論詞雜著》曰：稼軒鬱勃，故情深；白石放曠，故情淺。稼軒縱橫，故才大；白石局促，故才小。」深情之人泛愛天下蒼生自不必說，辛棄疾曾痛言北方金人統治下的民生疾苦：「彼視吾民，如晚妾之御嫡子，愛憎自殊，不復顧惜。」「民有不平，訟之於官，則胡人勝而華民則飲氣以茹屈。田疇相鄰，胡人則強而奪之；孳相殺，胡人則盜而有之。」（辛棄疾《美芹十論》）詞人對眼中的動植飛潛亦甚是溫煦愛憐，所以他可以寫出這樣的詞句：「一松一竹真朋友，山鳥山花好弟兄」（辛棄疾《鷓鴣天》），後人曾給予唐朝詩人杜甫「情聖」美名，這頂桂冠戴在辛棄疾頭上亦是恰如其份的，在家國危亡之際文武兼備的情聖泛愛天下的表現便是在前線提兵殺敵光復神州。

　　陸游存詩九千三百餘首，他寫出了詩歌國度數量最多的詩作，詞也獨步一時、自成特色，在兩宋名家輩出的詞壇分有一席之地。辛棄疾被譽為詞壇「飛將軍」，在詞壇開疆拓土，鑄就了詞史上一座後人望其項背而難以企及的高峰，論者讚語無數，「慷慨縱橫，有不可一世之概」（《四庫提要》）、「稼軒詞龍騰虎擲（《藝概》）、辛詞「詞中之龍」「氣魄極雄大，意境極沉鬱」（《白雨齋詞話》）、「星斗撐腸，雲煙滿紙，縱橫遊戲。」（元代張埜《水龍吟・酹辛稼軒墓》）陸游和辛棄

〔註164〕吳熊和：《唐宋詞彙評》，杭州：浙江教育出版社，2004年版，第2348頁。

疾本渴望立功疆場，文學原本是他們無意爲之的餘事，抑或是憂憤時消解胸中塊壘的遣懷之具罷了，卻最終反客爲主地擔當了價值實現的主角，這實在有違陸游和辛棄疾的人生初衷。學者亦體貼出了他們的這一生命憾恨，「層樓風雨黯傷春，煙柳斜陽獨愴神，多少江湖憂樂意，漫呼青兕作詞人」（王鵬運四印齋刻《稼軒長短句》），「辜負胸中十萬兵，百無聊賴以詩鳴。雄憐愛國千行淚，說到胡塵意不平。」（梁啓超《讀陸放翁集》《飲冰室文集》卷四十五下）「位不能稱其才，才不能施於時，而徒託諸空言以自見。」（李日華語　高明《吳越所見書畫錄》卷一）

　　謝章鋌《賭棋山莊詞話》卷九曰：「讀蘇、辛詞，知詞中有人，詞中有品，不敢自爲菲薄。」「肝腸如火，色笑如花」的詞世界是辛棄疾全人格的眞實反映，陸游詞中亦發露著創作主體的眞實心懷，我們可以逆文溯人，去詞中發抉他們的靈魂行走路線，傾聽他們的國殤靈歌。辛棄疾和陸游都曾經有過縱馬馳騁疆場的光輝歲月，命運曾短暫地向他們展露過甜美笑顏，那是他們離理想最近的日子，「壯歲從戎，曾是氣吞殘虜。陣雲高、狼烽夜舉。朱顏青鬢，擁雕戈西戍。」（陸游《謝池春》）「壯歲旌旗擁萬夫。錦襜突騎渡江初。燕兵夜娖銀胡革錄，漢箭朝飛金僕姑。」（辛棄疾《鷓鴣天》）「壯歲從戎」、「壯歲旌旗擁萬夫」，「壯」是他們斯時風采的最佳表述。「齊虜巧負國，赤手領五十騎縛取於五萬眾中，如挾毚兔，束馬銜枚，間關西奏淮，至通晝夜不粒食。壯聲英概，懦士爲之興起。聖天子一見三歎息，用是簡深知。」（洪邁《稼軒記》《文敏公集》卷六）渡江南來時的壯舉和凜凜風姿永遠銘刻在青史主頁上，讓無數華夏兒女爲之歎息腸內熱。陸游任四川宣撫使司干辦公事兼檢法官時曾親臨前線，身披鐵甲在南鄭前線枕戈待旦，期待著良好戰機的到來，「壯歲從戎，曾是氣吞殘虜。陣雲高、狼烽夜舉。朱顏青鬢，擁雕戈西戍。」（陸游《謝池春》）「鐵衣臥枕戈，睡覺身滿霜」（陸游《鵝湖夜坐書懷》《陸游詩

集》卷五），雖苦猶樂也，猶有大樂也，因爲自覺可以紓國難、解民倒懸了。但如此經歷在他們的生命歷程中太過短暫，且不復重來，這一段人生的華采樂章成了他們記憶長廊中最爲閃耀奪目的畫面，在被棄置不用的蹉跎歲月中讓他們反覆追念，「四十三年，望中猶記，烽火揚州路」（辛棄疾《永遇樂》），回憶中「弓刀游俠」的壯彩幾十年後依然鮮活如初，可這樣的回憶其實是一柄雙刃劍，讓他們驕傲的同時更讓他們嘻噓傷懷，生命中的短暫絢麗愈加反襯出大半生的虛耗無爲。

　　辛棄疾「入仕五十年，在朝不過老從官，在外不過江南一連帥」（謝枋得《祭辛稼軒先生墓記》），仕宦生涯中多次遭小人構陷彈劾，《宋會要輯稿・一○二冊・黜降》云：「（慶元二年九月）十九日，朝散大夫主管建寧府武夷山沖祐觀辛棄疾罷宮觀，以臣僚言棄疾贓污恣橫，唯嗜殺戮，累遭白簡，恬不少悛。今俾奉祠，使他們得刺一州、持一節、帥一路，必肆故態，爲國家軍民之害」、《宋會要輯稿・一○二・職官》云：「（慶元元年十月）二十六日，前知福州辛棄疾與落職……御史中丞何澹言：……棄疾酷虐裒斂，掩帑藏爲私家之物，席卷福州，爲之一空」、《宋會要輯稿・一○二冊・黜降》中云：「紹熙五年七月二十九日，知福州辛棄疾放罷，以臣僚言其殘酷貪饕，奸贓狼籍。」《摸魚兒》一詞以寓託手法道出了辛棄疾無辜遭貶的經歷和心境。

摸魚兒

淳熙己亥，自湖北漕移湖南，同官王正之置酒小山亭，爲賦

　　更能消、幾番風雨。匆匆春又歸去。惜春長恨花開早，何況落紅無數。春且住。見說道、天涯芳草迷歸路。怨春不語。算只有殷勤，畫簷蛛網，盡日惹飛絮。

　　長門事，準擬佳期又誤。蛾眉曾有人妒。千金縱買相如賦，脈脈此情誰訴。君莫舞。君不見、玉環飛燕皆塵土。閒愁最苦。休去倚危樓，斜陽正在，煙柳斷腸處。

　　梁啓超對此詞歎賞有加，譽爲「迴腸蕩氣，至於此極。前無古人，後無來者。」(《藝蘅館詞選》丙卷)並在《稼軒詞疏證》卷一中發明詞旨道：「先生本功名之士，惟專閫足以展其驥足，錢穀，當非所樂。此次去湖北任，謂當有新除，然仍移漕湖南，殊乖本望。用語曰：『準擬佳期又誤』也。本年《論盜賊箚子》有云：『臣孤危一身久矣，荷陛下保全，事有可危，殺身不顧。』又云：『生平剛拙自信，年來不爲眾人所容，顧恐言未脫口而禍不旋踵。』則『蛾眉曾有人妒』，亦是實情。蓋歸正北人，驟躋通顯，已不爲南士所喜；而先生以磊落英多之姿，好談天下大略，又遇事負責任，與南朝士大夫泄沓柔靡風習尤不相容，前此兩任帥府皆不能久於其任，或即據此。」〔註165〕南宋小朝廷對歸正人素有猜忌，朝臣史浩對宋孝宗說：「陳康伯欲納歸正人，臣恐他日必爲子孫憂」(《宋史・史浩傳》)而斯時多數的南宋官員又是何等面目呢，下面這首詞中辛棄疾維妙惟肖地畫出了他們的臉譜：

千年調

庵小閣名曰巵言，作此詞以嘲之

巵酒向人時，和氣先傾倒。最要然然可可，萬事稱好。
滑稽坐上，更對鴟夷笑。寒與熱，總隨人，甘國老。
少年使酒，出口人嫌拗。此個和合道理，近日方曉。
學人言語，未曾十分巧。看他門，得人憐，秦吉了。

　　唯諾取容，隨聲附和，沒有自己的思想見解，或雖有一己的識力卻缺乏表達的膽量，也就只好人云亦云了，斯爲孔子所言德之賊也，但朝廷卻是這些人的天下。「倩何人與問，雷鳴瓦釜，甚黃鐘啞」「李蔡爲人在下中，卻是封侯者」，賢愚忠奸顛倒以出，「黑白雜糅，賢不肖混淆，佞諛滿前，橫恩四出。國且自伐，何以伐人？」(《黃勉齋先生文集》卷一《與辛稼軒侍郎書》)辛棄疾渡江而來的

〔註165〕吳熊和：《唐宋詞彙評》，杭州：浙江教育出版社，2004年版，第2363頁。

所有希望都覆滅在這群庸懦者的唾沫橫飛中了，「辛稼軒風節建
豎，卓絕一時，惜每有成功，輒爲議者所沮。觀其踏莎行和趙興國
有云：『吾道悠悠，憂心悄悄』，其志與遇，概可知矣。」（劉熙載
《詞概》）〔註166〕陳亮曾指斥朝廷的用人方略道：「眞鼠枉用，眞
虎可以不用。」（《辛稼軒畫像贊》）詞人感歎道：「蕭相守關成漢業，
穆之一死宋班師，赫連、拓跋非難取，天意從來未易知。」（《讀史》）
「葉公豈是好眞龍」（辛棄疾《瑞鷓鴣》），從淳熙初到淳熙九年不
到十年間，辛棄疾的職務調動了十一次，其中在湖南安撫使任時間
最長，也未超過一年半。如此頻繁的調動，使辛不能久於職守，有
所建樹，這實際上是南宋政府控制有所作爲的主戰人士的一種手
段，辛棄疾一生中大部分時光都如此無謂地消耗掉了。

　　陸游生命之空耗無爲與辛棄疾相似，三十八歲時孝宗即位，陸
游才得到賜進士的出身，其後曾通判鎮江府及通判隆興軍事，不到
三年被言官彈劾，因「交結臺諫，鼓唱是非，力說張浚用兵」被免
官（《宋史・陸游傳》）。

夜遊宮

宮詞

陸游

　　　　獨夜寒侵翠被。奈幽夢、不成還起。欲寫新愁淚濺紙。
　　憶承恩，歎餘生，今至此。

　　　　萩萩燈花墜。問此際、報人何事。咫尺長門過萬里。
　　恨君心，似危欄，難久倚。

　　「恨君心，似危欄，難久倚」，表面上看是一首訴宮怨情緒的
宮詞，明眼人不難品咀出其眞正意緒所在，「此詞慨歎王炎之君臣
遇合，亦即自悼壯志不酬」（夏承燾《放翁詞編年箋注》吳熊和），
陸游寫作此詞時的帝王光宗趙惇生長深宮，不瞭解時務，四十多歲
繼位，當政後毫無作爲，「兵器朽鈍，士馬羸瘠」（《續資治通鑒》

<hr>

〔註166〕唐圭璋編：《詞話叢編》，北京：中華書局，1986年版，第3693頁。

卷一五二）。「志士仁人，抱恨入地」（陸游《跋傅給事帖》），這樣的帝王當然不能成為如陸游類愛國情熾者的精神依靠，陸游「他年要補天西北」的宏偉志向只能成為「鐵馬冰河入夢來」的悲壯理想。

艱難時世辛棄疾、陸游兩位英雄的抗金殺敵志願卻百無一償，宜乎其詞中悲語恨語憤語盈篇溢章，

破陣子

辛棄疾

有客慨然談功名，因追念少年時事戲作

壯歲旌旗擁萬夫。錦襜突騎渡江初。燕兵夜娖銀胡䩮，漢箭朝飛金僕姑。

追往事，歎今吾。春風不染白髭鬚。都將萬字平戎策，換得東家種樹書。

蘭陵王

辛棄疾

己未八月二十日夜，夢有人以石研屏見饋者，其色如玉，光潤可愛。中有一牛，磨角作鬥狀，云：湘潭里中有張其姓者，多力善鬥，號張難敵。一日，與人搏，偶敗，忿赴河而死。居三日，其家人來視之，浮水上，則牛耳。自後，並水之山，往往有此石。或得之，里中輒不利。夢中異之，為作詩數百言，大抵皆取古之怨憤變化棄物等事，覺而忘其言。後三日，賦詞以識其異

恨之極。恨極銷磨不得。萇弘事，人道後來，其血三年化為碧。鄭人緩也泣。吾父攻儒助墨。十年夢，沉痛化餘，秋柏之間既為實。思重相憶。被怨結中腸，潛動精魄。望夫江上

岩岩立。嗟一念中變，後期長絕。君看啓母憤所激。又俄頃為石。難敵。最多力。甚一忿沉淵，精氣為物。依然困鬥磨角。便影入山骨，至今雕琢。鬢思人世，只合化，夢中蝶。

賀新郎

辛棄疾

別茂嘉十二弟。鵜鴂、杜鵑實兩種，見離騷補注

綠樹聽鵜鴂。更那堪、鷓鴣聲住，杜鵑聲切。啼到春歸無尋處，苦恨芳菲都歇。算未抵、人間離別。馬上琵琶關塞黑，更長門、翠輦辭金闕。看燕燕，送歸妾。

將軍百戰身名裂向河梁、回頭萬里，故人長絕。易水蕭蕭西風冷，滿座衣冠似雪。正壯士、悲歌未徹。啼鳥還知如許恨，料不啼清淚長啼血。誰共我，醉明月。

「都將萬字平戎策，換得東家種樹書」之歎息在「兩鬢霜」、「可憐白髮生」的印照下尤覺沉重，梁啓超曾說辛棄疾「詞文恢詭冤憤，蓋藉以攄其積年胸中魄磊不平之氣。」（《稼軒年譜》）爲國賊害國而悲、爲國主卑弱而憤、爲國勢無可挽回而痛，詞中淚痕點點，血跡斑斑，陳廷焯《雲韶集》卷五評《菩薩蠻書江西造口壁》一詞道：血淚淋漓，古今讓其獨步。結二語號呼痛哭，音節之悲，至今猶隱隱在耳。」（羅大經《鶴林玉露》卷四）顧隨《稼軒詞說》在評「醉裏挑燈看劍」一詞時對《稼軒長短句》的主體情緒有透闢分析：「稼軒自題曰『壯詞』，而詞中亦是金戈鐵馬，人戟長槍，像煞是豪放，但結尾一句，卻曰：『可憐白髮生』。夫此白髮之生，是在事之了卻、名之贏得之前乎？抑在其後者乎？此又是千古人生悲劇，其哀音愁凄，亦當不得。謂之豪放，亦皮相之論也。一部《稼軒長短句》，無論是說看花飲酒，或臨水登山，無論是慷慨悲歌，或委婉細膩，也總是籠罩於此悲哀的陰影之中。」〔註167〕辛棄疾南渡後的生命其實完全罩在了一張愁、悲、憤等負性情緒織成的網中，國恥一日不雪，版圖一日不復歸完整，詞人一日不得解脫。

「風箏天半玉嵌奇，本是僊人鳳管吹。一夜愁心化冰雪，韋家

〔註167〕吳熊和：《唐宋詞彙評》，杭州：浙江教育出版社，2004 年版，第2480 頁。

詩句渭南詞」（吳雯《論詞絕句》《蓮洋集》）、「放翁、稼翁，掃盡綺靡，別樹詞壇一幟。然二公正自不同：稼翁詞悲而壯，如驚雷怒濤，雄視千古；放翁詞悲而鬱，如秋風夜雨，萬籟呼號，其才力眞可亞於稼軒。」（陳廷焯《雲韶集》卷六）這一張負性情緒之網亦罩在了陸游詞集上空。

水龍吟
春日遊摩訶池
陸游

　　摩訶池上追遊路，紅綠參差春晚。韶光妍媚，海棠如醉，桃花欲暖。挑菜初聞，禁煙將近，一城絲管。看金鞍爭道，香車飛蓋，爭先占、新亭館。

　　惆悵年華暗換。黯銷魂、雨收雲散。鏡奩掩月，釵梁拆鳳，秦箏斜雁。身在天涯，亂山孤壘，危樓飛觀。歎春來只有，楊花和恨，向東風滿。

　　春光不可謂不韶秀綺豔，可國家卻處於蕭條灰暗的冬季，紛紛揚揚的楊花遂吹來了滿天恨恨。國勢難爲，「關河夢斷」（陸游《訴衷情》）的詞人「心在天山，身老滄洲」，「驚壯志成虛，此身如寄」（陸游《雙頭蓮》），詞人油然而生精神空落的客子之感，如寄之身可去哪裏安居呢？

（2）煙波釣徒擬釣曠放　四鄉寓公周流遍視：陸游擬藉故鄉山林雲水、辛棄疾擬借醉鄉睡鄉溫柔鄉白雲鄉和佛老莊禪陶公三徑忘卻愛國情苦

　　「如今熟計，只有故鄉歸路」（陸游《感皇恩》）、「如今何幸，作個故溪歸計」（陸游《謝池春》），故鄉成了陸游政治理想受挫時的身心歸所，遠離了「倒下以爲上，變黑以爲白」的昏暗朝廷，結束了黯淡無望的官宦生涯，詞人歸向故鄉的青山綠水，擬借大自然溫情之手來安撫創痕累累的心靈。

洞庭春色

　　壯歲文章，暮年勳業，自昔誤人。算英雄成敗，軒裳
得失，難如人意，空喪天眞。請看邯鄲當日夢，待炊罷黃
梁徐欠伸。方知道，許多時富貴，何處關身。

　　人間定無可意，怎換得、玉鱠絲蓴。且釣竿漁艇，筆
床茶竈，閒聽荷雨，一洗衣塵。洛水秦關千古後，尚棘暗
銅駝空愴神。何須更，慕封侯定遠，圖像麒麟。

　　「封侯定遠，圖像麒麟」原是當日最高夢想，此時卻被視爲了
虛幻不實的「黃梁夢」，詞人面對著廟堂轉身而去，一葉小舟去往煙
波江上，在漁艇中傾聽雨打枯荷的清泠之音，在筆床茶竈上隨興所
至觀書看畫，這就是陸游自號的放翁之曠放吧！俞陛雲在《唐五代
兩宋詞選釋》評《洞庭春色》「壯歲文章」一詞道：「放翁早年爲秦
檜所忌，後受知於孝宗，揚歷中外，以寶章閣侍制致仕。故起筆有
『壯歲』、『暮年』二語。久涉仕途，深嘗甘苦，至盧生夢醒，始欠
伸而起，自悔而兼自悟，『欠伸』句洵傳神之筆。下闋盱衡今古，銅
駝荊棘，帝室且然，又何論封侯事業！深知富貴之不如閒放，宜其
以放翁自號也。」〔註168〕陸游歸於故鄉後極力求取曠放閒淡，有時
他似乎也能獲得這種心境，「潤當淮、江之沖，予老，益厭事，思自
放於山巓水涯，與世相忘；而無咎又方用於朝，其勢未能遽合，則
今日之樂，豈不甚可貴哉。予文雖不足與無咎並傳，要不當以此廢
而不錄也。二月庚辰，笠澤陸某務觀書。」（《渭南文集》卷十四《京
口唱和序》）《渭南文集》卷十七《煙艇記》云：「予少而多病，自計
不能效尺寸之用於斯世，蓋嘗慨然有江湖之思。而飢寒妻子之累，
劫而留之，則寄其趣於煙波浙島蒼茫杳靄之間，未嘗一日忘也。使
加數年，男勝鋤梨，女任紡績，衣食粗足，然後得一葉之舟，伐獲
釣魚而賣芰芡，入松陵，上嚴瀨，歷石門、沃洲。而還釣於玉笥之

〔註168〕吳熊和：《唐宋詞彙評》，杭州：浙江教育出版社，2004 年版，第
　　　2058 頁。

下，醉則散髮扣舷爲點歌，顧不樂哉。」這種心境從他的詞境中亦可以體味出來，「(陸游詞) 有激昂慷慨和閒適飄逸的兩種境界。」（胡適《詞選》）、「遊爲人頗浪漫不拘禮法……詞亦如其爲人，境界飄逸」（龍沐勳選注《宋名家詞選》）、「劍南之詞屏除纖豔，清眞絕俗，逋峭沉鬱，而出之以平淡之詞，例以古詩，亦元亮、右丞之匹，此道家之詞也。」（劉師培《論文雜記》）他在詞中描摹之，在行動中踐履之，希望被國殤之痛撕裂的心靈能在這樣的安閒灑落、飄逸放曠中癒合，故我們瞭解陸游不能只知其「集中什九從軍樂「之愛國英雄的一面，陸游亦有著煙波釣徒之夢。

斯時陸游的漁父詞愈寫愈精妙了，愈寫愈令人脩然意遠了。

長相思
陸游

橋如虹，水如空。一葉飄然煙雨中。天教稱放翁。
側船篷。使江風。蟹舍參差漁市東。到時聞暮鐘。

鵲橋仙
陸游

華燈縱博，雕鞍馳射，誰記當年豪舉。酒徒一一取封侯，獨去作、江邊漁父。

輕舟八尺，低篷三扇，占斷蘋洲煙雨。鏡湖元自屬閒人，又何必、君恩賜與。

鵲橋仙
陸游

一竿風月，一蓑煙雨，家在釣臺西住。賣魚生怕近城門。況肯到，紅塵深處。　潮生理棹，潮平繫纜，潮落浩歌歸去。時人錯把比嚴光，我自是，無名漁父。

鷓鴣天
陸游

懶向青門學種瓜。只將漁釣送年華。雙雙新燕飛春岸，

片片輕鷗落晚沙。

歌縹渺，艫嘔啞。酒如清露鮓如花。逢人問道歸何處，
笑指船兒此是家。

「漁父」從屈原的楚辭中走來，從張志和的詞中走來，走至了
陸游的詞中世界，作為處者形象的漁父意象傳達著寧靜平和閒淡安
逸的精神意緒，愛國理想受挫時陸游渴慕成為一個遊心於江湖的真
正「漁父」，欲在江湖的「一簑煙雨」中冷卻如火的報國激情，欲借
漁父的「一竿風月」竿釣風定人靜的平和心境。陸游的這些漁父詞
被品評為已然超出了晚唐漁父詞鼻祖張志和，俞陛雲《唐五代兩宋
詞選釋》曰：「『怕近城門』二句未必實有其事，而可見託想之高，
憤世疾俗者，每有此想。『潮生』三句描寫江海浮家之情事，句法纍
如貫珠。『無名漁父』四字尤妙，覺煙波釣徒之號，猶著色相也。《漁
父》詞以張志和數首為最著，此作可奪席矣。」〔註169〕可這位早已
把抗金志願溶入生命的鬥士能在故鄉的山水間、在漁父的煙波江上
安頓下他那顆永遠渴望在戰場上搏擊的靈魂嗎？

念奴嬌

用東坡赤壁韻

辛棄疾

倘來軒冕，問還是、今古人間何物。舊日重城愁萬里，
風月而今堅壁。藥籠功名，酒壚身世，可惜蒙頭雪。浩歌
一曲，坐中人物之傑。

堪歎黃菊凋零，孤標應也有，梅花爭發。醉裏重揩西
望眼，惟有孤鴻明滅。世事從教，浮雲來去，枉了衝冠髮。
故人何在，長歌應伴殘月。

辛棄疾此詞中有悔有悟有痛，況味複雜多重，「枉了衝冠髮」是
痛，「藥籠功名，酒壚身世」是悟，「可惜蒙頭雪」是悔，俞陛雲評
曰「此作和東坡，其激昂雄逸，頗似東坡，故錄之。起句破空而來，

〔註169〕吳熊和：《唐宋詞彙評》，杭州：浙江教育出版社，2004年版，第
2031頁。

有俯視餘子之概。『藥籠』三句，早知身世功名，終付與酒壚藥籠，直至霜雪盈頭，始期思卜築，深悔其遲也。後言黃菊雖凋，而梅花尚在，猶可結歲寒之侶。『孤鴻明滅』句，有消沉今古在長空飛鳥中意。視萬事若浮雲，則當年一怒冠，寧非無謂。但此意知己無多，伴我者已如殘月，爲可傷耳。」（《唐五代兩宋詞選釋》）〔註170〕斯痛斯悔斯悟後，辛棄疾將有何舉措？

定風波
辛棄疾

大醉歸自葛溪亭歸，窗間有題字令戒飲者，醉中戲作

昨夜山公倒載歸。兒童應笑醉如泥。試與扶頭渾未醒。休問。夢魂猶在葛家溪。

千古醉鄉來往路。知處。溫柔東畔白雲西。起向綠窗高處看。題遍。劉伶元自有賢妻。

西江月
以家事付兒曹，示之
辛棄疾

萬事雲煙忽過，一身蒲柳先衰。而今何事最相宜。宜醉宜遊宜睡。

早趁催科了納，更量出入收支。乃翁依舊管些兒。管竹管山管水。

這兩首詞中辛棄疾納入了中國古代文化的一些傳統的悲劇消解因素：醉鄉、睡鄉、溫柔鄉、白雲鄉。「四鄉寓公」（卓人月《古今詞統》卷十）在四鄉中能暫忘人世傷痛，可從四鄉中醒來又當如何？這四鄉對人之困境的解救並不具有長效機制。「稼軒雄深雅健，自是本色，俱從《南華》沖虛得來。」（鄒祇謨《遠志齋詞衷》）、「稼軒詞，趣昭事博，深得漆園遺意，故篇首以秋水觀冠之。其題張提舉

〔註170〕吳熊和：《唐宋詞彙評》，杭州：浙江教育出版社，2004年版，第2422頁。

玉峰樓詞，借莊叟自喻，意已可知。它如蘭陵王引夢蝶事，水調歌頭引嚇鼠鷗鵬事，此類不一而足。」（張德瀛《詞徵》）〔註171〕辛棄疾有叱吒風雲之志，詞中有呼嘯長松，雄峻高山，辛棄疾亦有禪悅積習，老莊雅好，詞中亦時能感覺到梵音徐來之澹蕩，姑射山神人之冰清玉潔。

南歌子

獨坐蔗庵

辛棄疾

玄入參同契，禪依不二門。靜看斜日隙中塵。始覺人間何處、不紛紛。

病笑春先老，閒憐懶是眞。百般啼鳥苦撩人。除卻提壺此外、不堪聞。

山居即事

辛棄疾

幾個輕鷗，來點破、一泓澄綠。更何處、一雙鸂鶒，故來爭浴。細讀離騷還痛飲，飽看修竹何妨肉。有飛泉、日日供明珠，三千斛。

春雨滿，秋新穀。閒日永，眠黃犢。看雲連麥壟，雪堆蠶簇。若要足時今足矣，以爲未足何時足。被野老、相扶入東園，枇杷熟。

「禪悅逍遙，悠悠世路，誰可與語」（沈際飛《草堂詩餘別集》卷二評《南歌子》「獨坐蔗庵」）、沈際飛《草堂詩餘別集》卷二評《山居即事》「幾個輕鷗」道：「整暇。知足，有不盡安閒恬適。未足，有不盡焦勞搶攘。何時足。命有時盡，可不爲大哀耶。」辛棄疾有才識、具深謀遠略，卻被閒置在帶湖、瓢泉兩地長達十八年之久，徒然倚劍長歎「可憐白髮生」（辛棄疾《破陣子》），或許莊子的一泓秋水可以略略冷敷一下他那先被復國豪情點燃又再次被怒火炙傷的心，或許禪

宗的拈花微笑可舒展開詞人因才下眉頭卻上心頭的國殤之痛蹙首斂額的面容。「漸識空虛不二門，掃除諸幻絕根塵。此心自擬終成佛，許事從今只任眞。有我故應還起滅，無求何自別冤親？」（《丙寅九月廿八日作，來年將告老》《稼軒集抄存》卷四）詞人欲把少年時的雲飛風起、南來後的挫折失意、朝廷對「歸正人」的不信任這些或窮或達的經歷都看作不眞實的幻象，欲「掃除諸幻」，歸於佛家四大皆空之境，從而脫自己於「愁來似天大」的愁緒之網。

理想受挫時，除莊禪佛老思想外，辛棄疾也受容了陶淵明的人生哲學，「三變而爲辛稼軒，乃寫其胸中事，尤好稱淵明。」（沈曾植《菌閣瑣談》）他以詞之體式隱括陶詩，多次在詞中表達對陶淵明的慕尙心理。

鷓鴣天

讀淵明詩不能去手，戲作小詞以送之

辛棄疾

晚歲躬耕不怨貧。只雞斗酒聚比鄰。都無晉宋之間事，自是義皇以上人。

千載後，百篇存。更無一字不清眞。若教王謝諸郎在，未抵柴桑陌上塵。

「淵明似勝臥龍些」（辛棄疾《玉蝴蝶》），詞人補天夢漸趨破滅時，陶淵明置換了「臥龍」諸葛亮成爲辛棄疾的理想人格範型，讀陶淵明詩以至愛不釋手。「若教王謝諸郎在，未抵柴桑陌上塵」，王謝諸郎因其「玉樹臨風」之姿歷來被世人歡賞不置，此時竟被詞人視爲不抵陶淵明的腳底塵土了。

欲進何曾進，施展政治理想的舞臺無從獲得，那還不如退守林泉做一個四鄉寓公，與五柳先生共享斜川之遊，籍佛理禪趣撕破愁網，在老莊思想中求取個人的逍遙逸樂。可對於一個自幼便立志掃除狂虜、有「飛將軍」之韜略的大英雄，他那顆青兕之心能在這些文化資源中安靜下來嗎？

（3）老驥伏櫪猶思奮蹄　如故心香香徹生命：辛棄疾陸
游家國情懷纏綿難解垂老之年壯志不改

　　我們可以依據他們詞作的主流風格來推斷二人心靈之旅的結
局，「所以曠達雖是陸游詞中內容與風格之一種，但卻並非其正面之
本質，而如果以其詞中所表達的正面之本質而言，則自當以其寫許國
之雄心與未酬之壯志的作品為主流。而在此一類中，則又當以其表現
遒峭沉鬱之概者，為最能代表陸游詞之特殊成就者也。」〔註172〕劉
師培論陸游詞：「劍南之詞，屏除纖豔，清真絕俗，遒峭沉鬱，而出
以平淡之詞。」（劉師培《論文雜記》）馮煦曰：「劍南屏除纖豔，獨
往獨來，其遒峭沉鬱之概，求之有宋諸家，無可方比。」（馮煦《宋
六十一家詞選例言》）評者所見略同，對於放翁詞的主體風格，他們
都歸結為「沉鬱」，「風格即人」，愛國激情洋溢於胸，豪氣干雲，壯
懷激烈，可眼看著國家一級一級地走向沒有光亮的所在，卻無法身臨
前線紓國難、存社稷，陸游雖也曾打算在故鄉的青山綠水間遺忘世
事，卻終究無法解開國殤情結，彌滿心胸的悲憤沉鬱終難舒緩，心安
之境實難獲致。對辛棄疾詞作的眾多評論難離「悲」、「鬱」、「豪」這
幾個關鍵詞：「辛稼軒當弱宋末造，負管樂之才，不能盡展其用，一
腔忠憤，無處發洩。觀其與陳同甫抵掌談論，是何等人物，故其悲歌
慷慨，抑鬱無聊之氣，一寄之於詞。」〔註173〕「稼軒有吞吐八荒之
概，而機會不來。正則可以為郭、李，為岳、韓，變則為桓溫之流亞。
故詞豪雄，意極悲鬱。」〔註174〕「宋史本傳，稱其雅善長短句，悲
壯激烈。又稱謝校勘過其墓旁，有疾聲大呼於堂上，若鳴其不平，然
則其長短句之作，固莫非假之鳴者哉！」〔註175〕故土不復、北狩二
帝不歸、無處施展經天緯地之才，陶淵明北窗高臥之境、禪宗光明澄

〔註172〕葉嘉瑩，繆鉞：《靈谿詞說》，上海：上海古籍出版社，1987年版，
　　　　　第396頁。
〔註173〕唐圭璋編：《詞話叢編》，北京：中華書局，1986年版，第3304頁。
〔註174〕唐圭璋編：《詞話叢編》，北京：中華書局，1986年版，第3925頁。
〔註175〕唐圭璋編：《詞話叢編》，北京：中華書局，1986年版，第3693頁。

澈之懷只能是心嚮往之而實不能至，栩然蝴蝶只能翻飛於莊子夢境的天空而無法長久置身於稼軒的精神園圃。「國破山河在」的現實使得兩位詞人無論如何努力也難抵達明亮安恬的精神福地。

我們還可以通過觀照詞人的心靈底色來推測詞人心史軌跡的終局：

卜算子

詠梅

陸游

驛外斷橋邊，寂寞開無主。已是黃昏獨自愁，更著風和雨。

無意苦爭春，一任群芳妒。零落成泥碾作塵，只有香如故。

青玉案

元夕

辛棄疾

東風夜放花千樹。更吹落、星如雨。寶馬雕車香滿路。鳳簫聲動，玉壺光轉，一夜魚龍舞。

蛾兒雪柳黃金縷。笑語盈盈暗香去。眾裏尋他千百度。驀然回首，那人卻在，燈火闌珊處。

縱然成塵清香依舊的梅花和身在「燈火闌珊」處的那人可看作兩位詞人的人格素描，「自憐幽獨，傷心人別有懷抱」（梁啟超《飲冰室評詞》）〔註176〕，詞人不隨眾人身處危世仍「笑語盈盈」的樂不思蜀姿態，有著不同於南宋小朝廷佔據主流的屈膝投降態度，而是堅守抗金愛國的內在心志，堅執抗戰派旗幟。詞評家論陸游的這首詠梅詞道：「詠梅即以自喻，與東坡詠鴻同意。東坡、放翁，固皆忠忱鬱勃，念念不忘君國之人也。」〔註177〕「零落成泥碾作塵，

〔註176〕唐圭璋編：《詞話叢編》，北京：中華書局，1986年版，第4308頁。
〔註177〕吳熊和：《唐宋詞彙評》，杭州：浙江教育出版社，2004年版，第2048頁。

只有香如故」，梅的「如故」之香不正是作者生命中一以貫之的心
香──「永不凋落的愛國情懷和爲之行健不息的奮鬥精神」嗎？詞
人的人格基調說明了詞人的心靈苦旅定會以「到死心如鐵」之依然
如故的愛國情懷終局。

　　「繞床饑鼠。蝙蝠翻燈舞。屋上松風吹急雨。破紙窗間自語。平
生塞北江南。歸來華髮蒼顏。布被秋宵夢覺，眼前萬里江山。」（《清
平樂·獨宿博山王氏庵》）「萬里江山」紛湧至詞人眼前，上有中原大
地上遺民父老的哀哭聲，有江南小朝廷日日醉生夢死的歡笑聲，縱然
詞人已華髮蒼顏，縱然被朝廷長久地摒棄不用，詞人仍是「目斷秋霄
落雁，醉來時響空弦」（《木蘭花慢·滁州送范倅》）之「壯心不已」
者，身雖歸，心無歸，詞人雖至暮年仍思戰場上奮蹄。故一旦國家需
要，便毅然決然地復出，年齒老大霜染雙鬢又有何妨，朱熹的學生黃
幹在《與辛稼軒侍郎書》中說：「明公以果毅之姿，剛大之氣，眞一
世之雄也，而抑遏摧伏，不使得以盡其才。一旦有警，拔起於山谷之
間，而委之以方面之寄，明公不以久閒爲念，不以家事爲懷，單車就
道，風采凜然，已足以折衝於千里之外。」辛棄疾如是，陸游亦然，
《夜遊宮·記夢寄師伯渾》一詞云：「雪曉清笳亂起。夢遊處、不知
何地。鐵騎無聲望似水。想關河，雁門西，青海際。睡覺寒燈裏。漏
聲斷、月斜窗紙。自許封侯在萬里。有誰知，鬢雖殘，心未死。」「鬢
雖殘，心未死」，一旦機會來臨，陸游垂老之年依然精神抖擻地復出，
「君子不恤年之將衰，而憂志之有倦」（漢·徐幹《中論》）淳熙十五
年（1188 年）陸游在嚴州任上將近三年了，他上章請求罷免，七月
間回到山陰，不久以後被起用爲軍器少監，陸游雄心勃勃道：「窮當
益堅，老當益壯，大丈夫蓋棺事乃定」（陸游《跋吳夢予詩編》），可
見漁翁那段煙波江上的歲月並沒有釣到與世無動於衷的心境，他心中
依然是一團熊熊燃燒的愛國火焰。《人物志·稼軒小傳》記載：「辛棄
疾臨終時，大呼殺賊數聲而止。」（康熙《濟南府志》卷三十五）陸

游臨終時寫有絕筆《示兒》:「死去元知萬事空,但悲不見九州同,王師北定中原日,家祭無忘告乃翁。」詞人的臨終表現與詞人的心靈終局互文,證明著詞人永不熄滅的戰鬥意願和纏綿終身的抗金復國情結,他們最終以「念壯士到心如鐵」的鬥士面目矗立在歷史長廊中,完全無愧於後世「亙古男兒」的讚譽。

3. 「頭白遺民涕不盡」
——以周密、王沂孫、蔣捷、張炎爲例聆聽宋國殤者靈魂樂章的第三聲部

　　王沂孫、張炎、蔣捷、周密常被後人並列而稱爲宋末四大詞人,他們共同經歷了詩意渙渙的浪漫人生、「地被他人奪去」的苦難人生、異族統治下的虛無人生這樣的三段式生命歷程,人生歷程相似使得宋末四大詞人的心路軌跡也大體趨同:南宋末風流公子清雅浪漫締造審美桃源以美爲歸、宋初亡時苦痛難擋以詞作爲第三隻淚眼抒瀉苦懷、元統治已成定局復國無望時漸趨虛無並於虛無中自解,蔣捷的《虞美人》一詞以聽雨的動作意象很好地呈現出了這三種心境:

虞美人

聽雨

蔣捷

　　少年聽雨歌樓上。紅燭昏羅帳。壯年聽雨客舟中。江闊雲低、斷雁叫西風。

　　而今聽雨僧廬下。鬢已星星也。悲歡離合總無情。一任階前、點滴到天明。

　　歌樓上情懷熱烈的少年聽著雨聲,聽出了貴介公子浪漫風雅的歡快心聲,客舟中天涯飄蕩的壯士聽著雨聲,聽出了國破家亡無處不在的哭聲,僧廬下的垂垂老者聽著雨聲,聽出了經堂裏越敲越響越敲越虛無的木魚聲。韓奕《鐵網珊瑚·書品》卷五評道:夫聽雨一也,而詞中所云不同如此,蓋同者,耳也;不同者,心也。心之

所發，情也。情之遇於景，接於物，其感有不同。〔註 178〕宋末四大
詞人的心路歷程在宋末元初的遺民群體中很具代表性，故我們可以
通過對這幾位詞人的研究來考索部分宋末遺民的心靈發展動態軌
跡。

（1）清流名士風雅倜儻　審美人生詩意棲居：周密、
####　　王沂孫、蔣捷、張炎南宋時期締造個人審美桃源
####　　以美為歸

「南渡君臣輕社稷」，整個南宋基本上處於君昏臣庸的態勢，抗
戰略顯積極姿態的孝宗雖也有過一段短暫的奮發氣象，但很快就在樹
大根深的投降派勢力的影響下怠惰了。國家垂垂欲倒，狂風暴雨亟欲
漫天彌地而來，對當時的危境和現實的昏聵史乘中有很多記載，「譬
如以漓膠腐紙黏綴破壞之器而置之几案，稍觸之，則應手墮地而碎耳」
（吳潛《許國公奏議》卷一《奏議都城火災乞修省以消變異》）、「外
之境土日荒，內之生齒日繁，權勢之家日盛，兼併之習日滋，百姓日
貧，經制日壞，上下煎迫，若有不可爲之勢。」（《續資治通鑒》卷一
七二）「寶祐間，宦寺肆橫，簸弄天綱，外闔朝紳，多出門下；廟堂
不敢言，臺諫長其惡；或餌其利，或畏其威，一時聲焰，眞足動搖山
嶽，迴天而駐日也。」（周密《齊東野語》卷七　洪君疇條）情勢已
然如此，臥於積薪之上的眾生生存姿態如何呢？寶祐三年三月甲辰，
理宗有詔「不許傳播邊事」（周密《齊東野語》卷一七四），在此艱難
時世，理宗竟以黃金爲船，大興土木，「起梅堂、芙蓉閣、香蘭亭，
豪奪民田，招權納賄，無所不至」（《續資治通鑒》卷一七四）。上有
所好下則甚焉，一班王公大臣，「第宅之麗，聲伎之美，服用之侈，
饋遺之珍，向所未有」（《續資治通鑒》卷一六三），底層民眾亦然，「輦
下驕民，無日不在春風鼓舞中」（周密《武林舊事》卷三「祭掃」條）。

〔註 178〕〔清〕張宗橚：《詞林紀事》，上海：上海古籍出版社，1988 年版，
　　　　第 845 頁。

「臨安風俗，四時奢侈，賞玩殆無虛日。」（吳牧《夢粱錄》）陸文圭跋張炎《詞源》說：「淳、祐景定間，王邸侯館，歌舞昇平，居生樂處，不知老之將至。」端午節「歌歡蕭鼓之聲，振動遠近，其盛可以想見」（周密《武林舊事》卷三）、「杭城大街，買賣晝夜不絕，夜交三四鼓，遊人始稀；五鼓鐘鳴，賣早市者又開店矣。」（吳牧《夢粱錄》）西湖成爲宋人享受末世狂歡的「銷金鍋」，「都城自過收燈，貴遊巨室，皆爭先出郊，謂之探春，至禁煙爲最盛。龍舟十餘，綵旗疊鼓，交午曼衍，粲如錦繡。內有曾經宣喚者，則錦衣花帽，以自別於衆。京尹爲立賞格，競渡爭標，內璫賓客，賞犒無算。都人士女，兩堤駢集，幾於無置足地。水面畫楫，櫛比如魚鱗，亦無行舟之路。歌歡簫鼓之聲，振動遠近，其盛可以想見。」（周密《武林舊事》卷三）

　　南宋人之「酣玩歲月」呈雅玩之姿，就拿皇家來說吧，帝王家的傳統風範原是金碧輝煌，而南宋皇帝趙構所居的德壽宮卻是一個清雅的所在，從景點名「聚遠樓，香遠堂、清深堂、松菊三徑、梅坡、月榭、芙蓉岡、浣溪」即可感知其中幽寂清逸的韻致了。周密所撰風俗志《武林舊事》卷二描寫元夕云：「元夕節物，婦人皆戴珠翠、鬧蛾、玉梅、雪柳、菩進葉、燈毬、銷金合、蟬貂袖、項帕，而衣多尚白，蓋月下所宜也。」婦人女子尚且會摒棄鮮衣麗服選擇素淨白衣以求與月光皓色相映生輝，士階層就更追求生活方式的美學韻味了，他們日常生活中忌諱「談時事」「論差除」，「禁近俗名號」（周密《滿江紅·寄剡中自醉兄》）。周密詞中衆多美如山水遊記的小序忠實地記錄了他自己以及周圍一些江湖雅人的審美生活方式，「甲子夏，霞翁會吟社諸友逃暑於西湖之環碧。琴尊筆研，短葛巾，放舟於荷深柳密間，舞影歌塵，遠謝耳目。酒酣，採蓮葉，探題賦詞。余得《塞垣春》，翁爲翻譜數字，短簫按之，音極諧婉，因易今或云。」（《采綠吟》）「辛未首夏，以書舫載客遊蘇灣。徙倚危亭，極登覽之趣。所謂浮玉山、碧浪湖者，皆橫陳於前，特吾几席中一物耳。遙望具區，渺如煙雲；洞庭、縹緲諸峰，矗矗獻狀，蓋王右丞、李將軍著色畫也。松風怒號，

暝色四起，使人浩然忘歸。慨然懷古，高歌舉白，不知身世爲何如也。溪山不老，臨賞無窮，後之視今，當有契余言者。因大書山楹，以紀來遊」(《乳燕飛》)、「丁卯七月既望，余偕同志放舟邀涼於三彙之交，遠修太白採石、坡仙赤壁數百年故事，遊興甚逸。余嘗賦詩三百言以紀清適，坐客和篇交屬，意殊快也。越明年秋，復尋前盟於白荷涼月間。風露浩然，毛髮森爽，遂命蒼頭奴橫小笛於舵尾，作悠揚杳渺之聲，使人眞有乘查飛舉想也。舉白盡醉，繼以浩歌。」(《齊天樂》)美景、清言清行雜然紛陳，使人如行山陰道上應接不暇，這群經營著審美人生的末世名士們還將之上接太白坡仙的文采風流，自詡爲其流風餘韻，以此增加此類活動的文化況味。這群清流名士們的審美人生充之以藝術世界的詩詞曲賦、自然界的清風明月，而少有現實世界的煙火況味。審美桃源中的生命主體滿臉融融春意，《齊東野語》卷十八記載道：楊纘「著唐衣，坐紫霞樓，調手製閒素琴，作新制《瓊林》、《玉樹》二曲，供客以玻璃瓶洛花，飲客以玉缸春酒，笑語意夕不休。」對於周密南宋時期的生活，王沂孫在詞中以「風月交遊，山川懷抱」(《踏莎行　題草窗詞卷》)一語總結之。

　　張炎生於世代貴冑之家，其家族一向以清華自矜，在追求詩美人生方面與周密相比有過之而無不及，「玉田張叔夏與余初相識錢塘西湖上，翩翩然飄阿錫之衣，乘纖離之馬。於時風神散朗，自以爲承平故家貴遊少年不翅也。」(戴表元《送張叔夏西遊序》)「自仰扳姜堯章、史邦卿、盧蒲江、吳夢窗諸名勝，互相鼓吹春聲於繁華世界，飄飄徵情，節節弄拍，嘲明月以謔樂，賣落花而陪笑。能令後三十年西湖錦繡山水，猶生清響，不容半點新愁飛到遊人眉睫之上，自生一種歡喜痛快。」(鄭思肖《玉田詞題辭》)詞人在詞中自道其當年的生活情狀：「記當年，紫曲戲分花，簾影最深深。聽惺忪語笑，香尋古字，譜掐新聲。」(張炎《西河》)「花最盛。西湖曾泛煙艇。鬧紅深處小秦箏，斷橋夜飲。」「都晴寒食，遊人甚盛，水邊花外，多麗環集，各以柳圈被襖而，亦京洛舊事也　　波蕩蘭觴，鄰分杏酪，畫輝冉冉

烘晴。胃索飛仙，戲船移景，薄遊也自忺人。短橋虛市，聽隔柳、誰家賣餳。月題爭繫，油壁相連，笑語逢迎。池亭小隊秦箏。就地圍香，臨水湔裙。冶態飄雲，醉妝扶玉，未應閒了芳情。」（張炎《慶春宮》）從以上引文中可抽取出一些關乎生活形態的關鍵詞，物類：駿馬、春聲、明月、落花、山水、簾影、古字、新聲，情狀類：散朗、謔樂、歡喜痛快，不同於同時代蹙眉斂容湯火自煎的憂國憂民者，以風流自命的承平公子安享著家族蔭庇下的美麗人生。

「回首醉年少。控駿馬蓉邊，紅鞾茸帽。」（《探芳信》）「歡極。蓬壺藥浸，花院梨溶，醉連春夕。」（《瑞鶴仙·鄉城見月》）「深閣簾垂繡。記家人、軟語燈邊，笑渦紅透。」（《賀新郎·兵後寓吳》）蔣捷年少時也曾醉心於美之交響曲：滿院梨花芙蓉婀娜芬芳優美著生存空間、繡簾後的溫香軟玉紅袖翩躚柔美著生存空間、駿馬奮蹄遍遊山水壯美著生存空間……如此美麗人生蓬壺日月亦不過如此吧。對於王沂孫同樣春情蕩漾的審美生活形態，交誼甚深的友人周密和張炎在詞中描摹道：「結客千金，醉春雙玉。舊遊宮柳藏仙屋。白頭吟老茂陵西，清平夢遠沉香北。玉笛天津，錦囊昌谷。春紅轉眼成秋綠。重翻花外侍兒歌，休聽酒邊供奉曲。」（周密《踏莎行·題中仙詞卷》）「香留酒㿃。蝴蝶一生花裏。」（張炎《瑣窗寒》）在吟詠中感受生命的詩意美，在友情中品味生命的情感美，在脫略世事的清遊中領略生命的超越美，這樣的美麗人生怎能不催生出美麗浪漫的歌詞？

露華

碧桃

王沂孫

紺葩乍坼。笑爛漫嬌紅，不是春色。換了素妝，重把青螺輕拂。舊歌共渡煙江，卻占玉奴標格。風霜峭、瑤臺種時，付與仙骨。

閒門畫掩淒惻。似淡月梨花，重化清魄。尚帶唾痕香凝，怎忍攀摘。嫩綠漸滿溪陰，蔌蔌粉雲飛出。芳豔冷、劉郎未應認得。

　　題詠具嫩青之色的碧桃而非灼灼其華的桃花，選題有跳脫出尋常之思的另類之美，王沂孫眾多含寄託深意的詠物詞中，此篇似為例外，全篇難以尋繹出題外深衷大義，而是用滿紙清詞麗句繳足了題面。

南浦
春水
張炎

　　波暖綠粼粼，燕飛來、好是蘇堤才曉。魚沒浪痕圓，流紅去、翻笑東風難掃。荒橋斷浦，柳陰撐出扁舟小。回首池塘青欲遍，絕似夢中芳草。

　　和雲流出空山，甚年年淨洗，花香不了。新淥乍生時，孤村路、猶憶那回曾到。餘情渺渺。茂林觴詠如今悄。前度劉郎歸去後，溪上碧桃多少。

　　張炎《山中白雲詞》沒有編年，但《南浦‧春水》一詞向來被認為是宋亡前所作，《春水》給人的閱讀感受宛如一泓混漾著碎紅的清澗，宛如夾雜著佳人婉妙肉聲的山水雅音，美麗動人，此詞為張炎贏得了「張春水」的美譽，鄧牧說：「《春水》一詞，絕唱古今，人以『張春水』目之。」（《伯牙琴‧張叔夏詞集序》）

采綠吟
周密

　　甲子夏，霞翁會吟社諸友逃暑於西湖之環碧。琴尊筆研，短葛練巾，放舟於荷深柳密間。舞影歌塵，遠謝耳目。酒酣，採蓮葉，探題賦詞。余得塞垣春，翁為翻譜數字，短簫按之，音極諧婉，因易今名云

　　采綠鴛鴦浦，畫舸水北雲西。槐薰入扇，柳陰浮槳，花露侵詩。點塵飛不到，冰壺裏、紺霞淺壓玻璃。想明璫、淩波遠，依依心事寄誰。

　　移棹艤空明，蘋風度、瓊絲霜管清脆。咫尺把幽香，悵岸隔紅衣。對滄洲、心與鷗閒，吟情渺、蓮葉共分題。停杯久，涼月漸生，煙合翠微。

　　詞中渲染了一個與時代大環境迥異的桃花源般的世外潔境仙鄉，冰清玉潔，毫無塵染，詞人在其中寄寓著名流雅士的倜儻情懷和超塵絕俗的個人生活理想。

花心動

南塘元夕

蔣捷

　　春入南塘，粉梅花、盈盈倚風微笑。虹暈貫簾，星球攢巷，遍地寶光交照。湧金門外樓臺影，參差浸、西湖波渺。暮天遠，芙蓉萬朵，是誰移到。

　　鬒鬒雙仙未老。陪玳席佳賓，暖香雲繞。翠箑叩冰，銀管噓霜，瑞露滿鍾頻酹。醉歸深院重歌舞，雕盤轉、珍珠紅小。鳳洲柳，絲絲淡煙弄曉。

　　倚風自笑的梅花粉妝玉琢，淡淡如煙的柳絲風中嬝娜，重重歌舞的深夜美人環立，一派高華雅美氣象。詞人美在其中，樂在其中，醉在其中。

　　碧桃入詞、春水染篇、花露侵詩、銀管和詞，此時詞在他們審美人生中的作用宛若一件沾滿了文人手澤的把器，是琴棋書畫類的若干雅玩之一，精緻美麗、情趣盎然、味之無盡，「連日春晴，風景韶媚，芳思撩人，醉撚花枝，倚聲成句」（周密《解語花》）、「寄閒飲客春窗，促坐款密，酒酣意洽，命清吭歌新制。余因為之沾醉，且調新弄以謝之　　愛歌雲嬝嬝，低隨香縷。瓊窗夜暖，試與細評新譜。」（周密《一枝春》）在吟臺的文藝沙龍中賞美景、品妙曲的同時各自伸紙賦詞呈藝助興，清美之詞如同山水小簡、亭臺樓閣一樣成為了他們清適生活中的玩賞對象，詞人用詞的體式繪出文藝沙龍中小群體脫略形跡的灑落襟期，再由藝術氛圍陶養出清甜面容的家姬們隨即唱出以供這群雅人們自珍自賞。蔣捷雖不同於另三人，幾乎沒有參加過吟社活動，但風流公子的浪漫生活中詞同樣擔當著起裝飾效果的雅玩角色。既然是雅玩之一，就得經得起自賞他賞的

反覆含咀回味，所以詞人們如同磨娑把器一樣在詞中字斟句酌，在字面、音律的雕琢完善上頗費匠心，其詞藝之美備受獎掖推崇，「公謹敲金戛玉，嚼雪盥花，新妙無與為匹」（周濟《介存論詞雜著》）〔註179〕、李調元在《雨村詞話》中甚至以「字字如錦」來極譽周密《產鵲喜·吳山觀濤》一詞的鍊字功夫，卓人月《詞統》卷十四評蔣捷《秋夜雨》「金衣露濕鶯喉噎」一詞道：「詞香秀異，常肖寶唾玉幣之美」，毛晉《竹山詞跋》評蔣捷之詞道：「今讀《竹山詞》一卷，語語纖巧，真世說靡也。字字妍倩，真六朝隃也」，陳廷焯《白雨齋詞話》卷二評碧山詞道：「碧山詞，觀其全體，固自高絕，即於一字一句間求之，亦無不工雅。瓊枝寸寸玉，旃檀片片香，吾於詞見碧山矣。」「瓊枝寸寸玉」，入眼無處不美，故詞人在吟臺、在嘯詠堂、在自家的案頭能像觀摩精心打磨的把器一樣細細賞玩。

黑格爾曾有一句命題「人把他的環境人化了」（《美學》第一卷）〔註180〕，衣飾裝扮、屋宇器具等等人周圍的環境總要不可避免地散發出環境主人的氣息，宋末的這群雅人充分雅化、美化、藝術化了棲居空間，在黑暗時世中搭建了一個審美桃源，通過對詞人生活方式的觀照我們可以抉發出宋末四大詞人宋亡前的心態：徜徉於湖光山色中陶熔清高絕俗的風範自珍自賞，創作評賞詩詞書畫以騷情雅意自傲，在美的追尋和韻的玩味中安放崇雅尚趣的靈魂，最終通過審美人生的創造來實現自我價值。他們在審美人生中實現人生價值的價值觀在很大程度上有父執輩的影響，張炎父親張樞，號寄閒，這一字號已然表明了張炎父親淡漠世事傾情閒逸之美的生命旨歸，周密《浩然齋雅談》說他「筆墨蕭爽，人物蘊藉，喜音律，嘗度《倚聲集》百闋，音韻諧美」，於詩詞藝事上頗有一番造詣，自屬於風雅

〔註179〕吳熊和：《唐宋詞彙評》，杭州：浙江教育出版社，2004年版，第3809頁。

〔註180〕〔德〕黑格爾著，朱光潛譯：《美學》第一卷，北京：商務印書館，1981年版，第326頁。

翩翩的名士一族也。張炎曾祖張鎡，儒雅風流，能畫竹石古木，工詩詞，著有《南湖集》《玉照堂詞》，牡丹花會的清華不僅在當時即便置於整個封建社會中亦難尋堪可比肩者。至於蔣捷，亦是深具風雅意態和灑脫情致的名門之後，「竹山先生出義興巨族。」（宋六十名家詞本《竹山詞》元湖濱散人序）輩中有大書法家蔣璨，明人王世貞《弇州續稿》卷一百六十一將其列入《宋名公二十四貼》，並稱其「翩翩得晉人意」，蔣璨的堂伯父蔣長源「工著色山水，畫松有生意」（鄧椿：《畫繼》），作為書香世家傳人的蔣捷具詩意蘊籍倜儻浪漫的風姿亦是情理中事，宜乎有「少年聽雨歌樓上，紅燭昏羅帳」之麗語。「歲丙午、丁未，先君子監州太末。時刺史楊泳齊員外、別駕牟存齋、西安令翁浩堂、郡博士洪恕齋，一時名流星聚，見為奇事。倅居據龜阜，下瞰萬室，外環四山，先子作堂曰嘯詠。撮登覽要，蜿蜒入後圃。梅清竹臞，虧蔽風月，後俯官河，相望一水，則小蓬萊在焉。老柳高荷，吹涼竟日。諸公載酒論文，清彈豪吹，筆研琴尊之樂，蓋無虛日也。余時甚少，執杖屨，供灑掃，諸老緒論殷殷，金石聲猶在耳。」（周密《長亭怨慢》小序）周密先人亦同樣安度著雅美絕俗的審美人生，王沂孫的家庭環境大概也差不多吧，耳濡目染著父執輩的審美人生，宋末四大詞人培植出了對審美生活形態的歸趨心理，陶養出了對藝文的癡迷，也促成了他們在「清彈豪吹，筆研琴尊」等各種藝事上的精進。

四大詞人南宋時期生活方式的選擇亦可能受著宋學返觀內求的觀點和思維方法的影響，「以追求內聖、精神的圓滿自足為目標的宋學，構成了宋型文化的基本內核的重要方面。」（參見鄧廣銘《略談宋學》載《宋史研究論文集》）理學家籍修身功夫將心靈提揚至與理同一的恒久樂境，自此心外之物無礙於心靈之境，宋末四大詞人以山山水水之自然景觀及詩詞歌賦之人文景觀合攏而成的唯美樂境為精神居所，雖說這兩種境界不可同日而語，但他們以心靈所臻之境為生命本根和人生旨歸的方向是一致的，所以我們可以大膽設想，四大詞

人宋末的生活姿態許是受到過宋學思想路徑的沾溉。「伊洛之學行於世，至乾道、淳熙間盛矣。其能發明先賢旨意，溯流徂源，論者講解卓然自爲一家者，惟廣漢張氏敬夫、東萊呂氏伯恭、新安朱氏元晦而已。朱公尤淵洽精詣。蓋以至高之才，至博之學，而一切收斂，歸諸義理。其上極於性命天下之妙，而下至於訓詁名數之末，未嘗舉一而廢一。蓋孔、孟之道，至伊洛而始得其傳；而伊洛之學，至諸公而始無餘蘊。必若是，然後可以言道學也已。」（周密《齊東野語》卷十一　道學條）這是周密對宋學家的讚語，他一定認眞研讀過宋學家們的著作，無意中受其影響亦是難免。

（２）趙家天破肝膽俱碎　淚眼瀉憂筆筆血痕：國破家亡之初四人在詞中傾瀉苦懷籍此第三隻淚眼自我救贖

「亡國之音哀以思。」（麥儒博《藝衡館詞選》評《高陽臺》「西湖春感」），心靈幾被亡國失家之慟凍得冰結的詞人「筆意」「幽冷」，令人「寒芒刺骨」（陳廷焯評王沂孫《落葉》），「恨西風不蔽寒蟬，便掃盡、一林殘葉」（張炎《長亭怨　舊居有感》），詞人在詞中像枯葉凋零後的寒蟬般發出苦楚慘痛的哀鳴，斯時詞作不再像宋亡前那樣讀來口角生香了，而是滿嘴苦味，如王沂孫《齊天樂》之作：

齊天樂
王沂孫

銅仙鉛淚似洗，歎攜盤去遠，難貯零露。病翼驚秋，枯形閱世，消得斜陽幾度。餘音更苦。甚獨抱清高，頓成悽楚。謾想薰風，柳絲千萬縷。

若細究苦味的源頭，大體有三：一則源於亡國後天涯苦旅爲衣食住行謀與亡國前琴棋詩書歌酒花的審美人生之強烈對比，「病翼驚秋」之時「謾想薰風，柳絲千萬縷」怎能不滿懷苦楚。戴表元《送張叔夏西遊序》一文中記載有他與張炎的一段對話：「垂及強仕，喪其行資，則既牢落偃蹇，嘗以藝北遊，不遇失意，邨邨南歸，愈不遇，猶家錢塘十年。久之又去，樂遊山陰、四明、天台間，若少遇者，既又棄之

西歸。於是予周流授徒，適與相值，問叔夏何以去來道途，若是不憚煩耶？叔夏曰：『不然，吾之來，本投所賢；賢者貧，依所知；知者死，雖有少遇，無以寧吾居，吾不得已違之，吾豈樂爲此哉！』語竟，意色不能無沮然。」曾經是貴族世家子弟，依人覓食已自不堪，後竟淪落到以賣卜爲生，故「感懷興廢，發而爲詞，往往激楚蒼涼，使人下淚。」（龍榆生《唐五代詞選》）。周密宋亡前「翠屏圍畫錦」，宋亡後也同樣爲生計憂，由於弁陽故家遭到破壞，他不得不僑居杭州寄食親友。「明日枯荷包冷飯」之蔣捷與「掃西風門徑」的王沂孫其生活境況也好不到哪裏去。在對過往生活的追憶中四位詞人故國之思越發纏綿難解，他們的這類作品多取今昔對比模式，在對比中催生出無限熱淚、無盡苦懷。「深閣簾垂繡。記家人、軟語燈邊，笑渦紅透。……影廝伴、東奔西走。望斷鄉關知何處，羨寒鴉、到著黃昏後。一點點，歸楊柳。……明日枯荷包冷飯，又過前頭小阜。趁未發、且嘗村酒。醉探枵囊毛錐在，問鄰翁、要寫牛經否。」（蔣捷《賀新郎　兵後寓吳》）「忍記倚桂分題，簪花籌酒，處處成陳跡。十二樓空環佩杳，惟有孤雲知得。如此江山，依然風月，月底人非昔。」（周密《酹江月》「中秋對月」）、「泛孤艇、東皋過徧。尚記當日，綠陰門掩。屐齒莓階，酒痕羅袖事何限。欲尋前跡，空惆悵、成秋苑。自約賞花人，別後總、風流雲散。　　水遠。怎知流水外，卻是亂山尤遠。天涯夢短。想忘了、綺疏雕檻。望不盡、苒苒斜陽，撫喬木、年華將晚。但數點紅英，猶識西園淒婉。」（王沂孫《長亭怨》）美好境況如過眼雲煙般迅捷消逝，恍如南柯夢醒，夢回時只留下無限蒼涼苦楚，「時移物換，憂患飄零，追想昔遊，殆如夢寐，而感慨繫之矣。」（周密《武林舊事自序》）

　　二則因爲元人的血腥統治和對南人的歧視政策極大地傷害了宋遺民的民族自尊。雖說改朝換代時新王朝的統治權一向是以層層疊疊的屍身堆積而成，但以兇悍凌屬著稱的馬背上的民族進入華夏大地後其殘酷殺戮的血腥表現還是觸目驚心得讓人難以承受，「當蒙古之銳

兵南來也，飲馬則黃河欲竭，鳴鏑而華嶽將崩。玉石俱焚，賢愚並戮。
屍山積而依稀犯鬥，血海漲而彷彿彌天」（《道藏》洞眞部第七十六冊
《金蓮正宗記》卷四）、《續資治通鑒》卷一八二載，元兵破臨安後「元
兵利於擄掠」、「三司衛兵白晝殺人，小民乘時剽殺」，惶怖之極的宋
人「多舉家自盡，城無虛井，縊林木者相望」。破城之際如此，而宋
人已然降服歸其統治後，神州大地上依然是一派慘淡景象，「（江南）
自收附以來，兵官嗜殺，利其反側，叛亂已得，從其擄掠，貨財子女
則入於軍官，壯士巨族則殄殲於鋒刃，一縣叛，則一縣蕩爲灰燼，一
州叛，則一州痍爲丘墟。」（胡祇遹《民間疾苦狀》《柴山大全集》卷
二三）「昔之通都大邑，今爲瓦礫之場；昔之沃壤奧區，今爲膏血之
野。青煙彌路，白骨成丘，哀恫貫心，瘡滿目」（吳昌裔《論救蜀四
事疏》）〔註181〕《元史·刑法志》「殺傷」例中規定：「殺人者死」，
但「諸蒙古人因爭及乘醉毆死漢人者，斷罰出征。」元朝「人有十等，
一官二吏，先之者貴之也。七匠八娼九儒十丐，後之者賤之也。」（謝
枋得《送方伯載歸三山序》）元人統治下的前南宋人被稱爲南人，淪
於社會的最底層備受歧視和猜忌，南人官員亦受歧視，被譏之爲「臘
雞」。公元 1278 年冬，元僧楊璉眞伽盜發會稽南宋六帝後陵墓，斥取
陪葬財寶，斷殘肢體，把關骨當成飲器，並修築白塔于上鎮之，元僧
的這一暴行激起了宋遺民心中仇恨和痛苦的衝天巨浪，「是夕，聞四
山皆有哭聲」（《續資治通鑒》卷一八四），經歷了這一切後的宋遺民
詞人苦水積胸，這是四大詞人詞中苦味來源之二。

　　對於王沂孫和張炎來說，因有在元蒙時期入仕或謀求入仕的經
歷，自感難以自釋釋人，詞心之苦與周密和蔣捷相較更多了一層複雜
況味。張炎「以寫經之役自杭起驛入京」（江昱《山中白雲疏證》），
當時這是一條常見的入官之途，著作郎趙炌曾說寫經人員「已歷任升
職一，白身人即入流品。」（楊士奇《歷代名臣奏議》）「夜攀雪柳蹈

<hr>

〔註181〕《影印文淵閣四庫全書》本，臺灣：商務印書館，1986 年版，第四
　　　　百三十五冊，第 776 頁。

河冰，竟上燕臺論得失。丈夫未遇空遠遊，秋風淅瀝銷征裘。」（袁桷《贈張玉田》）張炎在大都一年時間未得官，便「亟亟南歸」了，但其求官之願已經昭然，內心終究難免愧悔，何況張炎較他人還多一層「籍家」之痛呢，「其祖父張濡年前在鎮守臨安西北重鎮獨松關時，其部下曾誤殺元人勸降副使嚴忠範，並俘虜其特使廉希賢（不久即因傷而死），元軍入城後張濡被殺，其父下落不明。張炎倉皇逃遁，妻子家財全被元軍藉沒入官府。」〔註182〕張炎尚未入官就已疚心不已，王沂孫已然擔任元蒙學官了，「至元中，王沂孫慶元路學正」（袁桷《延祐四明志》），便愈發覺得難以自釋釋人了。二人從仕之舉既可能出於物質生活的貧困，「士固復有家世才華如叔夏，而窮甚於此者乎？」（戴表元《剡源集》卷一三《送張叔夏西遊序》）亦可能由於元統治者施壓，迫不得已而爲之，宋亡前夕，元朝統治者就曾派諜潛入江南，「南士人品高下，皆悉知之」。他人因斯時歷史特殊情況可能會予以諒解，但詞人終是心結難解，因爲同樣遭受元統治者的壓力，當時還是有很多人堅持民族氣節選擇了「不入洛陽花譜」（《綺羅香・紅葉》）的拒不仕元姿態的。日本學者植松正分析南宋進士入元後的動向後得出結論：現有史料中可稽之宋季進士 151 人中，國亡後退隱不仕者 84 人（占百分之五十五點六）出仕元朝者 57 人（占百分之三十七點八）動向不明者 10 人。可見有半數以上的人堅守遺民貞節，「此身雖墮胡塵裏，只是三朝天子臣」（鄭思肖《寄同庚友》）〔註183〕、「所以寧爲民不爲官者，忠臣不事二君，烈女不事二夫，此天地間常道也。」（謝枋得《與參政魏容齋書》《疊山集》卷二）四大詞人中蔣捷和周密即屬此類堅持爲故國守節的遺民，後人嘉許道：「宋運既徂，吳有三山鄭所南先生，杭有弁陽周草窗先生，皆以無所責守而志節不屈著稱……介然特立，足以增亡國之光。」（王行《題周草窗畫像卷》）

〔註182〕參看邱鳴皐：《關於張炎的考察》，《文學遺產》，1984 年，第 1 期

〔註183〕北京大學古文獻研究所：《全宋詩》，北京：北京大學出版社，1900 年版，第 69 冊，第 43421 頁。

「竹山爲宋遺民，隱居不仕，風節似尙高於玉田、碧山。」（鄭騫《成府談詞‧蔣捷》（《詞學》第十輯）況周頤因之稱許蔣捷「抱節終身」，陳廷焯誇獎他「人品絕高」（陳廷焯《白雨齋詞話》）。周密在自銘文中坦然自傲：「性滑稽，益刓去垠堮，簡易混俗，然汶汶者正自不能污我。……自惟平生大節不悖先訓，不叛官常，俯仰初終，似無慊怍，庶乎可以見吾親於地下矣。」「吾之有大患也，唯吾有身」，此身被歷史的車輪無奈地裹挾進異族主宰的時代，心靈卻堅持朝向故國，以修潔的品性作爲生存的精神依託。

與這些人相比較，張炎求官、王沂孫充任學正便不算光彩了，「大抵沂孫生當南宋之末，親睹亡國，不能無感，然終不能固其節操，故有爲新朝學正之事。學正雖與行政不同，其投身異族政權之卜討生活，則無不同，蓋亦易飄搖於風雨者也。」（劉永濟《微睇室說詞》）詞人有時亦在作品中強自辨解以求自寬，「三十六陂煙雨。舊淒涼，向誰堪訴。如今漫說，仙姿自潔，芳心更苦。」（王沂孫《水龍吟‧白蓮》）自認爲心跡兩異，雖說有爲官或謀求爲官的行跡，但內心深處仍忠於亡宋，與「煦煦道途間，麻衣敝冠，柔聲媚色」者（鄭元祐《遂昌山樵雜錄》）、「囊筆楮，飾賦詠，以偵候於王公之門」者自不相同（袁桷《清容居士集》卷二十三《送鄭善之應聘序》），從心靈底色上看仍是「仙姿自潔」，仍是純白無污的，但自知形跡上已然染上了污點，強自寬心之努力亦終歸失效，所以會「芳心更苦」。在宋末四大詞人中，張炎和王沂孫表達黍離麥秀感的詞篇占全部詞作之比例反倒是最高的，其詞作「皆君國之念甚深」（俞陛雲《唐五代兩宋詞選釋》評《湘月》行行且止），不能不說有一層因懊惱悔恨而自贖的意味在其中吧！「更葵箋難留，苧衣將換。試語孤懷，豈無人與共幽怨……政恐黃花，笑人歸較晚。」（王沂孫《眉嫵　四明別友》）這是王沂孫辭去慶元路學正回到故鄉紹興後所寫的詞，在其中眞實地表達了內心深重的悔意、恨意，再如《醉蓬萊‧歸故山》一詞詞心亦然：

醉蓬萊

舊故山

柳換枯陰，賦歸來何晚。爽氣霏霏，翠蛾眉嫵，聊慰
登臨眼。故國如塵，故人如夢，登高還懶。一室秋燈，一
庭秋雨，更一聲秋雁。試引芳樽，不知消得，和多依黯。

「地被人奪去」，身心無處著落，華夏大地上響徹了「頭白遺民
涕不盡」的淒厲哭聲，鄭元祐《遂昌山樵雜錄》稱，「民族英雄文天
祥死後，謝翱登西臺，擊如意招魂，野祭英靈，歌闋，竹石俱碎，失
聲哭。」另一位南士鄭思肖於宋亡後「坐必南向，歲時伏臘，望南野
哭而再拜乃返，人莫識焉。」心魂俱碎的宋人為「地被他人奪去」而
哭（陶宗儀《輟耕錄》），為持守華夷之辨的精神折磨而哭，為心靈無
所歸依而哭，為「此恨難平」而哭。文人則以文為哭，「淒涼市朝輕
換。歎花與人凋謝，依依歲華晚。共淒黯。……對斜陽、衰草淚滿」
（周密《獻仙音·弔雪香亭梅》）、「回首天涯歸夢，幾魂飛西浦，淚
灑東州。故國山川，故園心眼，還似王粲登樓。」（周密《一萼紅·
登蓬萊閣有感》）「心事良苦」的「西州淚」藉由詞這一精神通道滔滔
汩汩地傾瀉而出，詞中苦淚橫流，於是乎詞風不得不變，詞之功用亦
不得不變。伸紙研墨和淚抒寫胸中苦懷，宋末四大詞人筆底之詞的角
色遂從雅玩變成了「圍羞帶減，影怯燈孤」的泣血詞人情緒抒泄的第
三隻淚眼，亦即西哲所言「用悲傷本身醫治悲傷」的媒介〔註 184〕。
遺民們相聚酬唱，用淚水表白著亡國悲情，亦同時稀釋著亡國悲情，
詞人自言歌詞的瀉憂作用道，「最憐他、秦鬟妝鏡，好江山、何事此
時遊。為喚狂吟老監，共賦銷憂。」（《一萼紅·登蓬萊閣有感》序）、
「趙白雲初賦此詞，以為自度腔，其實即梅花引也。陳君衡、劉養源
皆再和之。會餘有西州之恨，因用韻以寫幽懷。」（周密《明月引》
序）

〔註184〕轉引自吳瓊：《西方美學史》，上海：上海人民出版社，2000 年版，
第.49 頁。

人如命運何，人如歷史何，在對家國悲劇的體認中四位詞人寫出了他們全部作品中最具苦味也最具價值的部分，陳廷焯《大雅集》卷三評周密的詞《一萼紅》「步深幽」道：「蒼茫感慨，情見乎詞，雖使清眞、白石爲之，亦無以過當，爲草窗集中壓卷。」寫遺民情思的《高陽臺》「接葉巢鶯」、《一萼紅·登蓬萊閣有感》、《天香》亦分別被視爲張炎、周密、王沂孫的壓卷之作。「此等感時融事，聲淚俱下，千載後猶使讀者低徊不能置，蓋事關家國，尤易感人。」（趙翼《甌北詩話》卷八）〔註185〕「有宋一代詞事之大者，無如南渡及崖山之覆，當時遺民孽子，身丁種族宗社之痛，辭愈微而志愈哀，實處唐詩人未遘之境，酒邊花間之作，至此激爲西臺朱馬之音，洵天水一朝之文學異彩矣。」（余闕《青陽集》卷二《貢泰父文集序》）〔註186〕宋詞發展到這一階段可謂是一塌糊塗的時代泥潭中煥發出的文學異彩，四大詞人參與了宋末元初詞壇的這場愛國大合唱，只是在整首愛國大合唱中，張炎他們的這一聲部未免過於低抑了些，幽怨低徊有餘，激昂慷慨不足。

（3）湖山隱逸熄滅心火　柴門小扉嘯傲餘生：四人元蒙時期在隱者家園以詩詞吟唱之姿強自熄滅遺民心火並潤飾餘生

「露草霜花，愁正在、廢宮蕪苑……立盡斜陽無語，空江歲晚。」（周密《三姝媚送聖與還越》）、「非非是是總成空。金谷蘭亭同夢。」（周密《西江月　懷剡》）無語、空、無心等字眼頻出於元統治已成定局時的宋末四大詞人筆下，俞陛雲《唐五代兩宋詞選釋》評王沂孫《三姝媚》「淺寒梅未綻」一詞道：「此送王碧山歸越中之作。『廢宮蕪苑』句有『顧瞻周道』之悲，『故園愁眼』句有『日暮鄉關』之感。

〔註185〕郭紹虞編選：《清詩話續編》，上海：上海古籍出版社，1983 年版，第 1267～1268 頁。
〔註186〕《影印文淵閣四庫全書》本 1214 冊，臺灣：商務印書館，1986 年版，第 381 頁。

起三句紀送別之時，其餘皆敘別意，深情宛轉，惆悵河梁。『後逢淒惋』四字尤為沉痛。此家國及離索之三種牢愁，皆在老年並集，人何以堪！臨江無語，惟有『立盡斜陽』。釋迦佛所云『無可說』『無可說』也。」「無可說」故不得不空，「玉田詞有時過於清空，所謂一日作百首也得者。蓋亡國之民，『理屈詞窮』，實無話可說。『玉老田荒，心事已遲暮』，何等淒婉。王靜安以此四字譏玉田，不知正玉田傷心處。」（王國維《人間詞話》）清空與其說是詞境，不如說是心境，昔日的美好皆水逝雲飛、家國淪亡身心無歸、復國已然無望……心靈在多重圍剿下備感空漠。

　　無以解脫的人生空漠感使宋末四大詞人最終全都走向了隱逸之途，蔣捷和周密已先於張炎、王沂孫閉上了通向世間的大門，張炎仕途求進的努力失敗後亦欲選擇歸隱之路，「於庚寅年自燕趙北歸，辛卯至杭州，襟懷淡泊，將以隱遁終身，可於此詞見之。」（俞陛雲《唐五代兩宋詞選釋》評張炎《疏影》「柳黃未結」一詞）詞人寫作《木蘭花慢》時由其詞序可知詞人已遂了歸隱心願了：「歸隱湖山，書寄陸處梅」。《後漢書‧逸民傳》中論隱者動機道：「或隱居以求其志，或曲避以全其道，或靜己以鎮其躁，或去危以求其安，或垢俗以動其概，或疵物以激其情。」宋遺民關乎其中的第一條和第三條，元統治已成定局，隱逸行為可以成全宋遺民對亡宋的忠貞志節，隱逸行為還可讓宋遺民在隱者的柴門小扉後遺忘世事、熄滅遺民心火。宋遺民們皆愛提及東晉文人陶淵明，謝枋得有言「月泉吟社諸公以東籬北窗之風，抗節季宋，一時相與撫榮木而觀流泉者大率皆義熙人相爾汝，可謂壯矣。」（全祖望《跋月泉吟社後》）〔註187〕陶淵明不滿黑暗世道，遂面對著外部世界的營營擾擾背身而去，選擇了「小窗容膝閉柴扉」的隱者生涯〔註188〕，自此中止了耗散生命元氣的內心衝突，心靈歸

〔註187〕朱鑄禹：《全祖望集彙校集注》，上海：上海古籍出版社，2000年版，第1439頁。
〔註188〕袁行霈：《陶淵明集箋注》，北京：中華書局，2003年版，第460頁。

於虛靜恬愉的安寧和樂，陶淵明成爲了元初這群不願歸附元蒙統治企望心靈從亡國喪家的痛苦煎熬中走出的遺民們的人格榜樣。

　　歷經國殤巨痛的四位詞人在隱逸之路上漸漸蘊出了曠達的思想新質，「結句謂鄉心萬里，愁聽鵑聲，不如一醉都忘，安問千百年爾許事耶？」（俞陛雲《唐五代兩宋詞選釋》評張炎《西施妝慢》「白浪搖天」）情多之人便會爲情所苦，其中「國破山河在」、「銅駝煙雨棲芳草」的遺民苦懷當是其中最不堪背負的情累吧！那就不如以己爲芻狗，將所有的情累交還，生命便能輕盈地飛翔於無憂的天空，此便近於無情無欲無愁無悶的神仙了！張炎晚年在詞中屢屢提及「神仙」並以之自期自許：「一瓢飲水曲肱眠，此樂不知年……著我白雲堆裏，安知不是神仙」（《風入松》）、「天下神仙何處有，神仙只向人間覓」（《滿江紅》）、「眼底煙霞無數，料神仙即我」（《一萼紅》）……「樂笑翁」「白雲散人」的字號大概就是產生於詞人欲籍隱者的清空無爲思想從苦悶中破繭而出的人生末年吧。蔣捷詞中也多次提到僊人，「誰堪羨，羨南塘居士，做散僊人。」《沁園春》「秋碧瀉晴灣，樓臺雲影閒。記仙家，元在蓬山。飛到雁峰塵更少，三萬頃，玉無邊。」《唐多令》，有學者云「蔣捷的詞作可分爲前後兩個時期，縱觀前期，面對山河破碎，他在個人與社會的觀照中，抒發了對現實的憂患意識，反映在詞的風格上，顯得沉鬱、豪放。進入後期，蔣捷逐漸平息了胸中燃燒的怒火，冷靜地面對現實，思索人生。他之所以能在山水風景以及閒適生活中獲得超脫的快感，能夠淡泊歡哀，遺世獨立，詞中流露出隱逸意識，是他性格發展的必然選擇，由此，詞風亦變得雅淡自然，平和閒適。」〔註189〕

　　無爲於世事，無爲於功名利祿，張炎、周密、王沂孫、蔣捷的隱居生涯中無爲後仍然有所爲，所爲之事復如南宋時的詩書歌樂，南宋亡國十週年的至元二十三年三月，周密、王沂孫、戴表元、仇遠、白

〔註189〕張勝林：《心懷故國，笑傲江湖──試論南宋遺民詞人蔣捷》，《華僑大學學報》，1995年第1期，第115頁。

珽、張模、曹良史等十五人在楊氏家園「或膝琴而弦，或手矢而壺，或目圖以書而口歌以呼，醉醒莊諧，駢鏵競狎，各不知人世之有盛衰今古，而窮達壯老之歷乎其身也。」（《楊氏池堂宴集詩序》戴表元《剡源集》卷十）「間遇勝日好懷，幽人韻士，談諧吟嘯，觴詠流行。酒酣，搖膝浩歌，擺落羈縶，有蛻風埃、齊物我之意。客去，則焚香讀書，晏如也。」（周密《弁陽老人自銘》）、「如心翁置酒桂下，花晚而香益清，坐客不談俗事，惟論文。主人歡甚，余歌美成詞。」（張炎《桂枝香》序）「愛吾廬，琴書自樂，好襟懷，初不要人知。長日一簾芳草，一卷新詩。」（張炎《一萼紅》）「春風未了秋風到，老去萬緣輕。只把平生，閒吟閒詠，譜作棹歌聲。」（蔣捷《少年遊》）詩詞歌賦、琴棋書畫，似乎是早年生活形態的復現，但斯時詩詞歌賦之類藝事的作用已發生了變化，不再是南宋審美人生的構建材料了，而是宛如一劑清涼散，幫助詞人在藝術情境中擺脫記憶和現實的重負，助其散去思國情苦，助其熄滅遺民們的憤慨心火。人生的很多際遇是個人無力抵拒的，但生命主體可以選擇面對的態度，國亡家破，生命是就此停滯在亡宋的痛苦煎熬中走向哀莫大於心死的不歸路，還是盡力加以擺脫，盡最大可能回覆生命體的內面平衡，詞人選擇了後者，他們力求通過調整心靈視線使情緒從悲苦中脫解，他們的心靈視線又轉向了詩酒歌樂。詞人借助於文學藝術在俗世的三維空間外建構了另一向度的空間，有人將之稱為第四維空間，這一空間可以完全無關乎現實的三維時空，可以完全無視世間的風雲流轉和個人命運的窮達，可以不變著清風明月高天厚地，宋亡後經常徜徉於這一時空中的詞人寫出了流貫著一派清空之氣的詞作，有學者如此評價清空詞風道：「清空未嘗不是一種風格，但又不僅僅是一種風格。它更多地是一種心靈的追求，一種超越人間俗世的精神遨遊。現實世界中的不得意，在心靈的虛擬世界中應該得到代償。」文學藝術建構成的第四維空間便是心靈虛擬世界的重要組成部分，心靈在其中得到修復後可以以更和諧的狀態繼續與生命相攜前行。周密「入元以後，隱居不仕。……其中

年寄寓杭都最久。晚年往來於杭、湖之間，自稱四水潛夫，或稱弁陽老人，或稱弁陽嘯翁。藝林推爲領袖。」嘯翁的字號最好不過地對宋末四大詞人元蒙時期的這種生活樣態進行了概括，「從容。吟嘯百年翁。行樂少扶節。向鏡水傳心，柴桑袖手，門掩清風。」（蔣捷《木蘭花慢　爲越僧樵隱賦樵山》）「卻笑歸來，石老雲荒，身世飄然一葉。閉門約住青山色，自容與、吟窗清絕。」（張炎《疏影》）石老雲荒，地老天荒，在這些恒久之物面前，生命不過是一片對過程和落點都無從把握的緩飄落葉，那還不如選擇在青山圍攏中的柴門小扉後閒吟慢詠的生命姿態，以求國殤之痛在這樣的吟詠中慢慢淡去。亦有學者如此解釋遺民們的嘯翁姿態，「蔣捷將自己的命運與故國緊緊聯繫在一起，爲此他選擇了隱逸，選擇了獨守作爲生命抗爭的延續，執著歌哭的情懷昇華成了隱逸生活的意義，成爲一種高潔堅貞品格的象徵……這首《梅花引》一詞抒情淋漓酣暢，「慨乎言之」，將詞人執著歌哭的隱者情懷，一唱三歎地鋪衍出來。」〔註190〕

　　從根本上說，追求「神仙即我」，「不知人間之有盛衰今古」，離卻塵世長住於藝術空間的嘯嗡姿態，這些不過是詞人渴望的理想狀態罷了，嚴於華夷之辨的國人在異族統治下怎能眞正做到心平氣和呢？「白鷗問我泊孤舟。是身留。是心留。心若留時、何事鎖眉頭。」（蔣捷《梅花引》荊溪阻雪）斯語昭示了隱者的柴門小扉並未能徹底關上，人世的風雨還是會透過柴門小扉的縫隙吹進屋內，詞人內心的矛盾掙扎並未終結在清風明月之中，不過經過生命主體這一番自我救贖的努力，與宋初亡時的心魂欲斷相比詞人的痛苦已稀釋得多了，詞人筆下已經可以不再持續書寫「斷魂心字」了，已可以在一定程度上做到「一任階前，點滴到天明」了。

〔註190〕高峰：《隱者情懷——蔣捷〈梅花引〉荊溪阻雪　賞談》，《古典文學知識》，1997 年，第 6 期，第 39～40 頁。

第四章　兩宋詞人典型性心靈
路徑之時代共相

　　上文以悲劇體認和自我救贖的哲學視角梳理了兩宋詞人的典型性心靈路徑，從這些路徑中可提取出一些時代共相，如內外雙修、憂樂互濟的生命智慧和成熟的文化人格及由此生發的自我救贖意識，悲生命中不可免的喪失，憂家國天下，宋人普遍皆有經世濟民的世間承擔精神，如上文所選擇的這些心靈標本，歐陽修、晏殊、蘇軾、周邦彥、柳永……又有幾人能免之，可現實難遂心願，如何面對生命困境，從上文勾畫的宋人心靈路徑圖可知，宋人並不欲生命在悲和憂中變得寒窘枯乏、了無生趣，他們渴望生命活潑潑的情韻，他們努力進行著心靈自贖，如歐陽修、晏殊之風花世界，晏幾道、姜夔、吳文英之情執情溺，蘇軾之三教融通搭建精神家園、周邦彥之溫柔鄉和莊子漆園，張孝祥之琉璃世界，朱敦儒、張炎、周密、王沂孫、蔣捷之隱者閒逸天地……上編典型性心靈路徑的勾畫過程中我們還可看出蘇軾、辛棄疾、陸游、張孝祥等人以純白無污心性為心靈的永恒救贖之共通自贖方略，「神清骨冷無由俗」之絕俗清韻的時代美學趨尚和「六經勤向窗前讀」之書齋化生活方式對他們這一救贖方略的形成有著重要影響。從上編中的這些心靈標本來看，多數人的自贖之路走得漫長艱難，且最終能真正走出生命困境、走至和諧圓融生命原鄉者並不

多，宋人自我救贖乏力與終宋一代陰性文化的文化類型及陰性文化生
成的宋人內斂沉潛、陰柔靜弱的時代精神特質相關，本章將進行宋詞
人典型性心靈路徑之時代共相的提取和闡述。

一、「歸去來兮，吾歸何處」
——論宋人內外雙修、憂樂互濟的成熟文化人格和
自贖意識

　　修身、齊家、治國、平天下之九字真經已深深積澱在國人的集體
無意識中，宋人也不例外，他們無不欲在官場中實現治國平天下的光
榮和夢想，而且宋朝相對公平的科舉制度和倚重文官的治國政策更是
激揚出宋士子們封建社會少有的銳身自任精神和「士為知己者用」的
知音求報渴念。前宋時代官職大都被世家把持，出身成為平民英傑進
入仕途的阿喀琉斯之踵，即便隋唐以來針對此弊創立了科舉制度以糾
正之，但錐輪大轆之時怎可求得制度的完善。唐朝破壞科舉公平的一
大罪魁禍首「公卷」風習便是其例，所謂公卷，指舉子在應考之前，
須向主考官提交詩文作品（向權要私人投獻的叫「行卷」）以求得賞
識。此外「唐科目考校無糊名之法，故主司得以採取譽望」，因此易
造成「權倖之託，亦可畏也」之弊端（《文獻通考》卷二十九《選舉
二》），長慶元年 821 唐穆宗在詔書中指斥科場之弊時曾發出「每歲冊
名，無不先定」的浩歎（《舊唐書》卷一百六十八《錢徵傳》）。唐朝
由科舉入官者在全體官員中所佔比例很小，從唐初實行科舉制度開
始，200 年間登進士科者僅 3000 餘人，平均每年不過 20 人。宋朝在
前人基礎上進一步完善了科舉制度，且通過各種措施的有效實行，使
科舉在宋朝真正成為鱗選官員的主要途徑，「上自中書門下宰相，下
至縣邑為簿尉，其間臺省郡府公卿大夫，悉見奇能異行，各競為文武
中俊臣。皆上之所取貢舉人也。」（柳開《河東先生集》卷八）《宋史·
選舉志》云：宋「三百餘年，元臣碩輔、鴻博之儒、清強之吏，皆自
此出，得人為最盛焉。」孫國棟的研究表明：「北宋入《宋史》的官

員有 46.5%來自寒族，而晚唐入新、舊唐史的官員中寒族比重僅占
13.8%」〔註 1〕，北宋的 71 名宰相中，有 64 名是進士或制科出身。
開寶八年（975 年），宋太祖主持禮部貢士殿試之後對大臣們說：「向
者登科名級，多爲勢家所取，致塞孤寒之路，甚無謂也。今朕躬親臨
試，以可否進退，盡革疇昔之弊矣。」（《續資治通鑑長編》卷十六）
這些籍科舉魚躍龍門進入仕途的寒門才俊們被稱爲天子門生，對皇帝
充滿了知遇之恩，「欲傾臣節以報國恩」（范仲淹《范文正公集·上資
政晏侍郎書》）。宋朝皇帝對這些「天子門生」也很是倚重，「天下廣
大，卿等與朕共理，當各竭公忠，以副任用」（《續資治通鑑長編》卷
二六》），且優渥有加，「一登仕版，遷轉如流。官秩既進，俸亦隨之」
（《宋會要輯稿·職官》）、「薦辟之廣，恩蔭之濫，雜流之猥，祠祿之
多，日增月益，遂盡不可紀極」（《廿二史札記》卷二五）、「恩逮於百
官者唯恐其不足，財取於萬民者不留其有餘」（趙翼《廿二史札記·
宋制祿之厚》）、「官吏俸祿既厚，而又有祠祿，爲退職之恩禮。又時
有額外恩賞。」〔註 2〕爲了消除官員們進諫時逆鱗罹禍的後顧之憂，
宋太祖勒石誡後世子孫「不得殺士大夫及上書言事人」、「有渝此誓
者，天必殛之」（《宋稗類鈔》卷一）。

　　這種種舉措，怎能不使趙宋王朝的知識分子具有封建時代最爲積
極的主人翁姿態呢？錢穆先生說「宋朝的時代，在太平景況下，一天
一天的嚴重，而一種自覺的精神，亦終於在士大夫社會中漸漸萌出。
所謂『自覺精神』者，正是那輩讀書人漸漸自己的內心深處湧現出的
一種感覺，覺到他們應該起來擔負著天下的重任。」〔註 3〕日本學者
溝口雄三在談及宋人的政治態度時說：「自從孔子學派在政治社會中
進行活動以來，正如人們常說的那樣，特別是在宋代以後，出現了大
批的科舉官僚以來，在社會上到處可以注意到儒家的爲政者和積極分

〔註 1〕　孫國棟：《唐宋之際社會門弟之消融》，《新亞學報》，1959 年，第 4 期。
〔註 2〕　錢穆：《國史大綱》，商務印書館，1996 年版，第 543～544 頁。
〔註 3〕　錢穆：《國史大綱》，商務印書館，1996 年版，第 558 頁。

子作爲政治社會的領導階級所特有的經世責任觀念。」〔註4〕「爲天地立心，爲生民立命，爲往聖繼絕學，爲萬世開太平」〔註5〕，「先天下之憂而憂，後天下之樂而樂」（范仲淹《岳陽樓記》），張載和范仲淹之言斯可作爲宋人主體精神和憂國愛民心聲的代表性表白。舉一些個案以觀之，晏殊「由王官宮臣，卒登宰相，凡所以輔道聖德，憂勤國家，有舊有勞，自始至卒，五十餘年」，歐陽修「孤忠一許國，家事豈復恤」（歐陽修《晏公神道碑》），蘇舜欽「予生雖儒家，氣欲吞逆羯。斯時不見用，感歎腸胃熱。晝臥書冊中，夢過玉關山」（蘇舜欽《吾聞》），范仲淹「泛通六經，長於《易》，學者多從質問，爲執經講解，亡所倦。嘗推其奉以食四方遊士，諸子至易衣而出，仲淹晏如也。每感激論天下事，奮不顧身，一時士大夫矯厲尚風節，自仲淹倡之。」（《宋史・范仲淹傳》）……

爲了在政壇有以大用，宋士子們從才學、智略、吏能等各個方面砥礪完善自己，力求成爲文章驚天下、智略輻湊、見識宏通、實際政事中能夠殺伐決斷的綜合性人才，從北宋開始有志之士即已形成了這種自我期許，「文、學、器、業，時之全德」，王安石《取材》曰：「所謂文吏者，不徒苟尚文辭而已，必也通古今，習禮法，天文人事，政教更張，然後施之職事，則以詳政體，有大議論使以古今參之是也。所謂諸生者，不獨取訓習句讀而已，必也習典禮，明制度，臣主威儀，時政沿襲，然後施之職事，則以緣飾治道，有大議論則以經術斷之是也。」這也是宋官員們有別於前朝的時代新氣象，北宋時期文章家、道德家、政治家合而爲一的綜合性人才層見迭出，天聖六年晏殊向朝廷推薦范仲淹時贊道：「爲學精勤，屬文典雅，略分吏局，亦著清聲。」（《范文正公年譜》見《范文正公集》附錄））至和三年，歐陽修向仁宗推薦王安石道：「太常博士、群牧判官王安石，學問文章，知名當

〔註4〕〔日〕溝口雄三：《中國儒教的十個方面》，《孔子研究》1991年，第2期。

〔註5〕張載：《張載集》，北京：中華書局，1978年版，第320頁。

世；守道不苟，自重其身；論議通明，兼有時才之用。所謂無施不可者。」蘇軾起草的趙瞻贈官敕中說：「具官趙瞻，明於吏事，輔以經術，忠義之節，白首不衰。」（《蘇軾集》卷一百六）

　　可這些資質出眾的宋官員們高揚的主體精神卻與歷史大勢形成了悲劇性的宿命矛盾，王水照先生在《宋代文學通論》中說：「唐代安史之亂不僅是唐王朝由盛世逐漸走向衰微的一個轉折點，也是中國封建社會逐漸由前期轉向後期的起點。」﹝註6﹞「封建帝國江河日下的衰亡已成為難以扭轉的歷史必然，任何人似乎都無迴天之力。」﹝註7﹞封建社會發展的倒 U 型拋物線上盛唐是頂點，安史之亂後整體國勢不斷下滑，儘管可能還會有燦爛興盛的景象，但只會是一時的迴光返照，決無可能回覆漢唐時期如日中天的盛況。封建社會只能如同有機體一樣從萌芽狀態走向光華燦爛，最終歸於衰老疲憊，這是一個無法回返的單向過程，因此無論整個宋官僚群體如何多才多智、殫精竭慮也無奈於宋朝已處於封建社會衰退期這一歷史現象，經世濟民政治理想的落空將是他們不得不承擔的歷史宿命。歷史大勢會在具體的政治環境和政治事件中體現出來，「政治上對內的高度集權專制和對外的妥協退讓，使得北宋有識之士的改革之舉往往難以見成效，南宋主戰派與主和派的論爭也無不是以主戰派的失敗而告終。」﹝註8﹞「薦辟之廣，恩蔭之濫，雜流之猥，祠祿之多，日增月益，遂至不可紀極」（趙翼《廿二史札記·宋冗官冗費》）、「承平既久，戶口歲增，兵籍益廣，吏員益眾。佛老外國耗蠹中士，縣官之費數倍於昔，百姓亦瘠縱侈，而上下始困於財矣。」（《宋史·食貨志》）偏安於神州一隅後數量眾多的道學先生們「安於君父之仇，而低頭拱手以談性命」（陳亮《上孝宗皇帝第一書》）、「一旦有士大夫之憂，當報國之日，則蒙

﹝註6﹞　王水照：《宋代文學通論》，開封：河南大學出版社，1997 年版，第 2 頁。

﹝註7﹞　張毅：《宋代文學思想史》，北京：中華書局，1995 年版，第 321 頁。

﹝註8﹞　錢穆：《國史大綱》，北京：商務印書館，1996 年版，第 321 頁。

然張口，如坐雲霧，世道以是潦倒泥腐。」（陳亮《南雷文定後集》卷三）……各種問題越聚越多，終至積重難返，在先將北宋送入歷史的回收站後，又將南宋帶上了不歸路。宋人對封建大廈漸傾的歷史宿命隱約有所感知，有宋一代文學之勝宋詞中彌天漫地的悲情愁緒便是這一歷史大勢的文學呈現，「花簾主人工愁者也，詞則善寫愁者。不入愁境，不能言愁；必處愁境，何暇言愁。栩栩然，荒荒然，幽然，悄然，無端而愁，即無端其詞。落花也，芳草也，夕陽也，皆不必愁者也。不必愁而愁，斯視天下無非可愁之物。」（江順詒輯、宗山參訂《詞學集成》卷七引趙秋舲《花簾詞序》）〔註9〕不必愁而愁，天下無非可愁之物，不僅「春色如愁」「春恨十常八九」，且「秋士易悲」，「秋風秋雨愁煞人」，愁貫人生，愁滿宇宙也。

歷史大勢所致的普遍性愁緒再加上生命體各自難免的悲劇體驗後，宋人並不欲使精神陷溺於此，而是致力於內面建設，傾其力尋找使精神脫解的自贖路徑，「他們常常在內心裏調節感情的平衡，尋找美的享受和悲哀的解脫，在內心世界裏蘊藏一切喜怒哀樂，細細地琢磨著有關宇宙與社會的哲理。因此，宋人比唐人要細膩、敏感、脆弱得多。」〔註10〕宋人公餘生活滿溢著感性之樂和個人情味，如以下幾則軼事中所載：「寇萊公好柘枝舞，會客必舞柘枝，每舞必盡日，時謂之『柘枝顛』」（沈括《夢溪筆談》卷五）。「鄧州花蠟名天下，相傳是萊公燭法。公嘗知鄧州，早貴豪侈，每飲宴席，常闔扉輟驂以留之。尤好夜宴，劇飲未嘗點油，雖溷軒馬廄，亦燒燭達旦。每罷官去，後人至官舍，見廄溷間，燭淚凝地，往往成堆。」（宋歐陽修《歸田錄》卷一）《遁齋閒覽》云：「張子野郎中，以樂章擅名一時。宋子京尚書奇其才，先往見之，遣將命者，謂曰：『尚書欲見雲破月來花弄影郎

〔註9〕 唐圭璋編：《詞話叢編》，北京：中華書局，1986 年版，第 4 冊，第 3289 頁。
〔註10〕 葛兆光：《禪宗與中國文化》，上海：上海人民出版社，1986 年版，第 54 頁。

中乎？』子野奔後呼曰：『得非紅杏枝頭春意鬧尚書耶？』遂出，置
酒盡歡。蓋二人所舉，皆其警策也。」（歐陽修《歸田錄》）宋朝這樣
的軼事舉不勝舉，個體生命的安頓在宋人生命中的重要性遠大於封建
時代的平均水平，從形上之道至形下之器，宋人尋找著一切有利於精
神后花園建設的手段，他們也的確建構起了豐饒的心靈花園供人世受
挫後的自我回返其中棲息、修復。縱是那些鐵骨錚錚的愛國壯士，在
詞中口吐慷慨激昂的壯語，其另一部分詞作亦可同時媲美詞壇的婉美
之作，如《四庫全書總目》對張元幹之詞的評語云：今觀此集，即以
二闋壓卷（指《賀新郎》二首）蓋有深意。其詞慷慨悲涼，數百年後，
尚想其抑塞磊落之氣。然其它作，則多清麗婉轉，與秦觀、周邦彥可
以肩隨，毛晉云：「人稱其長於悲憤，及讀《花庵》、《草堂》所選，
又極嫵秀之致，眞堪與《片玉》《白石》並垂不朽。」（《蘆川詞跋》）
再如北宋大儒范仲淹的這兩首詞：

漁家傲

秋思

　　塞下秋來風景異。衡陽雁去無留意。四面邊聲連角起。
千嶂裏。長煙落日孤城閉。
　　濁酒一杯家萬里。燕然未勒歸無計。羌管悠悠霜滿地。
人不寐。將軍白髮征夫淚。

蘇幕遮

懷舊

　　碧雲天，黃葉地。秋色連波，波上寒煙翠。山映斜陽
天接水。芳草無情，更在斜陽外。
　　黯鄉魂，追旅思。夜夜除非，好夢留人睡。明月樓高
休獨倚。酒入愁腸，化作相思淚。

　　前一首表家國社稷之淑世情懷，後一首傾吐相思情戀語，兩首詞
同出於嚴正端謹、幾被作為道德完人加以推戴的宋初大儒范仲淹之
手，《宋元學案·高平學案·論范仲淹》中說：「感治國事，時至泣下，

一時士大夫矯厲尚風節，自先生倡之。」范仲淹不僅是朝中的道德楷模，亦是威鎮四方、令敵人膽寒心驚的守邊大將軍，范仲淹在西北邊疆凡三年，築城要害，訓練士兵，號令明白，屢挫敵兵，《宋史‧范仲淹傳》說：「賊亦不敢輒犯其境，邊上謠曰：『軍中有一韓，西賊聞之心骨寒；軍中有一范，西賊聞之驚破膽』」，這樣的勳臣宜乎有「濁酒一杯家萬里，燕然未勒歸無計」之吐屬，可他竟然也有「酒入愁腸，化作相思淚」之類令人意斷魂銷的情語。范仲淹的另外一首詞《御街行》就更是情致纏綿了，「都來此事，眉間心上，無計相迴避」，如此透骨情語更像是出自浪子才人柳永筆下。身為國之肱股大臣，卻寫有這樣柔媚多情的句子，這樣的人不是更充滿著人性的可愛和吸引力嗎？

宋人多半類此，一方面是立德立功立言之儒家三不朽的努力，承擔為人子為人臣之世間責任，這是他們對先儒外王努力的繼承與宏揚。另一方面則是努力於個人後花園的建構和開拓，籍生命智慧開拓出一片綠茵繽紛、花朵爛漫的精神后花園以潤澤生命、頤養情性，進行生命失意時的自我救贖，如范仲淹以兒女柔情平衡道德律令對自我的嚴苛要求，以之救贖政治領域無可避免的挫折、失意、傾軋帶來的精神傷痕。宋人的文化人格真是日益成熟了，他們不再是只求事功的單面人物，不再是生命枯窘乏味的道德理念之圖解，不再是秉持單維價值觀的扁平體，而是力求成為人格側面豐富、具活潑潑生命精魂的圓形人物。如寫有「人生自古誰無死，留取丹心照汗青」之語的國之赤子文天祥，日常生活中「性豪華，平生自奉甚厚，聲伎滿前」（《指南錄》後序）。「蓋宋儒真知灼見人之心性，與天地同流。故所言所行，多徹上徹下，不以事功為止境，亦不以禪寂為指歸。」〔註11〕一邊是在人世衝鋒陷陣渾身血跡斑斑的戰士自我，一邊是母親意識清朗的另一個自我，隨時迎接戰士自我回返家園，為之淨洗傷口，給予溫暖慰

〔註11〕柳詒徵撰，蔡尚思導讀：《中國文化史》，上海：上海古籍出版社，2001 年版，第 578 頁。

籍，以回覆戰士自我的生命元氣，以求取整體人格的和諧平衡。西語「我的心中有猛虎在細嗅薔薇」一語（余光中所譯英國詩人西格夫里·薩松的句子）斯可形容宋人文化人格的成熟，有猛虎才有在世承擔的力量和信心，有猛虎才能以負責任的強者姿態承擔起家國天下之外王責任，才能有能力與各種有形的、無形的困難相搏殺，細嗅薔薇便是傾力於內面世界的建設，細嗅薔薇才能時時處處發現生活中細微的美和動人的情感，以之滋養生命美化生活，回覆受傷猛虎的生命力，並為守護這美和動人情感再次激發出猛虎進取的雄心，細嗅薔薇才能有心境的餘裕去領受全幅生命的寬廣，才能樂於尋找一切資源養護和諧圓融的心境，薔薇與猛虎對立互補且互相生發也，這便是宋人文化人格的魅力之所在，也是宋人超邁於前人之獨特生命境界和自贖意識。

二、「孤光自照，肝膽皆冰雪」
——論宋人純白無染文化心性之集體自贖

　　上編典型性心靈路徑的勾畫過程中我們曾經被宋詞中的一些晶瑩空靈澄澈透明的琉璃世界的淨白之光輝映過，如張孝祥《念奴嬌》一詞，「洞庭青草，近中秋、更無一點風色。玉鑒瓊田三萬頃，著我扁舟一葉。素月分輝，明河共影，表裏俱澄澈。悠然心會，妙處難與君說。　　應念嶺表經年，孤光自照，肝膽皆冰雪。短髮蕭騷襟袖冷，穩泛滄浪空闊。盡吸西江，細斟北斗，萬象為賓客。扣舷獨笑，不知今夕何夕？」水天一色，內外一白，物我皆冰清玉潔，何等空明純淨！如蘇軾之《卜算子》：「缺月掛疏桐，漏斷人初靜。誰見幽人獨往來？縹緲孤鴻影。驚起卻回頭，有恨無人省。揀盡寒枝不肯棲，寂寞沙洲冷。」幽人孤鴻，冷月疏桐，縹緲荒寒，神清骨重，何等不入煙火塵世的清迴冰姿！再如朱敦儒之《卜算子》：「古澗一枝梅，免被園林鎖。路遠山深不怕寒，似共春相躲。幽思有誰知？託契都難可。獨自風流獨自香，明月來尋我。」風流不在人知，芳香不在人賞，深山古澗中幽梅對月微笑，彼此莫逆互賞於共通的

清華澹潔姿質……詞篇中的這些琉璃世界的共性是其中的人、物皆自滿自足於純白潔淨的內在質地，這些琉璃世界背面的情感共相是創作主體對個人純白心性的滿足、並以之作爲對難以自主之命運的永恒救贖。如此文化心理可追溯至先秦儒道兩家，人之被拋的終極命運帶來了一生都要不斷面對難題的永恒宿命，上文說明過生命其實便是由許多個喪失念珠串成的珠串，如持怨的態度則無時無處不可怨也，孔子提供的答案是外在如何斯可不論，也無法左右，唯一需下功夫且可終身憑依的只有自己純白無污的心靈，當生命成爲「眾香國中來，眾香國中去」、「質本潔來還潔去，不教污掉陷溝渠」的潔淨本體時，就可因生命的清明無愧、淨白無染永遠傲然於天地間。「仰不愧於天，俯不怍於地」，「君子內省不疚，夫何憂何懼」，如此便可以雖生活於無常世間卻能獲得永遠的救贖了，孔子自身便是如此，牟宗三先生說：「在孔子，仁也是心，也是道，雖然《論語》中沒有講到『心』字，至於說它就是我們的性，那是孟子的事。所以這是在第一序的存有客觀的或主觀的外淩空開出的不著痕跡的『虛室生白吉祥止止』的居間領域，但這卻是由自我作主、自我站起來、自己創造出來的陽剛天行而有光輝的領域，這是德行上的光輝，價值、生命、精神世界的光輝，人的生命在這裏是光暢的、挺立的。」〔註 12〕琉璃世界、純白心性與道家滌除玄覽、澡雪精神之理論間亦有著重要的思想淵源關係，《道德經・十章》：「載營魄抱一，能無離乎？專氣致柔，能嬰兒乎？滌除玄覽，能無疵乎？」漢代道教典籍《道德眞經注・河上公章句》解「滌除玄覽」曰：「當洗其心，使潔清也。心居玄冥之處，覽知萬事，故謂之玄覽。」《莊子・知北遊》：「老聃曰：汝齊（齋）戒疏瀹而心，澡雪而精神，掊擊而知。」辭海對「澡雪」解釋道：「洗滌之使清潔」。成玄英疏曰：「疏瀹，猶灑濯也；澡雪，猶精潔也；而，汝也」。滌除玄覽和澡雪精神都強調洗心，強調純白無污、明淨朗澄的潔淨本體的重要性。「墨子見練絲而

〔註 12〕牟宗三：《心體與性體》，上海：上海古籍出版社，1999 年版，第 188 頁。

泣之，爲其可以黃可以黑。」（《淮南子·說林訓》）世人大都若此，
或染於名利榮祿，或污於苦難傷悲，一驚一乍於生命的寵辱，本同
於玉壺之冰的赤子之心便不再晶瑩透明，而是隨著生命進程最終或
成了不會感動不會驚奇的橡膠之心，或成了被悲哀苦痛絞殺的枯冷
之心，或成了只見孔方兄和青史圖冊的名利之心，所以墨子睹練絲
而傷情至於泣下。不過可欣慰地是人類中尚保留有一些持守著純白
心性潔來還潔去的赤子，還有一些琉璃世界呈顯其間的文化典籍，
持續淨染著同時代人及子孫後代。上引宋詞之類的文本中的琉璃世
界成爲了懸掛在中華文化天宇中的一輪輪皎月，深受歷代具清心冰
骨的文人酷愛，成爲一種向度潤澤並救贖著被紅塵烈焰烤炙著的芸
芸眾生，也廣開了後世文藝理論的無限法門。

　　以個人純白心性爲歸的自我救贖方略與宋朝「神清骨冷無由俗」
之高風絕塵、力拒塵染的時代美學風尚有關，宋人愛賞絕俗清韻和
純白無染的人格高標，愛賞之，趨奉之，漸至發展出以之爲歸的文
化心理。「無肉令人瘦，無竹令人俗。人瘦尚可肥，士俗不可醫」（《於
潛僧綠筠軒》）〔註13〕，黃庭堅《書嵇叔夜詩與侄木夏》云：「士生
於世，可以百爲，唯不可俗，俗便不可醫也。」宋人從形下之器到
形上之道的方方面面皆力拒俗調，「建安三千里，京師三月嘗新
茶……泉甘器潔天色好，坐中揀擇客亦嘉。新香嫩色如始造，不似
來遠從天涯。停匙側盞試水路，拭目向空看乳花……」（歐陽修《嘗
新茶呈聖俞》）吳鎮云：「葉葉如聞風有聲，盡消塵俗思全清」、文與
可《晚雪湖上寄景孺》云：「獨坐水軒人不到，滿林如掛『瞑禽圖』」
（《宋詩選注》），周密《齊東野語》記載：「張鎡功甫，號約齋，循
忠烈王諸孫，能詩，一時名士大夫，莫不交遊，其園池聲妓服玩之
麗甲天下。嘗於南湖園作駕霄亭於四古松間，以巨鐵絚懸之空半而
羈之松身。當風月清夜，與客梯登之，飄搖雲表，眞有挾飛仙，遡
紫清之意。」黃山谷云：「天下清景，初不擇賢愚而與之遇，然吾特

〔註13〕蘇軾：《東坡全集》卷四，《四庫全書》第 1107 冊，第 99 頁。

疑端為我輩設。」（惠洪《冷齋夜話》卷三）宋人鱗選出雅潔淨潤的人、事、物作為朝暮相伴之物，既是籍此以淨化薰染，亦是以之與清華絕俗、純白無染的生命境界之間互相印證。欲觀宋人清韻絕俗、純白無染的美學趨尚，可採取由藝境返觀心境的方法，據南師大《全宋詞》計算機檢索，宋詞中植物意象出現次數依次為：梅 2953　柳 1861　草 2167……植物品類中梅最常見於宋詞，上編鱗選的心靈標本中蘇軾、陸游、李清照、朱敦儒、張孝祥等人都曾傾心抒寫過梅這一題材，宋人黃大輿還專為宋人愛賞的梅花編就了一部詞集《梅苑》。清人談論植物的美感效應時曾總結道：「梅令人高，蘭令人幽，菊令人韻，秋海棠令人媚，松令人逸，桐令人清，柳令人感……」（（鄒弢《三借廬筆談》卷三））「梅令人高」，是高潔之花，清麗之花，絕俗之花，國人素有以物比德之風，宋人的心性對應物「梅」向世人呈露出了宋人對「雪霜姿」的潔淨本體和絕俗風標的嗜賞和追求。荷又稱蓮，亦是宋詞中常見的一種植物意象，蓮「出污泥而不染」，在泥淖般的世界中標示著餐風飲露的純淨，於異化的醜陋世界中標示著「質本潔來還潔去」的本體潔淨之美，蓮又是佛祖座下之花，自然也有「眾香國中來」「眾香國中去」守住自我心香之喻意，在那篇著名的散文《愛蓮說》中宋人對蓮之性、品、德盡述無遺，那篇文章可看作宋人對理想人格的告白和對時代風神的自訴。

　　絕俗清韻、純白無染的美學風尚和漸至的心性歸向得之於詩書薰染，「三日不讀書，則語言無味，面目可憎」，這是黃庭堅的名句，宋人認為去俗拒染之最佳途徑便是書香薰陶，宋人少有「縱馬歸去馬蹄香」之外部世界耽溺，而是樂於「雨打梨花深閉門」，閉門後所為何事，「六經勤向窗前讀」也，日日沉浸於閉門後的書人世界中，宋人塵思漸消、塵襟漸爽。「為父兄者，以其子弟不文為咎；為母妻者，以其子與夫不學為辱」（洪邁：《容齋隨筆》四筆　卷五）。宋人生活中因之瀰漫著濃濃的書香味，這固然有科舉求官光耀門楣的世俗因素，如宋真宗《勸學文》所言：「官家不用買良田，書中自千鍾

粟；安居有用架高堂，書中自有黃金屋；出門莫恨無人隨，書中車
馬多如簇；娶妻莫恨無良媒，書中有女顏如玉。男人欲遂平生志，
六經勤向窗前讀！」但宋人讀書的動機並非如此狹隘，他們並不僅
僅將之作為仕途敲門磚，更多的人以讀書為樂，將閱讀作為精神不
斷汲取源頭活水的過程，「吾生本寒儒，老尚把書卷。眼力雖已疲，
心意殊未倦。正經首唐虞，偽說起秦漢。篇章異句讀，解詁及箋傳。
是非自相攻，去取在勇斷。初如兩軍交，乘勝方酣戰。當其旗鼓催，
不覺人馬汗。至哉天下樂，終日在几案……」（歐陽修《讀書》），不
再是魏晉時「何以解憂，唯有杜康」了，而是「至哉天下樂，終日
在几案」。興趣是最好的老師，宋人讀書的勤奮程度因之為其它時代
所難及，北宋司馬光《涑水紀聞》卷一〇中記載「范仲淹曾經就讀
於長白山醴泉寺僧舍，勤奮刻苦，用功不怠，而生活條件極其艱苦。
據《自警篇》記載，范仲淹每天以雌粟米二升，作粥一器。經宿遂
凝，乃畫為四塊，早晚取二塊，斷齏十數莖，醲汁半盂，入少鹽，
暖而啖之，如此者三年。」宋人閱讀面廣而雜，如王安石之無所不
讀，「世之不見全經久矣，讀經而已，則不足以知經。故某自百家諸
子之書，至於《難經》、《素問》、《本草》、諸小說無所不讀，農夫、
女工無所不問，然後於經為能知其大體而無疑。蓋後世學者與先王
之時異矣，不如是不足以盡聖人故也。」（王安石：《答曾子固書》
《臨川先生文集》卷七三，《四部叢刊》本）七彩化為一白，方方面
面的知識皆有取後的淹博之境使他們易於接近生命真相，漸至明白
了個人純白心性之於生命的本體意義，從而易於形成以純白無染心
性為歸的價值觀。書本孕化出了宋人深厚的人文修養，「文人藝術家
們十分強調人文修養的境界，十分注意發揮人文傳統的優勢，這正
是宋代文化超於前代的一個證明。」〔註14〕「腹有詩書氣自華」，這
一華便是惑染盡棄的純白無污心性之清華。

〔註14〕錢鍾書：《宋詩選注》，北京：人民文學出版社，1979 年版，第 42 頁。

三、「雨打梨花深閉門」
——論宋人救贖不力之內斂沉潛陰柔靜弱的時代心理歸因

上編所遴選的眾多典型性心靈標本，心靈自贖之路漫長艱辛，且最終能眞正把自己從悲劇性體驗中救贖出來者並不多，這從他們的詞中亦可觀之，和平靜穆的詞境、和諧圓融的詞心在這些詞人的詞中並不多見，可見詞人們對各自精神困境的救贖並不得力，所以宋詞中的主人公面容往往呈現出一派秋容美，救贖不力既與處於封建時代下坡路的歷史大環境有關，同時也在很大程度上關乎宋代陰性文化的主流文化類型和陰性文化所致的宋人陰柔靜弱、內斂沉潛之主流時代風神。

「六朝之美如春華，宋代之美如秋葉；六朝之美在容，宋代之美在意態；六朝之美在繁麗豐腴，宋代之美在精細澄澈。」〔註15〕「唐代與宋代文人士大夫一熱一冷、一粗一細、一動一靜、一尙武任俠一修文主靜。」〔註16〕以安史之亂爲界標的前宋型文化與宋型文化間有著很大的區別，這一差別可以透過藝術視窗看去，從書藝中觀之，張旭草書飛揚曠放，嚴眞卿楷書樸厚遒勁，都顯現出力美，而宋徽宗趙佶之「瘦筋（金）體」如枯蛇掛枝，呈郊寒島瘦之姿；從瓷器來看，唐三彩姿態飛動、富麗絢爛，宋瓷則細潔淨潤、溫清典雅；從女性圖譜來看，唐人張萱、周昉筆下的仕女圓潤豐盈、安祥舒徐，宣示著盛世中人的快樂自得，宋畫中的女性多半腰比楊柳若不勝衣，言說著宋人偏嗜清?弱姿的審美趣味；從人、文的品鑒來看，「白石道人姜堯章，氣貌若不勝衣，而筆力足以扛百斛之鼎。家無立錐，而一飯未嘗無食客。圖書翰墨之藏，汗牛充棟。」（陳郁《藏一話腴》）以筆力超拔於世在前朝一般不會被人特別稱許，反易致譏

〔註15〕繆鉞：《詩詞散論·論宋詩》，上海：上海古籍出版社，1982 年版，第 50 頁。

〔註16〕王立：《心靈的圖景：文學意象的主題史研究》，上海：學林出版社，1999 年版，第 149 頁。

諷，往往會被貶為於己有愧、於人為鑒的雕蟲小技，「大丈夫安能終
日守筆硯乎」便是前宋型文化價值觀的說明，而宋人卻如此寶愛藝
文和藝文的創作者，於中顯現出價值觀的轉移和價值觀背面的時代
風尚……總體看來前宋型文化充滿了健旺明亮的陽剛之氣，從初生
萌芽到日漸光華燦爛，盛唐成為絢爛之極的頂峰，從安史之亂開始
直至整個宋朝期間，日漸西斜，陽剛之氣開始衰退萎頓，陰柔之氣
上揚佔據主流，「壯志銷磨都已盡，看花翻作飲茶人。」（《依韻和杜
相公喜雨之什》《歐陽文忠全集》卷十二）秋風秋雨中封建社會參天
大樹的萎黃樹葉緩緩下飄，人心漸覺寒涼，士人感覺到了精神性疲
勞，如以中國太極圖中的陰陽魚來比擬，前宋型文化屬於剛健向上
的陽性文化，宋型文化則屬於陰柔靜弱的陰性文化。「人格是文化積
澱的結果」（參 Victor Barnovln:〈Calture and personality〉The Dorsy
Press 1973），宋朝陰性文化的普覆使得宋人形成了陰柔靜弱、內斂
沉潛的主體人格，在人格力量上遜於前朝，因此在進行生命的自我
救贖時易導致救贖不力。

　　若論陰性文化的產生根由，可從以下幾方面來論之：

　　一則由於南方官員在宋廷中漸漸占取了人數優勢，雖則宋太祖
開國初曾告戒過不要用南人，但後來風氣漸變，南宋詩人陸游在《論
選用西北士大夫箚子》一文中說：「臣伏聞天聖以前，選用人才，多
取北人，寇準持之尤力，故南方士大夫沉抑者多。仁宗皇帝照知其
弊，公聽並視，兼收博採，無南北之異。於是范仲淹起於吳，歐陽
修起於楚，蔡襄起於閩，杜衍起於會稽，余靖起於嶺南，皆一時名
臣，號稱聖宋得人之盛。及紹聖、崇寧間，取南人更多，而北方士
大夫復有沉抑之歎。」（渭南文集》卷三）大抵從太宗朝開始，每歲
放榜，「所得率江南之秀」（王明清《揮麈錄》）。除了 10 世紀後半葉，
即太祖太宗時期，北宋草創之初文壇盟主由北方籍的白體詩人李
昉、王禹偁先後充任之外，從 11 世紀初期開始，便一概由南人來承
擔，如真宗朝獨步一時的西崑體詩人楊億，仁宗初年的晏殊，緊接

著是歐陽修，其後則有王安石，蘇軾以及江西詩人黃庭堅。南人漸漸掌握了宋朝的意識形態語話權，據《宋元學案》記載：「儒學派，東南四路 53 人，兩宋總數 80 人，占 66。3%；儒學者，東南四路 3427，兩宋總數 4678 占 72%（據《宋元學案》）詩人，東南四路 2657，兩宋總數 3812，占 69.7%（據《宋詩紀事》）詞人，東南四路 623，兩宋總數 873，占 71.4%（據《全宋詞》有籍貫可考者）。」《漢書·地理志》云：「凡民函五常之性，而其剛柔緩急，音聲不同，係水土之風氣，故謂之風。好惡取捨，動靜無常，隨君上之情慾，故謂之俗。」一方水土養一方人，交通不便的古代地域文化差異甚大，也自會因之薰染出不同的人格風神，杏花春雨江南迥異於駿馬秋風塞北，南人之纖敏柔綿心性也自然異於北人之質樸剛健格調，由於南人在宋朝政治文化等方方面面日漸佔據了絕對優勢，宋朝形成陰柔有餘陽剛不足的陰性文化自是可解之事。

二則歸因於貫穿趙宋王朝始終的偃武祐文國策。

宋太祖爲防範功臣擁兵自大，以「杯酒釋兵權」之計解除了武將的兵權，宋太祖給了這些武將們安享榮華富貴的替代條件，力勸他們在妻榮子貴的光耀門楣下、在二八佳人的歌聲舞影中頤養天年。宋太祖「杯酒釋兵權」的同時一併罷卻了諸州郡的兵備，唐朝藩鎮割劇、尾大不掉之患不復存在，趙宋王朝的這一政策雖解除了皇帝的後院起火之慮，但同時也帶來了綿延整個宋朝的致命傷：習武人數銳減、邊備乏力、兵不強將不勇。「自古創業垂統之君，即其一時之好尙，而一代之規模，可以預知矣。藝祖革命，首用文吏奪武臣之權，宋之尙文，端本乎此……自時厥後，子孫相承，上之爲人君者無不典學，下之爲人臣者，無不擢科，海內文士彬彬輩出焉。」（《宋史·文苑傳》序言）自此武人不受重視，文人掌握著國家全部命脈，「今世用人，大率以文詞進：大臣，文士也；近侍之臣，文士也；錢穀之司，文士也；邊防大臣，文士也；天下轉運使，文士也；

知州郡，文士也。」（蔡襄：《蔡忠惠公集》卷二十二《國論要目·任材》）國人的氣質漸從文武交融互補變爲文士們的静弱平妥，「匈奴未滅何以家爲」（漢霍去病語）、「大丈夫當立功異域，安能終老筆研間乎」（漢班超語）之慷慨激烈語趙宋一代罕聞。就連曾令夷狄膽寒的邊塞大將軍范仲淹竟也持「儒者自有名教可樂，何事於兵」（《宋史·道學·張載傳》）之是文非武論調，更惶論他人了，宋朝的祐文偃武政策進一步促成了宋朝陰性文化的形成。

　　另外不可忽略的還有宋人主流娛樂方式的影響，宋人日常娛樂活動中的一個重要組成部分便是聽歌賞曲，而宋詞的演唱者不再像從前那樣既可以是紅袖佳人，也可以是關西大漢，既可以是貌美少艾，也可以是修髯老者，只要歌者具足夠的表現力動情力，都可以獲得滿堂喝彩，宋詞的演唱人員往往約定俗成地局限於年輕貌美的女性，觀眾邊聽歌觀舞邊賞其冶容、品其媚態，宋人曾說「長短句宜歌不宜誦，非朱唇皓齒無以發要眇之音。」（王炎《雙溪詩餘》自序）唱豔歌「須是玉人」，玉人出口之曲自然宜於兒女昵昵語、卿卿我我情了，詞曲演唱者的限定與詞之題材和風格間呈雙向強化積澱的關係，「詞當叶律，使雪兒、春鶯輩可歌，不可使氣爲色。君所作未知叶律否？前輩惟耆卿、美成尤工，君往問之。」（劉克莊《題劉瀾樂府》《後村先生大全集》卷一〇九）「王灼「今人獨重女音，不復問能否，而士大夫所作歌詞亦尙婉媚。」（王灼《碧雞漫志》卷一）宋詞雖說也有多種風格，要皆以婉約爲正宗，豪放清雄等多被視爲別調，在內容上多以豔情爲摹寫對象，甚至在寫其它題材時亦需以豔情映帶其間，或是出之以豔情外表，否則便易致要非本色之譏。日日在玉人柔音嬌態的包圍下焉能不助長士大夫性格中柔性的一面，焉能不使本已欠缺的剛健之氣更加日銷夜蝕。即便經靖康之難，士大夫南逃之後，酒間席上女性唱詞娛樂之風依然不減，宋元間張炎《虞美人》「題陳公明所藏曲冊」一詞道：「黃金誰解教歌舞，留得當時譜」、王灼《碧雞漫志》序云：「乙丑（公元一二〇五年）多，

予客寄成都之碧雞坊妙勝院，自夏涉秋，與王和光、張齊望所居甚近，皆有聲妓，且置酒相樂，予亦往來兩家不厭也。」周密《武林舊事》云：「淳熙八年，正月初二日，『上』、『太上』及『太后』等，至明遠樓，張燈進酒，節使吳琚進喜雪《水龍吟》（詞略），上大喜，太后命本宮歌板色歌此曲進酒，太上盡醉」。《遊宦紀聞》云：「嘗於友人張正子處見改之親筆詞一卷，云：『去年秋，予求牒四明，嘗賦《賀新郎》與一老娼，至今天下與禁中皆歌之。」……可見，南宋唱詞娛樂風氣不減北宋當年，依舊是朝暮沉醉於玉人的柔聲媚色之中，又怎能使得肉柔骨脆的不良風習得以改變，又怎能促使時代迫切需要的剛健雄偉、自奮自強精神的到來。

　　陰性文化的普覆，最終使得陰柔靜弱有餘外向開朗不足、內斂沉潛有餘剛健雄武不足的士人主流人格風神得以形成，與嫩春盛夏般的漢唐人士之朝陽正午心態有異，從而導致宋人自我救贖不力，宋人的秋容臉色和老境美亦由之形成。乾和坤本為太極圖中不可或缺的兩極，陰陽和合才是生之道，一旦陰陽比例失衡就會與死為徒，致使結構受損，並最終走向覆亡之路，宋朝乃至後世封建王朝的行進軌跡以及宋人自我救贖不力便是其明證。